KB269443

서문문고
076

수호지 (2)

김 광 주 옮김

차 례

21 대신 잡힌 살인범

虔 婆 醉 打 唐 午 兒
宋 江 怒 殺 閻 婆 惜

난데없이 불쑥 나타나서 송강을 부른 것은 다른 사람이 아니라 바로 염씨(閻氏) 노파였다.

"압사(押司)님! 귀하신 몸이시라, 참 만나뵙기 어렵군요! 내 딸년이 귀에 거슬리는 말을 했기로서니 이 늙은 것의 체면을 생각하시고 너그럽게 용서해 주셔야죠! 그렇게 통 발길을 끊으시다니! 오늘 밤에는 이렇게 만나뵙게 됐으니 나를 따라서 우리 집으로 가셔야 해요!"

"오늘은 현〔縣裏〕의 사무가 바빠서 떠날 수가 없는걸! 다른 날 가기로 합시다!"

"안 돼요! 오늘밤에 꼭 가셔야 해요! 세상 사람들이 내 딸년과의 관계를 어쩌니저쩌니 찧고 까부는 것쯤야 못 들으신 체해 두시면 그만이죠. 언제 또 만나뵙게 될지도 모르니까, 오늘 밤에 꼭 가셔야만 돼요. 말씀드리고 싶은 일도 있고 하니."

교활하기 이를 데 없는 염노파는 막무가내로 송강의 소맷자락을 붙잡고 놓아 주려 하지 않았다. 싫은 길을 질질 끌려서 노파의 집으로 가는 수밖에 없었다.

송강이 집 안으로 끌려 들어가서 걸상에 걸터앉자, 짓궂은 노파는 송강이 달아날까 겁을 내고 그 옆에 바싹 붙어 앉으면서 큰 소리로 딸을 불렀다.

"애야! 네가 죽을둥 살둥하는 삼랑(三郎)이 여기 오셨다!"

젊은 장삼(張三) 녀석을 자나깨나 그리워하며 이층방 침상 위에서 안타까운 심정으로 엎치락뒤치락하고 있던 파석(婆惜)은, 삼랑이란 말을 듣자 귀가 번쩍해서 일어나 앉으며 머리를 매만지고 혼자 애교를 떤다.

"밉상 같으니! 사람의 속을 이렇게 태우다니! 볼기라도 서너 대 때려야 되겠어!"

곤두박질을 하다시피 아래층으로 내려와 문틈으로 들여다보니 그것은 장삼이 아니라 뜻밖에도 송강이었다. 파석은 약이 올라 훌쩍 몸을 돌이켜 도로 이층으로 올라가서 침상 위에 쓰러져 버렸다.

이층에서 내려오는 딸의 발소리를 분명히 들은 염노파는, 얼마 안 있다가 딸이 다시 올라가는 발소리를 듣고 눈치 빠르게 송강을 슬슬 구스른다.

"쟤가 압사(押司)님을 눈이 빠지도록 허구헌날 기다리다가 지쳐 자빠져서 약이 올랐으니, 나와 함께 이층으로 올라가셔서 슬슬 구슬리고 달래셔요!"

송강은 어쩔 도리가 없이 또다시 노파에게 이끌려 이층으로 올라갔다.

염노파는 침상 위에 토라져서 누워 있는 딸을 잡아 일으켰다.

"그렇게 쌀쌀스럽게 성미만 부리니까 압사님께서도 화가 나셔서 오랫동안 얼씬도 하시지 않는 거다! 일어나서 사과의 말씀이라도 드리는 게 옳은 일이지, 그 토라진 꼴이 뭐란 말이냐?"

　그러나 딸 파석은 앙칼진 대답을 할 뿐이었다.

　"뭘 그렇게 시끄럽게 떠드세요! 제가 뭣을 잘못 했기에? 지가 싫어서 오지 않는 것 내가 뭐라구 달래요?"

　송강은 고개를 푹 수그리고 묵묵히 있었다. 딸을 한참 동안 달래고 구슬리던 노파는 새초롬히 돌아앉은 딸을 그냥 둔 채 술을 사다가 상을 차려내겠다고 아래층으로 내려갔다.

　이 틈을 타서 도주하려던 송강은 문을 밀다 말고 투덜거린다.

　"이 못된 늙은 년이 나보다 한 술 더 뜨는걸!"

　염노파는 송강이 자기 없는 새 내뺄까 봐 밖으로 나가면서 문을 잠가 버렸던 것이다.

　노파는 얼마 안 되어서 술과 안주를 마련해 가지고 이층으로 올라왔다. 잠갔던 문을 열고 방으로 들어서니 송강은 여전히 고개를 수그리고 묵묵히 앉아 있었으며, 딸 파석은 파석대로 토라진 채 암상스런 얼굴로 외면을 하고 있었다.

　"애, 일어나서 술을 한 잔 따라 권해 드리렴!"

　그러나 파석의 대답은 역시 쌀쌀스럽기 이를 데 없었다.

　"마시고 싶으면 제 손으로 마실 것이지, 왜 귀찮게 굴어!"

　"애, 너는 어려서부터 나한테 그렇게 성미를 부리는 것이 버릇이 됐지만, 다른 분 앞에서까지 그래서는 못 쓴다."

　"술잔을 드리지 않으면 어떻다는 건가요? 비검(飛劍)으로 내 목이라도 찌르겠다는 건가요?"

노파는 능청스럽게 웃어 젖히며 말했다.

"아차! 역시 내가 실수했구나! 압사님은 멋을 아는 풍류 인물(風流人物)이시니까, 너처럼 속이 좁으신 분은 아니시다. 술잔을 올리지 않아도 좋으니 얼굴이나 이리 돌리고 술이나 한 잔 마셔 보렴!"

파석은 여전히 토라져서 외면한 채 얼굴을 돌리려고 하지 않았다. 노파는 하는 수 없이 자기가 술잔을 들어서 송강에게 권했고, 송강은 마음에도 없는 술을 억지로 한 잔 받아 마셨다.

노파가 웃으면서 하는 말이,

"압사님, 과히 꾸지람 마셔요! 쓸데없는 이야기는 접어 두셨다가 내일 서서히 하기로 하고, 바깥 사람들이 압사님께서 여기 계시다고 이러쿵저러쿵 함부로 시기질투을 하는 것은 모두 개수작이죠. 그런 말은 통 귀담아 듣지 마시고 술이나 드십시오."

술 석 잔을 따라서 상 위에 놓으면서 딸에게 권한다.

"애, 어린애처럼 성미 부리지 말고 술이나 한 잔 마셔 보렴!"

"시끄럽게 굴지 말아요! 난 배가 불러서 마시지 못하겠어요!"

"애! 너의 삼랑이신데 고집 부리지 말고 한 잔 들렴!"

아무리 노파가 달래고 구슬러도 파석은 내심 딴 생각만 하고 있는 것이었다.

'흥! 나의 삼랑이라구? 내 마음은 장삼(張三)에게만 쏠려 있는데…. 하지만 이자가 술이 곤드레만드레 취하지 않

는다면, 반드시 나를 귀찮게 굴 테니….'

파석은 이런 배짱으로 술잔을 들어서 마지 못하는 체하고 반잔을 마셨다.

노파가 또 웃으면서 말한다.

"애, 그렇게 초조하게 굴지 말고, 술이나 두어 잔 마시고 푹 자려무나! 압사님도 몇 잔 더 거나하게 드십시오."

송강은 하도 권하는 바람에 뿌리치지 못하고 네댓 잔이나 죽 들이켰다.

노파도 꿀꺽꿀꺽 몇 잔을 마시더니 술을 더 데우겠다고 아래로 내려갔다. 처음에는 딸 파석이 술을 마시려 들지 않아 속이 상하던 노파는 딸이 마음을 돌려 술을 마시는 것을 보자, 기뻐서 어쩔 줄 모른다. 내심 생각한다.

'오늘 밤에 압사를 여기서 재우기만 하면, 마땅치 않게 여기던 생각도 모조리 없어지겠지! 그렇게 해서 한참 동안 더 지분거려 놓고 나서 다음 일은 다시 궁리해 보기로 하자!'

이런 배짱으로 부엌에서 서너 잔 더 마시고 술을 더 데워 가지고 이층으로 올라가보니 송강은 여전히 고개를 푹 수그리고 벙어리처럼 묵묵히 있었으며, 딸 파석도 외면을 하고 토라져서 옷자락만 만지작거리고 있었다.

노파가 깔깔대고 웃으며 하는 말이,

"둘이 다 같이 흙으로 빚어서 만든 사람은 아닐 터인데, 어째서 모두 찍 소리도 없담! 압사님! 당신께서도 남아대장부답지 못하시군요. 점잖은 체만 하시지 말고 멋들어진 이야기라도 하시고 노십시오."

송강은 어찌할 도리가 없어서 내심 진퇴양난함을 느끼

고 있었다.

파석은 제멋대로 생각한다.

'저는 한 번도 찾아와서 아는 체도 하지 않으면서 날더러 노상 제 기분만 맞추고 시시덕거리고 아양을 떨라는 건가? 난 이제는 그렇게 비위를 맞추기는 싫어!'

노파는 어찌나 술을 많이 마셨는지, 입으로 중얼중얼, 된 소리 안 된 소리, 누가 나쁘고 누가 좋으니 얼토당토 않은 동네 사람들의 이야기를 신바람이 나서 지껄이고 있었다.

운성현(鄆城縣)에 술지개미〔糟醃〕장수 당(唐)가집 둘째 형〔二哥〕이라는 자가 있었는데, 별명은 당우아(唐牛兒)라고 했다.

노상 하는 일도 없이 거리를 빈둥빈둥 돌아다니고 있었는데 언제나 송강의 신세를 많이 졌다. 무슨 공사(公事)가 생기면 송강에게 알려 주고 상전(賞錢)을 몇 푼씩 받아 가기도 했다.

또 송강이 그에게 일을 시키면 죽음을 헤아리지 않고 달려나가는 사나이기도 했다. 이자는 그날 밤 노름에 몽땅 돈을 잃고 어찌할 도리가 없어서 송강을 찾았다. 그러나 현에도 없었고 그의 거처로 찾아가도 보이지 않았다. 되돌아 나오는 길에 마을 사람들의 말을 듣고, 송강이 염파의 집에 가 있다는 소식을 알았다.

"흥! 그 파석이라는 더러운 벌레 같은 년이 장삼이 하고 죽을둥 살둥 하면서도 송압사님을 또 꾀어. 통 가시지 않으셨는데, 오늘은 늙은 벌레 같은 노파년이 압사님을 어물

쩍하고 속여 갔구나. 마침 돈이 없어서 목이 타는 판이니 어떻게 됐건 그리로 달려가서 돈이나 몇 관 얻어 쓰고 술이나 서너 잔 얻어 마시자!"

당우아는 곧장 염파의 집으로 달려갔다. 집 안에는 아직 불이 켜져 있었고 문도 닫히지 않았다. 층층대 밑까지 살금살금 숨어서 들어왔다. 이층에서 염파가 깔깔대고 웃는 소리가 들렸다.

다시 손발로 살금살금 기듯이 이층으로 올라가 판자 벽틈으로 방안을 들여다보았다. 송강과 파석은 다 같이 고개를 푹 수그리고 있었으며, 노파가 그 옆에 놓인 술상 앞에 앉아서 어쩌니저쩌니 조잘거리고 있었다.

당우아는 훌쩍 방안으로 뛰어 들어갔다. 세 사람에게 인사를 하고 떡 버티고 섰다.

"자네 마침 잘 왔군!"

송강은 이렇게 말하면서 입을 쭝긋해 보였다. 당우아는 짓궂었다. 송강의 표정을 보자 대뜸 능청을 떨었다.

"소인이 찾아다니지 않은 곳이 있는 줄 아셔요. 알고 보니, 이런 데서 술상을 벌이구 계셨군요? 아주 오붓하게 마시십니다그려!"

"현에 무슨 요긴한 일이라도 생겼다는 건가?"

"압사님, 잊어버리셨습니까? 바로 얼마 전의 그 공사 말입니다. 지현상공(知縣相公)께서는 청중(廳中)에서 야단법석이십니다. 네댓 사람의 공인을 시켜서 이리저리 압사님을 찾았으나 도무지 찾을 수가 있어야죠. 상공께서는 초조하기 이를 데 없으십니다. 압사님께서는 곧 가보셔야 합니다."

송강이 그 말을 곧이듣고 아래로 내려가려고 했을 때, 눈치 빠른 노파가 앞을 가로막으며 호통을 쳤다.

"압사님! 그런 꿍꿍이속은 그만두셔요! 이 당우아란 녀석도 장난이 대단하구나! 이 멀쩡한 도둑놈아, 늙은이를 속여 보려고? 그야말로 도끼를 잘 만드는 명장(明匠) 노반(魯班) 앞에서 감히 도끼를 휘둘러 보자는 격이구나! 지금쯤 지현(知縣)께서는 아문에서 댁으로 돌아가셔서 부인과 술이나 마시시구 즐겁게 지내시고 있으실 터인데 무슨 사무로 야단법석이라는 거냐! 네 놈이 그 따위 수작으로 나를 속여 보려고 하지만, 내 앞에서는 통하지 않는 섣부른 짓이다!"

노파는 노발대발하며 당.우아의 목덜미를 보기 좋게 후려갈겨서 방문 밖으로 내쫓았다. 다시 층층대 아래로 쫓아 내려가서 대문 밖으로 몰아냈다.

매까지 맞고 쫓겨난 당우아는 그 집 문앞에 서서 한참 동안이나 노파에게 욕설을 퍼붓다가 하는 수 없이 분함을 참지 못하고 제 가슴을 제 손으로 두드리면서 돌아갔다.

이층으로 다시 올라온 노파는 송강을 노려보며, 어째서 당우아 같은 건달, 망나니 녀석을 내 집에 올라오게 했느냐고 한바탕 호령을 치고 나서, 그대로 놓기는 싫어서 다시 감언이설로 하룻밤 자고 가라고 유인했다.

"압사님! 편안히 쉬셔요! 오늘밤에는 재미 많이 보시고 내일 아침 늦도록 푹 쉬시는 거예요!"

또 술을 서너 잔 따라서 송강에게 권하고 아래로 내려가 버렸다.

이층에 꼭 붙잡혀 버린 송강은 곰곰 생각했다

'이년과 장삼 둘이서 무슨 관계가 있다는 것은 나도 반신반의하는 바이나, 내 눈으로 사실을 보지는 못했다. 또 밤이 깊었으니 억지로라도 하룻밤을 자는 도리밖에. 이년이 나를 어떻게 대하나 어디 한 번 보자. 오늘밤, 나와의 정분이 어느 정도인지도 알 수 있으리라.'

그러나 전혀 딴 배짱만 먹고 장삼만을 생각하는 파석이, 여느 때와 같이 상냥스럽게 송강을 대해 줄 리 없을 뿐더러 얼굴조차 이편으로는 돌리지 않았다.

따분하기도 하고 화도 나고 해서, 송강은 잠을 이룰 수 없었다. 밤이 이경이나 되어서 파석은 옷도 벗지 않은 채 침상 위에 올라 제멋대로 수놓은 베개를 베고 몸을 비비꼬며 벽을 향하여 혼자 잠이 들고 말았다.

송강은 하는 수 없이 두건을 벗어서 상 위에 놓고 저고리를 벗어서 의가(衣架) 위에 걸쳐 놓고 허리에서 푼 난대(鸞帶)는 침상가 난간 위에 걸어 놓았다. 그 속에는 한 자루의 단도와 초문대(招文袋)가 들어 있었다. 신과 버선을 벗은 다음 여자의 발치에서 잠을 잤다.

자고로 '환희와 오락에는 밤이 짧은 것이 원망스럽고(歡娛嫌夜短), 쓸쓸할 때에는 밤이 긴 것이 한스럽다(寂寞恨更長)'고 하는 말과 같이, 삼경 사경이 지나서야 송강은 술이 깼다. 오경이 되자 선뜻 몸을 일으켜 세숫대야에 찬물을 떠가지고 얼굴을 씻고 저고리를 입고 두건을 쓰고 나서 투덜투덜 욕지거리를 했다.

"망할 년! 이렇게 무례할 수가 있담!"

파석도 그때 잠이 깨어 있었다. 투덜대는 송강의 말을 듣자 발끈해서 쏘아댔다.

"이런, 뻔뻔스럽게!"

송강은 말대꾸도 하기 싫어서 다짜고짜로 그 집 대문 밖으로 뛰쳐나왔다. 치미는 분노를 억지로 참으며 곧장 자기 거처로 돌아가려고 막 현 앞을 지나는데 등불 하나가 눈에 띄었다. 탕약(湯藥)을 파는 왕공(王公) 영감이 아침 장에 나가는 길이었다.

"압사님! 오늘은 어째서 이렇게 일찍 나오셨습니까?"

"어제 밤새도록 술이 취해서 경고(更鼓) 치는 소리를 잘 못 들었소."

"압사님께서는 술에 몸을 상하셨군요. 이진탕(二陳湯)이나 한 잔 드십쇼!"

송강은 영감이 두 손으로 받들어 주는 이진탕을 마시면서 문득 생각이 났다.

그것은 가끔 이 영감에게서 탕약을 사서 마시고 약값을 지불해 주지 않은 사실이 있었으며, 그 약값 대신 관재(棺材) 일구(一具)를 사주겠다고 약속하고 오늘날까지 실행하지 못하고 있다는 사실이었다.

송강은 어젯밤 초문대 속에 넣어 둔 채로 있는 조개(晁蓋)가 보낸 금덩어리를 얼핏 생각했다. 그것이나 이 영감에게 관재값 대신 주어서 기쁘게 해주자는 생각이었다.

"영감, 늘 말만 하고 약속을 이행하지 못해서 미안하오. 오늘은 내 몸에 돈을 좀 지닌 것이 있으니, 그것을 가지고 가서 진삼랑(陳三郎) 집에 가서 관재를 마련하시오. 일후에 장례비용은 따로 또 마련해 줄 것이니…."

송강은 이렇게 말하면서, 저고리 옷깃 속으로 손을 넣어서 초문대를 꺼내려다가 깜짝 놀랐다.

"아차! 큰일났구나! 어젯밤, 침상 난간에다 걸쳐 놓은 채 너무 급히 뛰쳐나오느라고 잊어버렸구나!"

가장 걱정스러운 것은 금덩어리보다도 그 속에 들어 있는 조개의 편지였다. 송강은 애당초 유당(劉唐) 앞에서 그 편지를 태워 버릴 생각을 했었지만, 유당이 돌아가서 그런 말을 전하면, 편지를 보낸 사람에게 너무나 미안한 노릇이었기 때문에 그대로 몸에 지녔고, 어젯밤에도 등잔불 밑에서 태워 버릴까 했지만, 태우기 전에 누가 보면 도리어 재미없을까 봐 망설이다가 그만두었던 것이다.

'큰일났다! 그년은 노래책이니 뭐니 뒤적거려서 글자깨나 알 터인데, 그 편지가 그년의 눈에 띄었다가는 정말 큰일이다!'

송강은 이런 생각을 하면서 벌떡 일어서서 왕공 영감에게 말했다.

"영감, 미안하게 됐소. 거짓말이 아니오. 초문대 속에 돈을 넣어 두었는데 너무 급히 나오느라고 깜빡 잊어버리고 집에 둔 채로 왔소. 내, 곧 돌아가서 가지고 오리다!"

"가질러 가실 것까지는 없습니다. 내일 천천히 주셔도 늦지 않습니다."

"영감은 모르오. 나는 또 한 가지 물건을 그 속에 함께 넣어 두었기 때문에 곧 가서 가지고 와야겠소!"

송강은 황황급급히 염파의 집으로 달려갔다.

한편, 파석은 송강이 문밖으로 나가는 것을 알자, 자리에서 벌떡 일어나며 혼자 뇌까렸다.

"자식이 나를 밤새도록 잠도 못 자게 하다니! 뻔뻔스런 자식! 날더러만 제 비위를 맞추라고? 나는 네 놈을 믿지 않는다! 나는 장삼하구 깨가 쏟아지는데 누가 귀찮게 네 놈을 거들떠본단 말이냐! 네 놈은 내 집에 발길을 들여놓지 않을수록 좋다!"

이렇게 중얼거리면서 이부자리를 펴고 저고리를 벗고 치마까지 벗어 버리고 가슴팍까지 드러내고 다시 자리에 누우려고 하는 판인데, 침상 머리맡 등장 불빛에 똑똑히 드러나 뵈는 물건이 있었다. 물을 것도 없이 송강의 난대(鸞帶)였다. 손을 뻗어 움켜잡아 보니 단도와 초문대가 매달려 있었다.

금뭉치와 편지가 들어 있었다.

모든 것이 파석의 수중에 들어가고 말았다.

"흥! 나는 두레박이 우물 속으로 떨어지는 줄만 알았더니, 우물이 두레박 속으로 떨어지는 법도 있구나! 네 놈은 양산박의 강도놈들과 한패가 되어 있었구나! 그래서 1백 냥의 금덩어리를 보냈다는 것이지! 잘 됐다! 그러지 않아도 요즘 장삼이 비쩍 말라 가지고 기운을 못 쓰는데, 이것으로 맛있는 음식이나 사먹여서 양기나 돋우도록 해주어야겠다! 무슨 일이 있더라도 이것들은 네 놈에게 도로 줄 수는 없다!"

이러는 판에 송강은 재빨리 파석의 집 이층으로 달려 올라갔다. 송강이 되돌아왔다는 눈치를 챈 파석은, 난대와 단도와 초문대를 한데 뭉쳐서 이불 속에 감춰 버리고 벽에 찰싹 붙어서 쿨쿨 코를 골고 잠이 든 체하였다.

송강은 당황해서 어젯밤의 분노도 잊어버리고 손으로 파석을 흔들어 깨웠다.

"나와의 전일의 체면을 생각하고 나의 초문대를 돌려다

오!"

　그러나 그것은 어림도 없는 소리였다. 파석은 매정스럽고 앙칼지게 아무것도 맡은 물건이 없는데 뭣을 달라느냐고 악을 쓰며, 무슨 소리를 해도 막무가내로 물건을 내놓으려 들지 않았다.

　송강은 파석을 살살 구슬러 보았다.

　"착한 사람! 제발 떠들지 말아 줘! 옆집 사람이라도 듣는다면 재미없는 일이니까…."

　"남이 들을까 겁나는 일이면 하지 않으면 될 게 아녜요? 이 편지는 내가 잘 간직해 두죠! 날더러 눈을 감아 달라고 하신다면 내가 말하는 세 가지 조건을 모두 들어 주셔야만 돼요!"

　그 세 가지 조건이란, 첫째로 자기 몸이 송강에게 팔렸다는 문서를 곧 돌려 주고, 다시 자기가 장삼에게로 맘대로 개가해도 두 번 다시 나타나서 이러쿵저러쿵 두 말을 하지 않겠다는 새 문서를 작성해 줄 것.

　둘째로는, 자기 머리에 얹은 것, 몸에 입은 것, 집 안의 세간살이가 모두 송강이 마련해 준 것이지만, 역시 나중에 다시 달라고 하지 않겠다는 문서를 작성해 줄 것.

　셋째로는, 양산박의 조개가 보냈다는 돈 1백 냥을 고스란히 자기에게 줄 것.

　그래야만 초문대 안의 서류와 편지를 돌려 주겠다는 것이었다. 송강은 첫째, 둘째 조건은 두말없이 들어줄 수 있으나 셋째 조건만은 들어줄 수 없다고 했다.

　왜냐하면 조개가 돈 1백 냥을 보내 주기는 했지만, 그것을 받지 않고 깨끗이 즉석에서 돌려보냈기 때문이라고 했다.

앙큼스런 파석이 곧이들을 리 없었다.

코웃음만 쳤다.

"흥! 알았어요! 벼슬아치들이 돈을 보면 모기가 피를 보는 것과 같다(如蚊子見血)고 했는데, 그 사람이 보낸 돈을 도로 돌려보내셨을 까닭이 있나요! 그건 말 같지도 않은 소리예요! 어떤 고양이가 비린 음식을 먹지 않는단 말예요? 벼슬아치들도 마찬가지지요!"

"내가 성실한 사람이라는 것은 그대도 알지? 거짓말을 해본 적이 있었어? 나를 못 믿겠다면 내 사흘을 기한으로 하고 가사(家私)를 팔아서라도 돈 1백 냥을 마련해다 줄 것이니 초문대만은 돌려 줘!"

"내일 아침 공청(公廳)에 나가셔도 그 돈을 받지 않았다고 잡아떼실 작정이신가요?"

송강은 공청이라는 말을 듣자 노기가 불길처럼 치밀어 올랐다.

그 이상 참을 수가 없었다.

눈을 부릅뜨고 소리를 질렀다.

"돌려 줄 테냐? 안 돌려 줄 테냐?"

파석의 태도는 여전히 강경했다.

"그렇게 을러댄다구, 내가 내놓을 줄 알구?"

"정말 돌려 주지 못하겠다는 거냐?"

"돌려 줄 수 없어요. 한 번 말해서 못 알아들으신다면 백 번이라도 말하죠. 돌려 줄 수 없다니까요! 만약에 돌려 주게 될 때에는 운성현 공청에서나 돌려 드리죠!"

송강은 파석의 이부자리를 잡아당겨 찢어 버리려고 했

다.

파석은 여러 가지 물건들을 몸 속에 지니고 있었기 때문에 이부자리는 돌아다보지도 않고 두 손으로 가슴팍을 꼭 움켜잡고 있었다.

송강이 이부자리를 잡아챘더니 난대 한 끝이 여자의 가슴팍 앞으로 불쑥 내다보였다.

"흠! 거기다 감추고 있었구나!"

송강은 두말없이 다짜고짜로 달려들어 두 손으로 그것을 빼앗으려고 했다.

그러나 파석이 호락호락 놓아 줄 리 없었다.

송강은 침상 가에서 죽을 힘을 다해서 그것을 빼앗으려고 했고, 파석은 또한 죽어도 놓지 않으려고 했다.

송강이 있는 힘을 다해서 벌컥 잡아채는 바람에 단도가 자리 위에 떨어졌다. 송강은 선뜻 단도를 집어들었다.

여자는 송강이 손에 단도를 집어드는 것을 보자 대뜸 소리를 질렀다.

"흑삼랑이 사람을 죽여요!"

이 한 마디가 마침내 송강에게 일을 저지르게 하고야 말았다.

가슴속에 꽉 찬 분노를 참을 길이 없는 판이었다. 파석이 두 번째 소리를 지르려고 했을 때, 송강은 왼편 손으로 여자의 몸을 꾹 누르고 오른편 손에 잡힌 칼이 떨어져서 벌써 여자의 목을 정통으로 쿡 찔렀다. 선혈이 뻗쳐 나오고 여자가 아우성을 쳤을 때, 송강은 그래도 죽지 않을까 해서 두 번째 또 한 번 푹 찔렀다.

여자의 모가지가 뎅겅 잘라져서 베개 위에 떨어지자,

송강은 얼른 초문대를 집어들고 그 편지를 꺼내서 등잔불에 태워 버리고 나서 난대를 허리에 띠고 아래층으로 내려왔다.

염파는 아래층에서 잠을 자다가 두 사람이 옥신각신하고 있을 때에는 대수롭게 여기지 않았지만 얼마 있다가 '흑삼랑이 사람을 죽여요!' 하는 딸의 음성을 듣자, 무슨 일이 일어났나 하고 당황하여 벌떡 뛰어 일어나서 급히 옷을 주워 입고 이층으로 올라갔다.

올라가자마자 저편에서 내려오려는 송강과 맞닥뜨렸다.

"둘이서 왜들 그렇게 떠드는 거죠?"

"당신 딸이 너무나 괘씸하게 굴기에 내가 죽여 버렸소!"

노파는 웃으면서 믿지 않았다.

"그게 무슨 말씀이시오? 설사 압사님의 눈초리가 사납게 생기셨구 술을 자시면 티를 낸다 하시더라도, 사람을 죽이셨다고 하시니… 이 늙은 것을 놀리지 마십시오."

"거짓말이라고 생각하거든 방안으로 들어가 보면 알 게 아닌가!"

노파가 방문을 열어 보니 피투성이 속에 시체가 나뒹굴고 있었다. 모든 일은 끝난 것이었다. 엉큼스런 노파는 쉽사리 모든 것을 체념해 버리고 앞으로 자기가 살아 나갈 걱정만 했다.

송강은 자기에게 얼마간 재산도 있으니 노파의 여생을 편안히 살도록 해주마고 단단히 약속했다. 노파는 날이 밝기 전에 시체를 수습해서 장사를 지내도록 하자고 서둘렀다.

송강은 종이와 붓을 가지고 오라면서 진삼랑에게 몇 자

적어 줄 테니 노파가 가서 관재를 가져오라고 했다. 그러나 노파는 압사님이 친히 가셔야만 될 것이라 하며 송강을 앞장세우고 같이 나섰다.

송강과 염파는 현 앞을 지나가게 되었다. 이때 날은 아직 밝지 않았고 현문이 막 열릴 때였다. 노파는 현 앞 왼편까지 거의 다 왔을 때, 송강을 덥석 움켜잡으며 고함을 질렀다.

"살인범이 여기 있소!"

송강은 당황하여 어쩔 줄 모르며 노파의 입을 손으로 틀어막았다.

그러나 결국 막을 수가 없었다. 현 앞에는 몇 사람의 공인들이 있다가 노파의 고함소리를 듣고 달려들었다. 자세히 보니 바로 송강이었다.

"노파, 떠들지 마시오. 우리 압사님은 그런 분이 아니시니까, 무슨 까닭이 있든 간에 차근차근히 말하시오" 하면서 구슬렀다. 그러나 염파는 여전히 악을 썼다.

"이놈이 바로 흉수(兇首)요! 잡아 가지고 나와 함께 현으로 가게 해주시오."

본래 송강은 현에서 신망이 두텁고 누구에게나 존경을 받는 인물이었기 때문에, 공인들도 그를 붙잡을 생각은 하지 않고 노파의 떠드는 소리를 귀담아들으려고 하지도 않았다.

그런데 이때 마침, 당우아가 깨끗이 씻은 생강 한 쟁반을 들고 아침 장터로 나가려고 현 앞으로 달려들었다. 염파가 송강을 붙잡고 옥신각신 시끄럽게 구는 꼴을 보자, 어젯밤에 당한 일을 생각하고 약이 바짝 올라서 생강 쟁반은 약을 팔고 있는 왕(王)영감의 걸상 위에 내려놓고 덤벼들면서 호통을 쳤다.

"이런 늙은 벌레 같은 거! 어째서 압사님을 붙잡고 시끄럽게 구는 거냐?"

"당가 놈아! 만약에 이 사람을 빼돌린다면 네 놈이 대신 목숨을 내놓아야 한다!"

노파도 소리를 지르며 맞장구를 쳤다. 당우아는 홧김에 다짜고짜로 덤벼들어 노파의 손을 낚아채자, 다섯 손가락을 딱 벌려 가지고 보기 좋게 눈에서 불이 번쩍 나도록 노파의 얼굴을 후려갈겼다. 노파는 비실비실하면서 송강을 움켜잡고 있던 손을 놓아 버렸다.

이 틈을 타서 송강은 재빨리 몸을 빼어 사람 많은 혼잡 속으로 뺑소니를 치고 말았다.

노파는 이번에는 당우아를 움켜잡고 소리를 질렀다.

"송압사가 내 딸을 죽였는데, 네 놈이 빼돌리고 말았다!"

"나는 그런 일은 모른다!"

"여러분! 살인범을 잡아 줘요! 그렇지 않으면 여러분까지 누를 입게 될 테니!"

노파의 고함소리에 공인들은 상대방이 송강이 아니고 당우아인지라 서슴지 않고 우르르 달려들어서 당우아를 덮쳐 가지고 노파와 함께 운성현으로 끌고 갔다.

22 교묘한 은신처

閻 婆 大 鬧 鄆 城 縣
朱 仝 義 釋 宋 公 明

살인사건이라는 말을 듣고 지현(知縣)이 승청(陞廳)해 보니, 왼편에는 노파가 꿇어앉았고 바른편에는 장정 한 사람이 꿇어앉아 있었다.

어찌된 살인사건이냐고 지현이 추궁하자, 노파가 먼저 자초지종을 사실대로 솔직히 고백했고, 당우아 역시 술 한 잔 얻어먹으러 갔다가 노파에게 당한 봉변이며, 영문도 모르고 노파를 뜯어말렸는데 송압사가 온데간데 없어졌다고 솔직히 진술했다.

지현이 호통을 쳤다.

"못생긴 소리! 송강은 군자요, 성실한 사람이다. 어찌 이런 살인사건을 저질렀겠느냐? 이 사건은 네 놈이 저지른 짓일 게다! 얘! 모두들 어디 있느냐?"

당청공리들을 부르니 당장에 나타난 것이 압사 장문원(張文遠)이었다. 노파와 당우아의 진술서를 작성해 가지고 장문원은 검시관(檢視官)과 방상이정(坊廂里正-통장·동장), 그리고 이웃 사람들을 대동하고 노파의 집으로 달려가서 현장검증을 했다. 시체 옆에 단도가 떨어져 있는 것으로 보아 그것으로 목을 찔렀음이 틀림없다고 단정하고, 일행은 현장을 수습해서 시체는 절간에 맡기고 현청으로 돌아왔다.

지현은 송강과 절친한 사이였다. 무슨 방법으로든지 그의 발뺌이 될 수 있도록 해주려고 애꿎은 당우아만을 재삼 심문했다. 당우아를 아무리 족쳐 봐도 없는 사실을 자백할 리 없었다. 지현은 당우아가 살인사건에 관계없다는 사실을 알면서도 송강을 구해 주고 싶은 일념에서 마침내 당우아를 결박해 놓고 매를 때린 다음 큰칼을 씌워서 감옥에 처박아 버렸다.

한편, 장문원이 상청하여 아뢰었다.

"어쨌든 이 단도가 송강의 단도임이 분명하고 보면, 반드시 송강을 잡아다가 대질을 시켜야만 끝장이 날 것 같습니다!"

지현은 그가 누차 상신하는 말을 전혀 모른 체할 수 없어서, 결국 송강의 거처로 사람을 파견하여 잡아들이라고 했다. 그러나 송강은 벌써 도주하고 없었다. 하는 수 없이 이웃 사람 몇을 잡아 가지고 돌아왔을 뿐이었다.

장문원은 또다시 현재 송가촌(宋家村)에는 송강의 부친 송태공(宋太公)과 아우 송청(宋淸)이 살고 있으니 그들을 잡아들여서 인질로 삼고 기한부로 송강을 찾아 놓으라 명령하자고 제의했다.

지현은 본래부터 체포령을 내리기도 싫었고, 우선 당우아에게 죄를 뒤집어씌워서 가둬 두었다가 적당한 시기에 석방시켜 버릴 작정이었는데, 장문원이 서류를 작성하고 또 염파가 연방 그를 꼬드겨서 현청에 소장을 내었다. 하는 수 없이 2,3명의 공인을 송가장(宋家莊)으로 파견하여 송태공과 송청을 잡아들이라고 명령했다.

　체포령의 공무서를 보자 송태공이 말했다.

　"소생은 조상 대대로 농사에 힘쓰며 논밭전지를 지키고 살아가고 있습니다. 불효자 송강이란 녀석은 어려서부터 아비 말을 거역하고 본분을 지키며 살아가기를 싫어했고 벼슬을 하겠다고 무슨 말을 해도 듣지 않았습니다. 그래서 소생은 수년 전에 본 현(本縣) 관장(官長)에게 오역죄(忤逆罪)로 고소해서 적(籍)을 없애 버렸기 때문에 지금은 소생의 호적 인원 속에 들어 있지도 않습니다. 그 녀석은 제멋대로 현 안에서 살고 소생은 아들 송청을 데리고 이 궁벽한 시골에서 농사를 지으며 살고 있으니 그 녀석과는 털끝만한 관계도 없습니다. 소생은 벌써부터 그 녀석이 무슨 일을 저지를까 두려워해서 그 누가 소생에게 미칠까 겁내고 예전 관장(關長)께 이미 고소장을 내놓았으며 그 증명서류까지 지니고 있습니다. 그것을 가져다 드릴 테니 한번 보십쇼."

　공인들은 모두 송강과 친한 사이였다. 구태여 미움을 살 짓을 하기 싫어 그 서류만 그대로 베껴 가지고 돌아가기로 했다.

　송태공은 술 한 상을 잘 차려내서 공인들을 대접하고 10냥도 더 되는 돈을 쥐어 주어서 돌려보냈다.

　돌아온 공인들의 보고를 듣자, 지현은 송강을 어떻게든지 구해 주고 싶은 생각으로,

　"증거서류가 있다면 그들과는 이미 친족 관계가 없어졌으니, 이제는 1천 관의 현상금을 걸어서 각처로 체포령을 내려 보는 수밖에 없다!"

고 했다.

그러나 한편 장삼이란 자가 또 염파를 꼬드겨서 현청에 나가 머리를 풀어 헤뜨리고 야단을 치며 고소를 제기하게 했다. 송강은 그 아우 송청이 집 안에 숨겨 두고 있으니 꼭 잡아 내달라는 것이었다.

지현은 호통을 쳐서 노파를 꾸짖었다.

"송강은 3년 전에 제 아비의 말을 거역하고 벼슬자리를 했다고 고소장이 들어왔으며 호적도 뽑아 버렸다. 여기 증거서류까지 있는데 그 아비나 아우를 잡아다가 인질을 삼아서까지 체포할 도리는 없다!"

노파는 그 서류가 가짜라고 주장했다. 송강은 효의(孝義)의 흑삼랑이라는 별명까지 듣는 효자라며, 그것은 모두 거짓말이라고, 여전히 울며불며 몸부림을 치고 호소했다.

"상공님! 인명이란 하늘과 같이 귀중한 것입니다! 만약에 끝까지 제 생각대로 힘써 주시지 않는다면 주(州)에 가서 고소장을 내는 도리밖에 없습니다! 제 딸은 너무나 처참하게 죽었습니다!"

장삼도 청에 나와서 아뢰었다.

"상공께서 범인을 체포해 주시지 않는다 하오면 이 염파는 상사(上司)에 고소장을 낼 것이오니 그리 되오면 큰일이 아닙니까! 만약에 상사에서 심문이라도 있게 되면 소생들도 답변할 도리가 없습니다."

지현도 그것이 일리 있는 말이라 생각하고 공문서를 작성하여 도두 주동(朱소)과 뇌횡(雷橫)을 불러 명령을 내렸다.

"그대들 둘이서는 사람을 여러 명 거느리고 송가촌 송가의 집으로 가서 범인 송강을 잡아 가지고 오게!"

　주, 뇌 두 도두는 공문을 받아들자 토병(土兵) 40여 명을 점검해 가지고 송가장으로 달려갔다.
　아들 송강을 찾았더니, 아버지 송태공의 대답은 전에 하던 말과 똑같았다. 주동은 관청의 명령이니 어쩔 수 없다 하고 토병 3,40명에게 명령하여 송씨집을 포위케 하고 자기는 앞문을 지키고 있을 것이니, 뇌횡더러 먼저 들어가서 뒤져 보라고 했다. 먼저 집 안으로 들어간 뇌횡은 아무리 수색해 봐도 찾아낼 길이 없었다. 그대로 나오고 말았다.
　"정말 없는걸!"
　"그러면 이번에는 내가 들어가서 찾아볼 터이니 뇌도두는 앞문을 지키면서 송노인을 잘 보고 계시오!"
　주동은 이렇게 말하고 안으로 들어서자 박도를 벽에 걸쳐 놓고, 문을 단단히 잠근 후, 불당(佛堂) 안으로 들어가서 공상(供牀)을 한편으로 비켜 놓고 그 아래 마룻바닥을 들어 보았다. 마룻바닥 아래로는 한 줄기 새끼줄이 내다보이는데, 그 새끼줄 한끝을 잡아당겼더니 짤랑짤랑 쇠방울 소리가 나면서 송강이 구덩이 속으로부터 불쑥 나왔다.
　주동을 보자 송강은 깜짝 놀랐다. 주동이 입을 연다.
　"공명(公明) 형! 이 아우가 형을 잡으러 왔다고 괘씸하다 하지 마시오. 우리가 평소에 가장 친하던 사이니 뭣을 숨기겠소. 언젠가 술을 마시다가 형이 말하기를-'우리 집 불당 밑에는 구덩이가 하나 있네. 그 위에 모셔 놓은 것은 삼세불(三世佛)이고 부처님 밑으로는 마룻장 하나를 덮어

두었으며 그 위를 공상으로 눌러 두었네. 자네가 무슨 긴급한 일이 생겼을 때에는 여기 와서 몸을 피하게'라고 했지요. 나는 그때 들은 말을 지금까지 기억하고 있었소. 오늘 본 현 지현께서 나와 뇌횡 두 사람을 파견한 것도 도무지 사람의 이목을 속일 수 없어서 어쩔 수 없이 한 노릇이고, 상공께서도 형장을 구해 드리고 싶은 마음이 간절하시오. 단지 장삼과 그 노파가 청에 나타나서 본 현에서 일을 처리해 주지 않으면 기어이 주로 가서 고소장을 내겠다고 야단을 치기 때문에 우리 둘을 형집에 보내어 잡아 오라고 한 것이오. 나는 뇌횡이 용의주도한 사람이 못 되기에 섣불리 실수나 하지 않을까 겁이 나서 그를 속여 대문을 지키게 해놓고 형장을 찾아서 이런 말을 하는 것이오. 여기도 안전한 곳이 못 되니 빨리 다른 곳으로 몸을 피하도록 하시오!"

송강은 감격하여 마지않았다. 그 자신도 피신처를 세 군데 생각하고 있었으나 어디가 좋을지 망설이고 있다고 솔직히 고백했다.

한 군데는 창주(滄州) 횡해군(橫海郡) 소선풍(小旋風) 시진(柴進)의 집, 또 한 군데는 청주(靑州) 청풍채(淸風寨) 소리광(小李廣) 화영(花榮)이란 사람의 집, 마지막 한 군데는 백호산(白虎山) 공태공(孔太公)의 집인데, 태공에게는 아들이 둘이 있어 큰아들은 모두성(毛頭星) 공명(孔明), 둘째 아들은 독화성(獨火星) 공량(孔亮)이라 하며 가끔 현청으로 자기를 찾아온 일이 있어서 잘 아는 사이라고 했다.

"빨리 작정을 해 가지고 그곳으로 몸을 피하시는 게 좋

을 것이오. 오늘 밤에 곧 떠나시오. 우물쭈물하고 있을 때
가 아니오."

주동은 재촉했다.

"현청 사람들에게는 주형이 적당히 잘해 주시오. 거기
소용되는 돈이나 물건은 뭣이나 다 가져가도 좋으니…."

"그건 걱정할 게 없소. 만사는 내가 책임지고 맡을 것이
니, 형장은 그저 도주만 하면 되오!"

송강은 주동에게 감사하다는 인사를 하고 다시 구덩이
속으로 들어갔다. 주동은 처음과 같이 마룻장을 덮고 공상
을 그 위에 올려놓자 문을 열고 박도를 휘두르며 밖으로
나왔다.

"정말, 집 안에는 없는걸! 뇌도두, 인제는 별도리 없으
니 송태공을 잡아가는 게 어떻겠소?"

뇌횡은 그 말을 듣자 혼자서 곰곰 생각했다.

'주동은 송강과 절친한 사이인데 어째서 송태공을 잡아
가자고 할까? 이 말은 공연히 해보는 소리일 것이다. 또
다시 그런 말을 꺼낸다면 나도 그때는 인정을 써서 태공
을 좀 봐줘야겠다.'

주동과 뇌횡은 토병을 거느리고 집 안으로 들어가서 송
태공과 송강의 아우 송청을 체포하려고 했으나, 송청은 근
처 마을로 농구(農具)를 사러 가고 집 안에 없었으며, 송
태공은 증거서류만 내세우며 송강과 부자 관계가 없다고
주장했다. 주동은 그래도 지현의 명령이니 송태공 부자를
꼭 잡아가야겠다고 강경히 고집했다.

이때, 뇌횡이 나섰다.

"주도두! 내 말을 좀 들어 보시오. 송압사께서 일을 저

지르신 것은 필시 무슨 심상치 않은 까닭이 있을 것이니 사죄(死罪)를 받지는 않을 것이오. 이 노인께서는 증거서류를 충분히 지니고 계시며, 거기에는 현청의 도장이 버젓이 찍혀 있으니 가짜는 아닐 것이오. 우리는 평소에 송압사와 친하던 사이니 이편을 좀 봐드려서 서류나 베껴 가지고 돌아가도록 합시다.”

주동은 그제야 혼자서,

‘내가 한 번 그런 말을 해본 것은 저자에게 의심을 품지 않도록 하려고 그런 것인데….’ 하는 생각을 하고 빙그레 웃으며 마지못하는 체 입을 열었다.

“뇌도두가 그렇게 말한다면 난들 굳이 남에게 미움받을 일을 하고 싶겠소….”

송태공은 두 사람에게 감사하다고 절하고 술상을 차려 냈으며, 우선 20냥을 주었지만 두 사람은 끝까지 받지 않고 40여 명의 토병들에게 분배해 주었다. 그리고 증거서류만 베껴 가지고 현청으로 돌아갔다.

상세한 보고를 받은 지현은 “그렇다면, 할 수 없지.” 하면서 일변 본부에 보고하고 각지로 체포령의 문서를 배부하는 데 그쳤다.

한편, 현청의 관리들은 모두 송강과 절친한 사이였기 때문에 여러 사람들이 나서서 염파를 구슬리고 달랬으며, 주동은 노파에게 돈을 얼마간 주어서 주에 내놓은 고소장을 취소시키도록 했다. 처음에는 강경하던 노파도 돈을 받더니 수그러져서 결국 주동의 말에 승낙했다.

주동은 또 한 사람을 시켜서 돈을 주로 보내어 여러 사람에게 다 먹이고, 다시 체포문서가 내려오지 못하게 막아 버렸다. 지현도 상금 1천 관의 체포문서를 각지로 돌리고, 당우아는 범인을 빼돌렸다는 죄명으로 몸에 뜸을 떠서 5백 리 밖으로 귀양살이를 보냈을 뿐이었다.

그러면 송강의 집 안에는 농사를 짓는 집으로서 어째서 그런 구덩이가 있었는가 하면, 본래 옛적 송(宋)나라 때에는 벼슬을 하기는 쉬웠고 소리(小吏) 노릇을 하기는 가장 어려웠다. 어째서 벼슬을 하기가 쉬우냐 하면, 그 시절에는 조정에 간신이 세도를 부리고 있어서 아첨을 잘하는 도배들이 전권을 휘두르며 연고관계가 아니면 써주질 않았고 재물이 아니면 기용하질 않았기 때문이다. 어째서 소리(小吏)노릇 하기가 가장 어려우냐 하면, 그 시절에는 압사쯤 되는 자리에 있어도 한 번 죄책(罪責)을 범하게 되면 경할 때면 몸에 뜸을 떠서 멀고 험악한 군주(軍州)로 귀양살이를 보냈고, 중할 때엔 재산을 몰수하고 끝끝내 생명까지 빼앗는 게 다반사였다. 그래서 미리 이런 피신처를 마련해 두었다. 또 부모에게까지 누가 미칠까 겁내어 부모를 시켜서 오역자라 고소케 하여 적책에서 이름을 뽑아 버리고 각호(各戶)가 따로따로 살아서, 관으로부터 증거문서를 받아 가지고 서로 내왕을 하지 않으면서 재산만은 본집에 그대로 두는 경우가 많았다.

송강은 구덩이 속으로부터 나와서 경각을 지체치 않고 부친과 상의한 결과 곧 도주할 결심을 했다. 그날 밤 송강 형제는 짐을 꾸려 가지고 사경쯤 되어서 떠나기로 했다. 부자 셋이는 그칠 줄 모르는 눈물 속에서 작별했으며, 송강과 송청 형제는 하인배들에게 집안일과 부친의 시중을 신신당부하고 송가촌을 떠났다.

막연히 떠난 길이었다.

형제가 얼마 동안 길을 가다가 송강이 구슬픈 심정으로 입을 열었다.

"대체, 우리는 어디로 가면 좋단 말이냐?"

송청이 대답한다.

"풍문에 듣자니 창주 횡해군 시대관인이 아주 유명한 사람으로 대주황제(大周皇帝)의 적파자손(嫡派子孫)이라 하는데, 일찍이 배식한 바는 아니라 하지만, 형님은 왜 그분을 찾아가시지 않는 거요? 사람들이 모두 말하기를, 그분은 의리를 존중하고 재물에 욕심이 없는 분으로 천하의 쾌남아들만 사귀고 귀양살이하는 사람들을 구조해 주며, 전국시대에 식객 수천 명을 거느리고 있던 맹상군(孟嘗君)과 견줄 만한 인물이라 하니 우리 형제도 그분을 찾아가기로 합시다."

"나도 마음속으로 그런 생각을 하고 있었다. 그분은 나하고 늘 서신왕래가 있었지만 여태까지 인연이 없어서 만나뵙지 못했을 뿐이다."

채 하루도 못 되어서, 송강 형제는 창주 경계까지 와서 시대관인의 집을 사람들에게 물어 찾아갔다.

"시대관인께서는 댁에 계신가요?"

하고 물었더니, 하인이 대답했다.

"대관인께서는 동장(東莊)으로 연공미(年貢米)를 받아들이러 가시고 댁에 계시지 않습니다."

"여기서 동장까지는 길이 얼마나 머오?"

"40여 리쯤 됩니다."

"어느 길로 가면 되오?"

"두 분 관인의 성함을 알고 싶습니다."

"운성현의 송강이란 사람이오."

"바로, 급시우(及時雨) 송압사님이시군요!"

"그렇소."

"대관인께서 늘 압사님의 대명을 말씀하셨습니다. 유감
스럽게도 만나뵙지 못했사온데, 이렇게 압사님께서 오셨
으니 소인이 인도해 드리겠습니다."

하인은 황망히 송강과 송청을 동장으로 인도하고 갔다.
세 시간도 못 되어서 동장에 도착했다. 하인이 말했다.

"두 분께서는 이 정자에서 잠시 기다리십시오. 대관인께
알려 드리고 나와서 영접하시도록 하겠습니다."

하인이 안으로 들어가고 나서 얼마 기다리지도 않았는
데 중간 장문(莊門)이 활짝 열리며 시대관인이 4,5명의
반당(伴當-종자)을 거느리고 황망히 달려나왔다. 정자 위
에서 송강과 대면했다.

시대관인은 송강을 보자, 땅에 꿇어앉아 절하며 말했다.

"이 시진이 오랫동안 그리워하고 있었습니다. 천행으로
오늘에야 반가운 바람이 이리로 불어왔으니 평생 소원을
이루었습니다! 정말 다행한 일입니다!"

송강도 땅에 꿇어앉아 절했다.

"송강, 이 하잘것없는 소리(小吏)의 몸으로서 오늘날 이
렇게 찾아뵙게 되니 분에 넘치는 영광인가 합니다!"

시진은 송강을 부축해서 일으키며 만면에 미소를 띠고
정중하게 환영의 뜻을 표시했다.

송강은 그제야 적이 마음이 든든해져서 솔직히 고백했
다.

"여러 차례 주신 글월을 받잡고도 천한 몸이 여가가 없사와 찾아뵙지 못하옵다가 이번에 이 부재(不才)가 한 가지 면키 어려운 일을 저질렀기 때문에 형제 둘이서 안신(安身)할 곳을 찾다 못하여, 대관인께서 의리를 존중하시고 재물에 욕심이 없으신 분임을 생각하고 특히 찾아뵙게 된 것입니다."

송강은 염파 모녀의 사건을 자초지종 자세히 얘기했다. 시진은 여전히 미소를 띠고 믿음직스럽게 말했다.

"형장은 안심하십시오! 어떠한 십악대죄(十惡大罪)를 저질렀다 해도 한번 소생의 집에 오신 이상에는 근심하실 게 없습니다. 이 시진이 자랑이 아니지만, 포도관군이라 해도 감히 소생의 집 안을 똑바로 기웃거리지는 못합니다. 조정의 명관(命官)을 죽였다 할지라도, 혹은 부고(府庫)의 재물을 겁탈했다 할지라도 시진은 내 집 안에 숨겨 드릴 수 있습니다."

시진은 송강을 후당 깊숙한 방으로 안내했다. 거기에는 벌써 술상이 마련되어 있었다.

술이 거나하게 돌아가자 세 사람은 평소 흉중에 품었던 상애지념(相愛之念)을 서로 호소했다. 날이 어둡자 등잔불을 밝혔다. 송강은 술을 사양했지만, 시진이 어찌나 권하는지 초경이 되도록 계속해서 마셨다.

송강은 몸을 일으켜 소변을 보러 나가려고 했다.

시진이 하인 한 사람을 불러서, 등롱(燈籠)에 불을 밝혀 들고 송강을 동쪽 낭하 끝까지 인도하여 소변을 보도록 해드리라고 분부했다.

"한 잔 술이라도 더 피해야겠군!"

송강은 이렇게 말하면서, 앞에 있는 낭하로 시원스럽게 나와서 천천히 걸어가다가 동쪽 낭하 앞까지 돌아나왔다.

송강은 술이 몹시 취했다.

두 다리가 휘청휘청, 걸음걸이가 비틀비틀하는 것을 억지로 걸어가고 있었다.

이때, 마침 그 낭하에는 장정 한 사람이 학질에 걸려서 부들부들 떨리는 것을 참을 길 없어 화롯불을 피워 놓고 그것을 쬐며 오한을 막고 있었다.

송강이 그것을 알 까닭이 없었다.

송강은 위만 쳐다보며 비칠비칠 걸어가고 있었다.

부지중 발길이 화롯전을 스치게 되어서 화로가 기울어지는 바람에 화로 속의 숯불이 그 장정의 얼굴 위로 튀게 되었다.

그 장정은 대경실색, 전신에 땀이 비오듯 했다.

화가 벌컥 치밀어서 송강의 가슴을 덥석 움켜잡았다. 그러고는 큰 소리로 호통을 쳤다.

"뭣하는 자식이냐? 왜 나를 못 살게 구는 거냐!"

송강도 깜짝 놀랐다.

그러나 뭐라고 변명할 말이 없었다.

등롱을 들고 가던 하인이 황망히 소리를 질렀다.

"무례한 짓을 해선 못 쓴다! 이 어른은 대관인께서 가장 정중히 대접하시는 손님이시다!"

그러자 그 장정은 화를 벌컥 내며,

"손님이라구? 손님? 나도 처음 왔을 때는 손님이었다! 대접도 가장 잘해 주더라. 그런데 지금은 하인놈들이 주둥이를 놀려서 고해 바치는 바람에 나를 거들떠보지도 않게

됐다. 이야말로 '사람이란 언제까지나 좋을 수 없다(人無
千日好)'는 것이다!"
하면서 송강을 때리려고 덤벼들었다.

하인은 등롱을 팽개치고 달려들어서 뜯어말렸다. 아무
리 말려도 막무가내 말을 듣지 않는 판인데, 또 다른 등롱
서너너덧 개가 날 듯이 달려들었다.

시대관인이 친히 쫓아나온 것이다.

"압사님께 대접이 소홀했지만, 어째서 이런 데서 옥신각
신하고 계신가요?"

하인이 화롯불을 발길로 건드리게 된 자초지종을 자세
히 아뢴다.

시진이 껄껄대고 웃으면서 말했다.

"여보시오, 당신은 이 훌륭하신 압사님을 몰라 본단 말
이오?"

그 장정이 대꾸했다.

"훌륭하다구? 제아무리 훌륭하고 유명하댔자, 우리 운
성현 송압사님을 당해낼 수 있을라고?"

시진은 또 한 번 껄껄대고 통쾌하게 웃는다.

"당신은 송압사님을 잘 아시오?"

"비록 잘 알지는 못하지만, 강호 넓은 천지에서 그는 급
시우 송공명(宋公明)으로서 굉장히 유명한 쾌남아라는 말
을 오래 전부터 들어 왔소!"

"어째서 그분이 천하에 유명한 쾌남아라고 생각하는 거
요?"

"한 마디로 말할 수는 없지만, 그분이야말로 진짜 대장
부요. 맺고 끊는 듯하고 시종이 여일한 분이시오. 나는 내

병만 다 나으면 곧 그분을 찾아가 볼 작정이오."

시진은 그제야 서슴지 않고 말했다.

"당신은 그분을 한 번 만나뵙고 싶소?"

"만나뵙고 싶지 않다면 이런 소리를 왜 하겠소!"

"여보시오. 그분이 계신 곳은 멀 때는 10만 8천 리, 가까울 때면 바로 당신의 면전에 계시오."

시진은 송강을 가리키면서 또 말했다.

"이분이 바로 급시우 송공명이란 분이시오."

"그게 정말이오?"

송강이 선뜻 대답했다.

"소생이 바로 송강이오!"

그 장정은 눈을 크게 뜨고 쳐다보더니 머리를 수그리고 절을 했다.

"오늘 이렇게 형장을 뵙게 될 줄은 정말 몰랐소! 지금까지 무례한 행동을 했으니 용서해 주시오! 정말 눈을 가지고도 태산(泰山)을 알아보지 못했으니…."

그 장정은 꿇어앉아서 일어나려 하지도 않았다. 송강이 그를 부축해서 일으키며 성명을 물었다. 옆에 있던 시진이 그 장정을 손가락으로 가리키면서 누구라는 것을 알려 주었다.

23   귀신인가 사람인가

横 海 郡 柴 進 留 賓
景 陽 岡 武 松 打 虎

시진이 소개해 주는 그 장정은 청하현(淸河縣) 사람으로 성이 무(武)요, 이름은 송(松), 집안 형제 중에서 둘째며, 이 집에 기탁하고 있은 지 1년이나 된다는 것이다.

송강도 그 사람이 무송(武松)인 줄 알게 되자 깜짝 놀랐다.

"강호에서 무이랑(武二郞)이란 성함은 익히 들어 왔습니다. 뜻밖에도 오늘 여기서 뵙게 되니 정말 다행한 일입니다."

시진도 기뻐하면서,

"천하의 호걸들이 우연히 대면하실 수 있다는 것은 정말 어려운 일입니다. 자리를 같이하고 이야기를 하십시다."

송강은 기뻐서 어쩔 줄 모르며 무송의 손을 잡고 후당으로 들어가 자리에 앉았으며, 아우 송청도 불러서 대면시켰다.

술상을 앞에 놓고 송강이 자세히 바라보니 무송은 과연 보기 드문 쾌남아였다. 체구가 늠름하게 생겼고, 풍채도 당당하며, 무서운 안광이 한성(寒星)이라도 쏘아서 떨어뜨릴 만하고, 떡 벌어진 가슴팍이며 시꺼멓고 위풍 있는 눈썹이며, 만부(萬夫)도 대적하기 어려울 만한 대장부였다.

송강이 무송더러 이곳에 머물러 있게 된 연유를 묻자 그는 숨김없이 솔직히 말했다. 무송은 청하현에서 술이 너무 취해서 그 고장 기밀(機密-형사)과 옥신각신 싸움을 하다가 일시 격분하여 주먹으로 한 대 후려갈겼는데 그자가 그대로 뻗고 말았다.

무송은 그자가 죽어 버린 줄만 알고 뺑소니를 쳐서 시진의 집으로 피신해 와 있은 지 1년이나 되는데, 나중에 알고 보니 그자는 죽지 않고 도로 살아났다는 것이다.

그래서 고향으로 돌아가서 형을 찾아보고 싶은 판인데 공교롭게 학질에 걸려서 부들부들 몸이 떨리는 것을 참지 못하고 화롯불을 쬐다가 숯불이 튀는 바람에 어찌나 놀라서 진땀을 흘렸던지, 학질까지 깨끗이 떨어져 버렸다는 것이다.

그날 밤은 삼경까지 술을 마시고 송강은 무송과 함께 잤다. 며칠 후에 송강은 돈을 얼마간 내놓아서 무송에게 옷을 지어 주려고 했으나, 시진이 송강에게 돈을 쓰게 하지 않으려고 친히 비단 옷감을 끊어다가 세 사람의 몸에 잘 맞도록 옷을 지어 입혔다.

무송은 결국 그리운 형을 찾아서 고향으로 돌아가게 되었다. 무송이 보따리를 꾸리고 초봉(哨棒-호신용 곤봉)을 들고 나서자, 시진은 작별의 술상을 차려냈으며, 송강 형제가 무송을 전송하여 길을 떠나게 되었다.

무송·송강·송청 세 사람이 시진의 동장에서 5,6리나 떨어진 지점까지 이르렀을 때, 무송은 그만 작별하자고 했으나 송강은 굳이 말을 듣지 않고 2,3리 길만 더 전송하겠다고 고집을 부렸다.

한참 가다가, 세 사람은 술집으로 들어가서 술을 마셨다. 어느덧 해가 서녘에 기울고 있었다. 무송이 말했다.

"멀지 않아서 날도 저물려 합니다. 송형께서 꺼려 하시지만 않는다면 이 무송의 사배(四拜)의 절을 받으시고 의형제를 맺으시어 아우로 삼아 주십시오."

송강은 크게 기뻐했다. 무송은 머리를 수그려 사배의 절을 했으며, 송강은 송청을 시켜서 10냥짜리 은전을 한 닢 꺼내어 무송에게 주었다.

무송은 굳이 사양하다가 마지못해서 그것을 받아 넣고 세 사람은 밖으로 나와서 작별의 인사를 했다.

무송은 눈물을 흘리며 절을 하고 떠나갔다. 송강과 송청 형제는 술집 문앞에 서서 무송의 사라져 가는 뒷모습을 언제까지고 바라다보고 있다가 할 수 없이 돌아서서 시진의 집으로 돌아갔다.

5리 길도 못 갔을 때, 시대관인이 빈 말 두 필을 끌고 말을 타고 나타나서 송강 형제를 영접해서 함께 말을 타고 자기 집으로 돌아가자마자 또 술상을 차려 내왔다. 이때부터 줄곧 송강 형제는 시진의 집에 머물러 있게 되었다.

한편, 무송은 송강 형제와 작별하고 며칠인지 계속해서 길을 걸었다. 어느 날, 양곡현(陽穀縣)에 도착했는데 현성에서는 꽤 멀리 떨어진 곳이었다. 시장기를 참으며 뚜벅뚜벅 걸어가고 있노라니, 앞으로 술집이 한 군데 바라보이는데 문앞에 늘어진 초기(招旗)에 '석 잔만 마시면 고개를 넘지 못한다(三碗不過岡)'고 적혀 있었다.

무송은 술집 안으로 썩 들어서서 자리잡고 앉으며 초봉(哨棒)을 한옆에 세워 놓고 술을 달라고 소리를 질렀다.

한 잔, 두 잔, 그리고 석 잔째 술을 따라 주자, 술집주인은 그 이상 술을 더 팔려고 하지 않았다. 무송이 그 까닭을 묻자 주인이 대답했다.

"우리 집 술은 시골술이기는 하지만 오래 묵은 술만 못지않습니다. 어떤 손님이고간에 우리 집에 오셔서 석 잔만 잡수시면 그대로 취하셔서 앞에 바라다뵈는 산고개를 넘어가시지 못하게 됩니다. 그래서 '석 잔만 마시면 고개를 넘지 못한다'고 하는 겁니다. 어떤 손님이고 여기 오셔서 석 잔만 잡수시면 더 달란 말씀이 없습니다. 이 술은 '향기가 병 밖에까지 끼치는 술(透瓶香)'이라고 하며 또 '문밖에 나서면 쓰러지는 술(出門倒)'이라고도 합니다. 처음 마실 때에는 냄새나 맛이 좋지만 얼마 안 있으면 그대로 취해서 쓰러지게 됩니다."

그러나 무송은 이렇게 무서운 술을 석 잔을 마시고도 끄떡없었다. 술집주인은 더 팔지 못하겠다거니, 무송은 다 팔라거니, 결국 싸움을 해 가면서 열다섯 잔을 단숨에 들이켜고 초봉을 손에 집어들고 술집 문밖을 나섰더니 주인이 대경실색하여 앞길을 가로막았다.

왜냐하면 이렇게 술을 많이 마시고는 도저히 산고개를 무사히 넘어갈 수 없을 뿐더러, 요즘 경양강(景陽岡)에는 밤이 되면 눈이 위로 찢어지고 이마가 하얀 무서운 범이 나타나서 사람에게 덤벼들어 이미 2,30명이나 되는 장정들이 목숨을 빼앗겼기 때문에 관사에서는 사냥꾼들에게 이 무서운 범을 잡아들이도록 기한부로 명령을 내렸으며, 산고개 어귀에는 방문(榜文)을 써붙여서 이곳을 내왕하는 사람들은 누구나 떼를 짓거나 대오를 짜가지고, 아침 새때부터 저녁 새때까지만 지나다니고, 밤중은 물론 아침때나 저녁때에는 절대로 산고개를 통과하지 말라고 했으니, 이런 위험한 산고개를 혼자서 술이 취해서 넘어가지 말고, 내일 낮 딴 손님들이 2,30명쯤 모이거든 그때 함께 넘어가도록 하라는 충고였다.

그러나 무송은 그런 충고도 뿌리치고 초봉을 움켜잡은 채 뚜벅뚜벅 경양강 산고개를 향해서 걸어 올라가고 있었다. 과연 술집주인의 말과 같이 산고개 어귀에는 큼직한 소나무를 평평하게 깎아내고 그 위에 경고문을 적어 놓은 것이 눈에 띄었다.

무송은 그것을 보자 도리어 코웃음을 쳤다. 그것은 술집주인이 손님들에게 공갈을 때려서 못 넘어가게 하고 하루라도 더 장사를 해먹으려는 수작이라고만 생각했기 때문이다.

날이 어둑어둑해 올 무렵, 무송은 술기운에 무서운 것이 없이 반리 길이나 고개를 올라갔고, 어느 허물어져 가는 산신묘(山神廟) 앞에 이르렀는데, 그 문앞에는 분명히 관인이 찍힌 고시문이 붙어 있었다.

양곡현 고시문.
경양강에 근자에 한 마리 무서운 범이 나타나 인명을 상해하므로, 각향의 이정(통장·동장)과 사냥꾼에게 기한부로 잡으라 했으나 아직도 잡지 못하고 있다. 과객, 상인

들은 사·오·미 세 때에만 떼를 지어서 고개를 넘을 것
이요, 그 이외 시간과 단신 객인은 절대로 고개를 넘지 말
도록 하라. 인명의 피해를 두려워함이니 모든 사람은 잘
알아 두라.   정화×년 ×월 ×일.

　陽穀縣示‥爲景陽岡　上新有一隻大忠　傷害人命, 見今杖
限　各鄕里正並獵戶人等　行捕未獲.

　如有過　往客商人等,　可於巳午未三個時辰　結伴過岡. 其
餘時分　及　單身客人　不許　過岡.

　恐被害傷性命,　各宜知悉. 政和○年○月○…日

　무송은 그것을 읽어보고 나서야 정말 범이 나타난다는
것을 알았지만, 이제 와서 술집으로 되돌아간다는 것은 주
인에게 웃음거리밖에 안 된다는 생각으로, 무작정 그대로
걸어 올라갔다.

　술기운이 점점 전신으로 돌아 몸이 불덩어리같이 후끈
달았다. 초봉을 잔뜩 움켜잡고 비틀비틀 숲속으로 들어갔
다. 푸른 바위 하나가 번쩍번쩍하고 바라다보이었다. 가까
이 가서 초봉을 한편에 놓고 바위 위에 몸을 던지고 잠을
자려고 했을 때, 난데없이 일진의 광풍이 휘몰아쳐 왔다.

　일진의 광풍이 지나가는가 하는 순간에 나무 뒤로부터
후닥닥, 하는 요란스런 음향이 들리더니 한 마리의 눈이
위로 찢어지고 이마가 하얀 무시무시한 범이 튀어나왔다.
무송은 그것을 보자 소리를 질렀다.

　"아아앗!"

　푸른 바위 위로부터 훌쩍 뛰어 일어서서 초봉을 손에

잔뜩 움켜잡고 바위 옆에 우뚝 섰다.

그 범은 배가 고팠고 또 목이 말랐다. 두 앞다리의 발톱으로 땅을 버티고 약간 멈칫멈칫하더니 몸을 훌쩍 허공으로 솟구쳐서 그대로 덤벼들었다.

무송은 어찌나 놀랐는지 마신 술이 모두 땀이 되어서 비오듯 쏟아졌다.

이 아슬아슬한 순간에, 무송은 재빨리 범이 덤벼들려는 눈치를 채고, 번갯불처럼 몸을 날려 범의 뒷덜미에 우뚝 섰다.

범이란 사람이 제 뒷덜미에 서게 되는 경우를 가장 곤란해한다. 앞 발톱으로 땅을 버티고 허리를 높이 쳐들더니 뒷발길질을 해서 걷어찼다. 무송은 또다시 번갯불처럼 한 옆으로 비켜 섰다. 범은 뒷발질도 허탕을 치고 나더니 '어흥!' 하고 한 번 울부짖었다. 그것은 하늘에서 일어나는 벽력소리같이 산고개를 흔들어 놓으면서 이번에는 쇠뭉치 같은 꼬리를 벌떡 일으켜 세워 가지고 마구 휘둘러 댔다.

무송은 또 다른 편으로 슬쩍 날쌔게 몸을 피했다. 범이란 놈은 사람을 해치려 할 때 정면으로 덮치고 덤벼들거나, 걷어차 버리거나, 후려갈기거나 하는 세 가지 재간을 쓰는데, 이 세 가지가 모두 들어맞지 않을 때에는 절반이나 풀이 죽고 마는 것이다.

그 무시무시한 범도, 꼬리로 후려갈기려다가 뜻을 이루지 못하자 또 한 번 '어흥!' 하고 으르렁거리더니 훌쩍 이편으로 돌아섰다. 무송은 범이 다시 몸을 돌이키는 것을 보자, 두 손으로 초봉을 휘두르며 평생에 있는 힘을 다해서 허공으로 높이 쳐들어 가지고 후려갈겼다. 그러나 우지

끈! 우수수! 하는 소리가 나더니 나뭇가지와 잎사귀가 얼굴을 뒤덮을 뿐이었다. 눈을 똑바로 뜨고 보니 초봉은 범을 후려갈기지 못하고, 어찌나 황급했던지 한 그루의 마른 나무를 후려갈겼을 뿐, 몽둥이만 두 동강으로 부러져서 손에 잡고 있는 것은 그 부러진 절반의 토막뿐이었다.

범은 약이 올라서 울부짖었다. 몸을 또 한 번 훌쩍 뒤집더니 다짜고짜로 덮치며 덤벼들었다. 무송은 또 날쌔게 몸을 껑충 높이 뛰어서 열 발자국쯤 물러섰다. 범은 앞다리의 발톱을 일으켜 세우고 무송의 얼굴을 향하여 정통으로 덤벼들 기세였다.

무송은 두 동강으로 부러진 몽둥이를 동댕이쳐 버리고 범의 목덜미 가죽을 힘껏 움켜잡아 꾹 눌러 버렸다. 범은 다급해서 몸부림을 쳤지만 워낙 기운이 센 무송이 타고 앉아 누르는 바람에 꼼짝도 하지 못했다. 무송은 오른손으로 범의 목덜미를 누르고 왼손으로 범의 양미간과 눈동자를 닥치는대로 두드려 팼다. 범은 으르렁거리며 발톱으로 땅을 후벼 파서 구덩이를 만들었다.

무송은 재빨리 범의 주둥아리를 그 흙구덩이 속에다 처박았다. 범은 무송에게 혼이 나서 완전히 기력을 상실했다. 무송은 다시 왼편 손으로 범의 목덜미 가죽을 잔뜩 움켜잡고 바른손으로는 철퇴 같은 주먹을 쥐어 평생에 있는 힘을 다해서 후려갈겼다.

범은 눈에서 입에서 코에서 귀에서 시뻘건 피를 내뿜으면서 옴쭉달싹도 하지 못하고 간신히 옆구리가 헐떡헐떡거리는 것이 보일 뿐이었다.

무송은 범을 놔두고 소나무 근처로 와서 부러진 몽둥이를 찾아가지고, 다시 범이 살아날까 봐 또 한바탕 두들겨 팼다.

범의 숨이 완전히 끊어진 것을 확인하자, 무송은 곰곰 생각했다.

'당장에 이 죽은 범을 끌고 고개 아래로 내려가 볼까?'

피투성이 속에서 손을 뻗어 범을 일으켜 보려고 했으나 꼼짝도 하지 않았다. 무송도 온 힘을 모조리 쏟아 놓았기 때문에 팔다리가 시큰시큰 힘이 없었다.

무송은 다시 푸른 바위 위에 앉아서 곰곰 생각했다.

'날이 어두워 오는데 만약에 또 범이 튀어나온다면 어떻게 감당해낸단 말이냐? 억지로라도 그냥 고개 아래로 내려갔다가 내일 아침에 다시 와서 처치하기로 하자.'

바위 근처에서 쓰고 왔던 전립을 찾아 가지고 나무가 우거진 숲속을 한 바퀴 돌아서 한 걸음 두 걸음 아래로 내려갔다.

반리 길도 채 못 갔는데 마른 풀더미 속으로부터 두 마리의 범이 튀어나왔다.

"야아! 이번에는 어쩔 도리가 없구나!"

무송이 이렇게 소리를 지르며 자세히 살펴보니, 그 두 마리의 범은 시커먼 어둠 속에 우뚝 버티고 서 있었다.

무송이 두 눈을 똑바로 뜨고 노려보았더니 그것은 두 사람인데, 범가죽으로 옷을 만들어 입고 손에는 각각 다섯 갈래 쇠갈퀴를 들고 있었다. 그들은 무송을 보더니 깜짝 놀라서 물었다.

"다… 다… 당신은 홀률(惚律-맹수)의 염통을 먹었단 말이오? 표범의 쓸개를 먹었단 말이오? 사자의 넓적다리를 먹었단 말이오? 어쩌면 그렇게도 대담하오? 어떻게 혼자서 이 어두운 밤중에 연장도 없이 고개를 넘어온단 말이오? 도대체, 다… 당신은 사람이오? 귀신이오?"

"너희들 두 놈은 뭣하는 놈들이냐?"

"우리는 이 고장의 사냥꾼이오."

"산고개 위로 뭣하러 올라오나?"

두 사냥꾼이 놀라 자빠지며 입을 모았다.

"당신은 소식도 모르시오? 요즘 경양강 고개에는 큰 범이 한 마리 나타나서 밤마다 사람을 해치오! 우리 사냥꾼도 벌써 6,7명이나 목숨을 빼앗겼소. 이곳을 통과하는 사람들도 이 못된 짐승에게 먹혀 버린 사람이 부지기수요! 이 고장 지현은 이정(里正-통장·동장)과 우리들 사냥꾼에게 명령하여 그놈을 잡으라고 하지만 워낙 그놈은 힘이 세고 사나워서 접근할 수도 없으니 누가 감히 잡으러 나서겠소! 우리는 그놈을 잡지 못한다고 매도 숱하게 맞았지만 역시 잡을 수가 없소! 오늘 밤에도 우리 두 사냥꾼과 10여 명의 시골 장정들이 이곳에 와서 위아래로 함정도 파놓고 독약칠을 한 화살도 마련해 가지고 그놈을 기다리고 있는 판이오. 마침 여기 매복하고 있었는데 당신이 거침없이 고개에서 걸어 내려오는 것을 보고 깜짝 놀랐소. 대체 당신은 무슨 사람이시오? 범을 보시지 못했소?"

"나는 청하현 사람인데 무송이라 하오. 방금 고개 위 나무가 엉클어진 숲속에서 바로 그 범과 맞닥뜨려 내가 단숨에 한 주먹으로 때려죽여 버렸소."

두 사냥꾼은 그 말을 듣더니 두 눈이 휘둥그레져서 어

리둥절했다.

"그게 말이 되는 소리요?"

"못 믿겠다면 내 몸에 묻은 핏자국을 보시오."

"어떻게 때려죽였소?"

무송이 범을 죽이게 된 자초지종을 상세히 이야기하자 두 사냥꾼은 놀랍기도 하고 기쁘기도 해서 10여 명의 시골 장정들을 불러왔다. 그들은 모두 손에 쇠갈퀴, 활, 창, 칼 따위를 지니고 있었다. 무송이 물어 봤다.

"이 여러 사람들은 어째서 당신 두 사람을 따라서 고개 위로 올라오지 않았소?"

"그놈의 짐승이 너무 사나워서 이 사람들은 감히 올라오지 못했소!"

10여 명의 시골 장정들이 면전에 죽 늘어서자 두 사냥꾼은 무송더러 범을 잡은 이야기를 여러 사람에게 하라고 했는데, 그들은 모두 그 말을 믿지 않았다.

"여러 사람들이 믿을 수 없다면 나와 함께 가서 보면 될 게 아니오."

여러 사람들의 신변에는 화도(火刀), 화석(火石)이 있었다. 즉각에 불을 일으켜 가지고 대여섯 자루의 횃불을 밝혔다. 여러 사람들은 무송을 따라서 다시 고개 위로 올라왔다. 과연 그 범은 거기 죽어서 나자빠져 있었다.

여러 사람들은 기뻐서 어쩔 줄 모르며 우선 한 사람을 시켜서 본 현 이정(里正)과 관하 상호(上戶) 사람들에게 알리도록 하고, 6,7명의 시골 장정들이 범을 고개 아래로 끌어내렸다.

고개 아래에는 벌써 7,80명이 떠들썩하며 모여 있었다.

먼저 죽은 범을 앞에 떠메고 서게 하고 무송을 교자에 태워 가지고 그 고장 상호의 집으로 갔다. 상호집 사람들과 이정은 모두 집 앞에 나와서 영접했고, 범을 초청(草廳)으로 떠메고 들어갔다.

그 고장 상호와 사냥꾼 2,30명이 몰려들어서 무송에게 인사를 하고 물었다.

"장사께서는 성함을 뭐라 하시며 고향은 어디십니까?"

"나는 청하현 사람으로 무송이라고 하오. 창주에서 돌아오는 길에 어젯밤 고개 이편 술집에서 술이 잔뜩 취해서 고갯길로 접어들었다가 바로 이놈과 맞닥뜨리게 된 것이오."

무송이 범을 잡을 때 했던 주먹질 시늉까지 하며 설명했더니 여러 상호들은 모두 혀를 내둘렀다.

"정말 영웅이요, 쾌남아인걸!"

사냥꾼들은 곧 먼저 산에서 잡은 짐승들을 안주삼아서 무송에게 술을 냈다. 무송은 범을 때려잡느라고 어찌나 피곤했던지 우선 잠부터 자고 싶었다.

여러 대호(大戶)들은 하인을 불러서 객방을 마련케 하고 무송을 편히 쉬도록 했다. 날이 밝으면, 상호들은 먼저 현리에 보고하고 호거(虎車)를 한 채 마련해서 단단히 신고 현으로 운반해 가기로 했다.

날이 밝자, 무송이 일어나서 세수를 하고 났더니 여러 상호들은 양 한 마리를 잡고 술 한 독을 떠메고 청전에서 기다리고 있었다.

무송은 옷을 입고 두건을 바로 잡아 쓴 다음 앞으로 나서서 여러 사람들과 대면했다. 여러 상호들이 술잔을 무송에게 권하면서 말하였다.

"그 못된 짐승 때문에 얼마나 많은 인명이 피해를 입었는지 모르고 사냥꾼들이 얼마나 매를 맞았는지 모릅니다! 오늘 다행히 장사께서 나타나시어 이 대해(大害)를 제거해 주셨으니 첫째로는 우리 마을 사람들의 복이요, 둘째로는 길손들이 마음놓고 지나다니게 됐으니, 이 모두 장사님의 은덕입니다!"

무송은 겸사의 말을 한다.

"이는 소인의 힘이 아닙니다. 여러분께서 복이 있으셔서 그렇게 된 것이지…."

여러 사람들이 모두 달려와서 축하의 인사를 했다.

아침 일찍부터 술잔치가 벌어졌고, 그 범을 떠메 내다가 호상(虎牀) 위에 올려 놓았다. 여러 마을의 상호들은 모두 축하의 비단 헝겊을 무송의 어깨에 잔뜩 걸쳐 주었고, 무송은 보따리를 그 집에 맡겨 놓고 여러 사람들과 함께 문밖으로 나왔다.

거기에는 벌써 양곡현 지현상공이 무송을 영접하려고 파견한 사람이 와 있었다. 무송이 그들과 인사를 마치자 네 명의 하인들은 양교(凉轎) 한 채를 떠메고 나와서 무송을 태우고 범을 앞으로 떠메고 나와서 그 위에도 비단 헝겊을 씌워 가지고 양곡현 안으로 행진해 들어갔다.

양곡현 사람들은 어떤 장사 한 사람이 경양강의 범을 때려잡았다는 소문을 듣고 일제히 고함을 지르며 밖으로 뛰쳐나왔다. 현안이 떠나갈 것같이 떠들썩했다. 무송이 교자 위에서 바라다보니 어깨를 비벼대고 밀리고 떠밀고 야단법석들을 하면서 거리와 골목마다 범 구경을 하러 나온 사람들로 꽉 차 있었다.

현전 아문(衙門) 앞에 이르니 지현이 벌써 청상에서 기다리고 있었다. 무송은 교자를 내렸고, 여러 사람들은 범을 떠메고 청전까지 가서 바깥 낭하 옆 땅 위에 내려놓았다. 지현은 무송의 풍채와 무시무시한 범을 번갈아 바라다보며 내심 탄복하여 마지않았다. 즉각에 무송을 불러 앞에 세우고,

"범을 때려잡은 장사! 그대는 어떻게 이런 무시무시한 범을 잡았단 말인가?"

무송이 범을 때려잡은 자초지종 이야기를 하자 청상청하(廳上廳下)의 모든 사람들이 놀라 자빠져서 두 눈이 휘둥그레질 지경이었다.

지현은 청상에서 몇 잔의 술을 권하고 고을 상호(上戶)들이 모아 온 상금 1천 관을 꺼내서 무송에게 주었다. 무송이 아뢴다.

"소인은 상공의 덕분에 우연히 요행으로 이 범을 때려잡은 것이옵고 소인의 힘으로 이루어진 것이 아니온데 어찌 감히 상금을 받겠습니까. 소인이 듣자옵건대 여러 사냥꾼들이 이 범 때문에 상공께 꾸지람을 많이 받았다 하옵는데, 어째서 이 1천 관의 상금을 여러 사람들에게 나누어 주시지 않으십니까?"

지현이 말한다.

"그렇다면 장사의 생각대로 하오!"

지현의 말을 듣자 무송은 청상에 앉은 채 그 상금을 여러 사냥꾼들에게 나누어 주었다.

무송의 이런 마음씨를 기특히 여기어 지현은 즉각에 압

사를 불러서 문서를 작성케 하고 무송을 보병도두에 임명했다. 여러 상호들이 몰려와서 모두 축하의 인사를 했고, 4,5일 동안이나 주연이 계속되었다.

무송은 내심 생각했다.

'형님을 찾아서 청하현으로 돌아가려고 했더니 이렇게 양곡현 도두가 될 줄이야!'

이때부터 무송은 상관에게 총애를 받게 되었고, 그 고장 마을마다 모르는 사람이 없을 만큼 유명한 존재가 되었다.

다시 2,3일이 지난 어느 날, 무송은 현전에 나와서 한가하게 거닐고 있었다.

난데없이 등덜미에서 어떤 사람이 소리를 질렀다.

"무도두! 인제는 굉장히 출세를 했군! 어째서 나를 한번도 찾아보지 않는다는 거지?"

무송은 머리를 돌이켜 바라보더니 역시 소리를 질렀다.

"아니! 어째서 여기 계시오?"

24 음탕한 형수

王 婆 貪 賄 說 風 情
鄆 哥 不 忿 鬧 茶 肆

난데없이 나타나서 무송을 부른 사람은 바로 친형인 무대랑(武大郞)이었다. 1년이나 넘도록 서로 소식을 모르고 지낸 형제들이다. 반가움은 이루 형언키도 어려웠다.

형 무대(武大)는 그 동안 아내를 맞이했는데, 청하현 사람들이 업신여기고 집적대고 시끄럽게 굴어서 하는 수 없이 이 근처로 이사를 와서 셋방살이를 하고 있으며, 남들이 시끄럽게 굴 때마다 자기 편이 되어 줄 사람이 없고 외로워서 견딜 수 없었으며, 이런 때마다 힘이 센 아우 무송을 간절히 생각하며 지내 왔다는 것이었다.

무대와 무송은 한 어머니가 낳은 친형제인데도 그 생김생김이 너무나 대조적으로 판이했다. 무송이 신장 8척의 늠름하고 당당한 대장부임에 비하여, 무대는 키가 5척도 못 되는데다가, 얼굴이 괴상망측하고 머리통이 이상야릇하게 생겨서 청하현 사람들은 그를 '땅딸보 울퉁불퉁(三寸丁穀樹皮)'이라는 별명으로 불렀다.

청하현 어느 부잣집에 애명을 반금련(潘金蓮)이라고 하는 하녀가 있었는데, 나이는 스물 남짓하고 매우 어여쁜 계집아이였다. 3월의 복사꽃같이 활짝 핀 얼굴에 음탕한 기색이 떠돌며 나긋나긋하게 가느다란 허리가 더구나 매혹적이요, 거기다 또 아양을 떠는 입심이 보통이 아닌 여자였는데, 그 부잣집 주인 되는 사람이 엉큼스럽게 손을 대려는 눈치를 알아챈 반금련은 주인의 말을 거절했을 뿐만 아니라, 이런 사실을 안주인에게 고해바쳤다. 그 부잣집 주인은 반금련에게 앙심을 먹고, 자기 돈을 써가면서 무대 같은 변변치 않은 남자에게 한 푼도 받지 않고 반금련을 떠맡겨 버렸다.

땅딸보 무대는 동네의 놀림감밖에 안 되는 위인이요, 남자로서 멋대가리없는 작자였기 때문에, 반금련은 시집가는 날부터 무슨 일이나 저 하고 싶은 대로, 더군다나 남편 몰래 다른 남자들과 곧잘 정을 통했다.

무대가 아우 무송을 집으로 데리고 가서 반금련에게 인사를 시키자, 형수는 첫눈에 시동생 무송에게 반해 버렸다.

'범을 때려잡은 사람이라니 정력인들 얼마나 대단할까! 그리고 여태 독신으로 지낸다니! 꼭 우리 집으로 이사를 오게 해서 함께 지내도록 해야지!'

반금련은 앙큼스런 배짱을 먹고 시동생 무송을 이층으로 안내하자 곧 술상을 벌이고 남편 무대를 시켜서 술시중을 들라고 아래 위층을 오르내리게 해놓고, 그 동안에 간드러지게 웃어 가며 애교에 넘치는 말로 술잔을 주거니 받거니 하다가 안주를 젓가락으로 집어서 무송의 입에 넣어 주다시피 온갖 교태를 부리었다.

그러나 무송은 강직한 성격의 소유자였다. 어디까지나 형수로서 깍듯이 대접했지만 반금련은 술을 몇 잔 마시자 게슴츠레해진 음탕한 눈초리로 연방 무송에게 추파를 던

졌다. 무송은 방바닥만 내려다보고 모르는 체하는 수밖에
없었다.

　무송은 술을 열몇 잔인가 마시고 자리에서 일어섰다.
자기 거처로 일단 돌아가서 짐을 꾸려 가지고 형의 집으
로 이사하기로 결정했다. 형수 반금련이 성화같이 졸라대
는 호의도 거절할 수 없었고, 형 무대도 무조건 아내의 말
에 찬성하여 오라고 했기 때문이었다. 대문 밖으로 나가는
무송을 보고 형수 반금련은 마지막까지 애교와 유혹을 퍼
부었다.

　"시아주비! 잊어버리지 마시구, 내일 꼭 오셔야 돼요!
눈이 빠지게 기다리게 하시지 말구요!"

　무송은 그 이튿날 마침내 형의 집으로 이사를 했다. 반
금련은 밤중에 보배라도 주웠다는 듯이 기뻐했고, 형 무대
는 이층에 방을 한 칸 따로 마련해서 침상까지 한 채 놓아
주고 아우를 편히 머무르도록 해주었다.

　이날부터 무송은 형의 집에서 기거를 하면서 도두의 직
을 위하여 관청에 출퇴근을 하게 됐고, 형 무대는 평소와
같이 거리에 나가서 매일 군떡장수를 했다. 반금련이 남편
을 젖혀 놓고 어찌나 성심성의껏 시동생 무송의 시중만
들어 주는지, 무송으로서는 도리어 괴롭고 쑥스럽기만 했
다. 그러나 반금련은 항시 무송을 한 번 건드려 보려는 앙
큼스런 생각을 버리지 않고 있었다.

　어느덧 한 달이 지났다.

　12월 어느날 밤, 일경 때까지 눈이 몹시 퍼부었다. 그
이튿날 아침에 일찍이 현에 출근한 무송은 점심때가 되어

도 집에 돌아오지 않았다. 반금련은 옆에 사는 왕파할멈에게 부탁해서 술과 고기를 마련하고 무송의 방에 화롯불까지 피워 놓고 눈이 빠지도록 기다리고 있었다.

오늘 밤에는 기어이 일을 치러서 무송을 자기 품속에 넣고야 말겠다는 앙큼스런 배짱을 먹고 있었다.

무송이 눈에 푹푹 빠져 가며 집으로 돌아오자 반금련은 생끗 웃는 낯으로 이층까지 따라 올라와 방문을 잠근 다음 술상 앞에 마주 앉아서 아양을 떨었다.

"날이 몹시 춥지요! 우리 한잔 같이 마실까요!"

"따로따로 들기로 하죠!"

무송은 술잔을 받아서 단숨에 들이켜고 또 한 잔을 따라서 형수에게 주었다. 반금련은 그 잔을 받아서 죽 들이켜더니 다시 술을 따라서 무송 앞에 내밀었다.

가슴팍을 살짝 풀어서 들여다뵈게 하고 새카만 귀밑머리를 한들한들, 얼굴에는 넘칠 듯한 웃음을 띠고 애교를 부렸다.

석 잔, 넉 잔, 술이 거나하게 취하기 시작했을 때, 반금련은 다시 술을 데우러 일어섰다. 그 동안에 무송은 화젓가락으로 화로 속의 숯불만 건드리고 있었다. 데운 술병을 들고 무송 앞에 나타난 반금련은 한편 손으로 무송의 어깨를 야무지게 꼬집었다.

"이렇게 얇은 옷을 입고 춥지 않으셔요? 시아주비는 불을 일으킬 줄 모르시는군요? 우리 둘이서 불을 일으켜서 화롯불같이 후끈후끈 달면 얼마나 좋아요!"

무송은 이를 데 없이 초조해서 잠자코 있었다. 그러나 반금련은 마음이 불덩이같이 뜨거워져서 무송이 초조하건 말건, 제멋대로 술 한 잔을 따라 들이켜다가 절반쯤 남겨 가지고 무송 앞에 내밀었다.

"만약, 그러고 싶으신 마음이 있으시다면 그 반잔 술을 드셔요!"

무송은 술잔을 홱 빼앗아 방바닥에 뿌려 버렸다.

"아주머니, 부끄러운 줄도 모르시고 이런 짓을 하시오?"

반금련은 얼굴이 새빨개져 가지고 음식 접시와 술잔을 수습하면서,

"농담을 해본 것뿐인데 그걸 정말로 아시고 이렇게 사람을 모욕하셔요?"

반금련은 아래층으로 쪼르르 내려가 버렸다. 무송은 화가 나서 방구석에 틀어박혀 있었다.

점심때가 훨씬 지나서 무대가 군떡장수 보따리를 떠메고 집으로 돌아왔을 때에는, 반금련은 부엌에서 두 눈이 시뻘겋게 퉁퉁 부어 가지고 쫄쫄 울고 있다가, 남편을 보자 엉뚱한 수작을 건다.

"시아주비라는 작자가, 깊은 눈 속에 집으로 돌아왔기에 술상을 차려 냈더니 아무도 없는 틈을 타서 이상한 말을 하면서 나를 지분거리려 들지 않겠어요!"

"내 아우는 그런 사람이 아니오. 옛날부터 성실한 놈이었는데. 떠들지 마오! 동네가 창피하지 않소?"

무대는 무송의 방으로 뛰어 올라가 사실 여부를 물어 보았지만 무송은 통 대답이 없었다. 불쑥, 집 밖으로 뛰쳐나가고 말았다. 얼마 있다가 무송은 되돌아오기는 했으나, 결국 토병 한 사람을 거느리고 와서 방안의 짐짝을 수습

해 가지고 아주 형의 집을 떠나가 버렸다.

무대가 대문간으로 쫓아나와서 물었다.

"무슨 일로 짐짝을 옮겨 가는 거냐?"

"형님, 묻지 마시오! 이야기를 하면 형님만 창피한 노릇이니, 나는 떠나가게 내버려 두시오!"

또 열흘쯤 지난 뒤, 무송은 이 고장을 떠나야 할 일이 생겼다. 빨라야 4,50일, 더디면 두어 달쯤 걸리는 길이었다.

그것은 지현이 부임한 지 이미 2년이나 되어서 돈푼을 착실히 모았기 때문에, 그것을 동경(東京) 친척의 집으로 보내서 맡겨 두었다가 더 큰 영달을 꾀할 때 쓰려고 했는데, 이 심부름을 무송이 맡은 것이었다.

무송은 동경으로 떠나게 된 그 전날, 형 무대를 찾아가서 간곡히 충고를 했다.

"형님, 내가 없는 동안에 형님이 동네 사람들에게 업신여김을 받으실 것이 걱정되오. 내일부터는, 하루 열 개 파는 떡을 다섯 개만 파는 한이 있더라도 매일 느지막하게 나가서서 일찌감치 집으로 돌아오도록 하시오. 날이 어둡기 전에 대문을 잠가 버리시고 절대로 어떤 놈이 뭐라든지 통 상대하지 마시오!"

또 형수에게도 충고를 했다.

"아주머니! 아주머니께서는 똑똑하신 분이니까 이 무송이 여러 말씀드릴 것도 없지만, 우리 형님은 어련무던하신 분이어서 모든 일이 아주머니 하시기에 달렸습니다. '바깥 문을 지키는 것이 뒷문을 지키느니만 못하다(表壯不如裏壯)'는 말이 있듯이 아주머니께서 집안을 잘 다스려 주시면 우리 형님이야 뭘 걱정하시겠습니까? 옛사람도 말했습니다. '울타리가 튼튼하면 개가 들어오지 않는다(籬牢犬不入)'고."

이 말을 들은 반금련은 도리어 울며불며 몸부림을 치면서 자기가 시집 올 때에는 시동생이 있다는 말을 듣지 못했는데, 어디서 이 따위 자식이 나타나서 사람을 모욕하느냐고 야단법석을 했다.

무송이 길을 떠나고 나서 또 10여 일이 지났다. 무대는 아우의 말대로 느지막이 집을 나가서 되도록이면 일찌감치 돌아오곤 했다. 집에 돌아오기만 하면 대문을 잠가 버리는 것이 버릇이 되다시피 했다.

반금련도 몇 차례나 남편과 옥신각신 말다툼을 했지만 아무 일도 없다는 듯이 나날을 보내고 있었다. 무대가 집으로 돌아올 때쯤 되면, 반금련은 미리 대문을 열어 주고 발을 내리고 다시 대문을 잠가 버렸기 때문에 무대도 속으로 기뻐하며, 이만하면 앞으로 무사히 지낼 수 있으리라고 생각했다.

또 2,3일이 지났다. 겨울도 며칠 남지 않았고 어딘지 모르게 봄기운이 감돌기 시작하는 날씨였다.

그날도 무대가 집으로 돌아올 무렵이 되었다. 반금련은 매일 하던 버릇대로 문밖으로 나가서 발을 걸으려고 하는데, 마침 어떤 사람 하나가 늘어진 발 옆으로 지나가고 있었다. 자고로 '공교로운 일이 없으면 이야기가 안 된다(沒巧不成話)'고 했듯이 반금련이 발을 걸으려다가 손에 잡고 있던 대나무 가지를 떨어뜨렸는데, 그것이 바로 옆을 지나가고 있던 그 사람의 두건(頭巾) 위에 떨어지고 말았다.

그 사람은 멈칫 서서 화가 나는 모양이었으나, 뜻밖에도 요염하기 이를 데 없는 젊은 여자가 서 있는 것을 보고 노기가 천리 만리 달아나 버렸다. 싱글싱글 웃는 낯으로 반금련을 유심히 바라다보았다.

반금련은 미안한 생각이 들어서 두 손을 맞잡고 서서 공손히 절을 하고 사과했다.

"그만 실수를 했어요! 관인께서는 아프셨겠네요!"

"아니, 대단치 않습니다. 걱정 마십시오!"

이 광경을 처음부터 남몰래 보고 있는 사람이 있었다. 바로 옆에서 찻집을 내고 살아가는 왕파였다. 깔깔대고 웃으면서 한다는 소리가,

"누가 대관인보구 발 밑으로 지나가시라고 했어요? 그거 참 잘 얻어맞으셨는데요!"

했다. 얻어맞은 사나이도 너털웃음을 웃었다.

"아니, 내가 잘못했지! 부인네를 깜짝 놀라게 해서 도리어 미안한걸!"

알고 보면, 이 사나이는 곡양현의 파락호 재주로서 현 앞에서 생약포(生藥舖)를 경영하고 있었다. 어렸을 적부터 위인이 간사하고 교활한데다가 제법 주먹과 몽둥이를 쓸 줄 알았다. 근자에는 갑자기 우쭐해져서 현의 공사에까지 참견을 하고 남에게 집적거려서 용돈을 얻어 쓰며 벼슬아치들과 결탁해서 남을 성가시게 굴기 일쑤여서 현의 사람들이 모두 그를 꺼려했다.

성은 서문(西門), 이름은 외자인 경(慶)인데, 형제 중에 맏아들이어서 사람들이 서문대랑(西門大郎)이라고 불렀

다. 요즘은 벼락부자가 되어서 돈푼깨나 주무르고 있었기 때문에 사람들은 모두 그를 서문 대관인(大官人)이라고 불렀다.

서문경은 대뜸 돌아서서 옆에 있는 왕파의 찻집으로 슬쩍 들어섰다. 차를 마시는 체하면서 반금련의 신분, 환경을 넌지시 알아보려는 것이었다. 왜냐하면 그는 반금련과 시선이 마주치는 그 순간부터 이 젊고 요염한 여자를 자기 것으로 만들어 보자는 엉뚱한 마음을 먹고 있었다.

이날부터 서문경은 며칠 동안을 연거푸 찻집에 차를 마시러 오는 체하고 일없이 나타나서 옆집 반금련을 행여나 한 번 만나볼까 하고 기웃거렸다. 왕파를 슬슬 구슬러 가며 중매를 서달라고 성화같이 졸라대기도 했다.

왕파로 말하자면, 명색이 찻집을 내고 있다고는 하지만, 사실인즉 여간내기가 아니었다. 뚜쟁이 노릇은 물론 난봉꾼들의 비위를 잘 맞추어서 일을 알선해 주고, 심지어 물고 들어오는 남녀들에게 방까지 빌려 주며 살아가는 할멈이었다.

"그 여자와 성사만 시켜 주면, 내 관재 값으로 열 냥은 드리리다!"

서문경이 이렇게 나오자 왕파는 또 돈벌 기회가 왔다는 배짱으로, 반금련을 유혹해서 성사할 수 있는 여러 가지 방법을 다음과 같이 서문경에게 알려 주었다.

첫째, 서문경은 백릉(白綾)·남주(藍紬)·백견(白絹) 등 세 가지 비단을 한 필씩, 그리고 좋은 솜 열 냥쭝을 사서 왕파에게 줄 것. 그러면 왕파는 이것을 가지고 반금련을 찾아가서 그 솜씨 좋은 바느질로 자기의 수의(壽衣)를 만들어 달라고 한다. 그러나 반드시 왕파의 집으로 건너와서 바느질을 해달라고 한다. 반금련이 왕파의 이런 청을 거절만 하지 않으면 첫째 유혹의 실마리를 잡아매게 되는 것.

둘째, 이튿날쯤 되어서 왕파의 집에 건너와서 바느질을 하기가 불편하니 자기의 집으로 가지고 가서 하겠다고 반금련이 고집을 부리면, 일은 다 틀어지는 것이지만, 그대로 왕파의 집에서 바느질을 계속만 해준다면, 둘째 유혹의 실마리를 또 잡아맬 수 있게 되는 것.

셋째, 사흘째 되는 날, 서문경은 점잖게 기침을 하면서 오랫동안 못 본 왕파의 얼굴이 보고 싶어서 왔다고 아주 의젓하게 나타날 것. 방으로 안내해 들였을 때, 반금련이 선뜻 일어서서 집으로 돌아가겠다고 하면 일은 틀어지는 것이지만, 그대로 주저앉아 있기만 하면, 셋째 유혹의 실마리를 잡아매게 되는 것.

넷째, 왕파는 서문경을 반금련에게 소개하고, 이분이 바로 자기에게 수의감을 선사해 주신 돈 많고 훌륭한 분이라고 칭찬을 자자하게 한다. 그리고 서문경은 반금련의 놀라운 바느질 솜씨를 입에 침이 마르도록 칭찬할 것. 이때 반금련이 뭣이라고 단지 한 마디라도 대답을 하면, 넷째 유혹의 실마리를 잡아매게 되는 것.

다섯째, 왕파는 서문경은 비단옷감을 주신 고마운 분이요, 반금련은 바느질로 수고를 해주었으니 그대로 있을 수 없다 하고, 뭣을 좀 사다가 대접해야겠다고 일어설 것이니, 서문경은 선뜻 돈을 꺼내 줄 것. 이때, 반금련이 자리를 떠서 가겠다고 일어서면 일은 틀리는 것이지만, 그대로 앉아 있기만 하면, 다섯째 유혹의 실마리는 잡아매지는 것.

여섯째, 왕파가 대접할 것을 사오겠다고 밖으로 나오면서, 잠시 서문경의 말동무라도 되어 주시오 했을 때, 그것이 싫다고 달아나면 일은 틀어지는 것이지만, 그대로 주저앉아 있다면 여섯째 유혹의 실마리는 잡아매지는 것.

일곱째, 밖으로 나온 왕파는 두 사람을 방안에 놓고 그대로 방문을 밖으로 잠가 버릴 것이니, 서문경은 이때 감언이설로 반금련을 유혹하고, 실수한 체하고 젓가락 한 짝을 상 위에서 떨어뜨려 놓고 그것을 잡는 체하고 반금련의 발을 꼭 꼬집어 줄 것. 소리를 지르고 야단을 치면, 그때에는 왕파가 다시 뛰어들어가서 적당히 구스를 것이지만, 잠자코 있다면 일은 다 성사된 것이나 다름이 없다는 것이었다.

왕파의 노련한 계책대로 일은 순조롭게 착착 진행되었고, 반금련은 그 유혹의 실마리에 휘감기고 말았다. 첫날, 둘째날이 계획대로 들어맞고 사흘째 되던 날, 왕파는 서문경과 반금련을 붙여 놓고 술상까지 차려서 서로 마시게 하고 술 한 병을 더 사오겠다고 슬쩍 밖으로 빠져 나왔다. 방문을 밖으로 잔뜩 잡아매어 놓고 왕파는 그 앞에 버티고 앉아 있었다.

서문경은 왕파가 가르쳐 준 대로 젓가락을 떨어뜨려 놓고 그것을 집는 체 살짝 반금련의 발을 꼬집었다. 그랬더니 반금련은 생끗 웃으면서,

"관인! 이런 장난질을 치시면 싫어요! 당신은 정말 저하구 이러실 작정예요?"

하고 추파를 던졌다. 서문경은 꿇어앉아서,

"부인이 소생을 좋아만 하신다면…."

하고 입을 헤벌리었다. 선뜻 대들어 서문경을 일으키고, 그대로 왕파의 방에서 옷을 벗고 허리띠를 풀고 갈 데까지 가고 말았다.

운후(雲雨)가 몰아치는 것 같은 장면이 끝나고 옷을 주워 입고 있을 때, 왕파가 문을 벌컥 열고 들어오며 능청을 떨었다.

"잘 됐어! 잘 됐어! 우리 집에 와서 바느질을 해달라구 그랬지, 누가 간부를 끌어들여 이 따위 짓을 하라고 했어? 무대가 알면 나도 혼이 날 테니 미리 알려 주는 게 낫겠군!"

서문경이 눈을 감아 달라고 애걸복걸했다. 왕파의 그 다음 말이 걸작이었다.

"눈을 감아 드리는 데는 조건이 있죠. 일후부터 무대 부인은 무대의 눈을 피해 가며 매일 대관인을 모셔 드릴 것. 하루라도 안 온다면 나는 무대에게 고해 바칠 테니까!"

세 사람은 또 술을 몇 잔 더 마셨다. 점심때가 지나자 반금련은 자리를 뜨면서,

"나는 먼저 집에 가봐야겠어요. 무대가 돌아올 때가 됐으니…."

하고 뒷문으로 살그머니 빠져 나와서 집으로 돌아가 먼저 발을 내리고 있을 때, 마침 무대가 문안으로 들어섰다.

왕파가 서문경을 흘끗 곁눈질해 보면서 이렇게 말했다.

"내 솜씨가 그럴듯하죠."

"대단해! 내, 집으로 돌아가는 길로 돈을 보내 드리리다."

"꼭 보내 주셔야 해요! 초상 치른 뒤에 통정한 값을 받으려고 애쓰게 하지 마시구요!"

서문경이 웃으면서 돌아간 것은 더 말할 것도 없다. 반금련은 이날부터 매일 살그머니 왕파의 집으로 건너와서 서문경과 히히덕거리게 됐다. 그 정분이 칠과 같고 쏠리는 마음이 아교와 같았다. 자고로 '좋은 일은 문밖에 나가지 않고(好事不出門), 나쁜 일은 천리에 전해진다(惡事傳千里)'라고 했듯이 반달도 못 가서 이웃간에 소문이 좍 퍼졌지만, 무대만은 감쪽같이 모르고 있었다.

이야기가 달라지지만, 이 현에 15,6세짜리 소년이 하나 있었는데, 성은 교(喬)요, 부친이 운주(鄆州)에서 귀양살이할 때 낳았다고 해서 운가(鄆哥)라고 불렀다.

집안에는 늙은 아버지가 있을 뿐, 이 어린 녀석은 매우 똑똑한 편이어서 현 앞에 있는 여러 술집으로 돌아다니면서 새로 나오는 과일을 팔고 있었는데, 늘 서문경에게서 용돈푼도 얻어쓰고 있었다.

그닐도 이 녀석은 배를 구해서 광주리에 담아 가지고 나와서 거리를 이리저리 돌아다니며 서문경을 찾고 있었다.

남의 말하기 즐기는 사람이 있어서 어린 녀석에게 이렇게 말했다.

"얘, 운가야! 네가 그분을 찾는다면, 내 한 군데 가르쳐 줄께 가서 찾아보련?"

"아저씨, 제발 좀 그분 계신 곳을 가르쳐 주셔요. 4,50전 벌게 되면 우리 아버님 봉양을 할 수 있으니 얼마나 좋겠어요!"

"서문경은 군떡장수 무대의 여편네하구 배가 맞아 가지구 노상 자석가(紫石街)에 있는 왕파의 집에만 틀어박혀 있다. 지금쯤 꼭 거기 있을 게다. 너는 어린 녀석이니 거리낄 게 있겠느냐? 달려가 보렴!"

운가는 단숨에 왕파의 찻집으로 달려갔다. 왕파는 마침 조그만 걸상에 앉아서 물레질을 해가며 실을 뽑고 있었다.

"할머니, 안녕하십니까?"

"운가야, 너 여기 뭣하러 왔니?"

"대관인님을 찾아서 몇십 전 벌어서 아버님 봉양이나 하려구요."

"어떤 대관인 말이냐?"

"할머니는 잘 아시면서… 바로 그 대관인님 말예요!"

"대관인도 성명이 있을 게 아니냐?"

"바로 서문대관인께 여쭐 말씀이 있어서요."

운가는 이렇게 말하고 그대로 안으로 뛰어 들어가려고 했다.

왕파가 운가를 덥석 움켜잡았다.

"요놈아, 어딜 가는 거야? 남의 집 안팎도 몰라보구 함부로 들어가다니!"

"난 방안에 들어가서 찾아보렵니다."

"이런 못된 녀석 보게! 우리 방안에 어디 서문대관인이 계시단 말이냐?"

"혼자 잡숫지만 마셔요! 저도 국 말국이라도 좀 마실 수 있게 해주셔요. 제가 뭐 모르는 줄 아시구…."

왕파가 버럭 소리를 질렀다.

"요놈! 네 놈이 알긴 뭣을 안단 말이냐?"

"할머니는 바가지 속에 배추를 넣고 칼로 썰 듯이 하나도 밖으로 튀어나오지 않고 물 샐틈도 없는 줄 아시지만, 제가 한 번 군떡장수 아저씨에게 한 마디만 하는 날에는 야단법석이 날 겁니다!"

왕파는 이 몇 마디로 아픈 데를 꼭 찔려서 내심 격분을 참지 못하고 호통을 쳤다.

"이 망할 자식, 네 놈이 내 집에 와서 네 멋대로 아무 소리나 지껄여 대는 거냐?"

"절더러 망할 자식이라구요? 할머니는 서방질하는 년들에게 방이나 빌려 주는 뚜쟁이…."

왕파는 약이 올라서 운가를 움켜잡고 주먹을 두어 대나 먹였다. 운가는 소리를 질렀다.

"때릴 테면 때려 봐요! 무사할 줄 알구?"

왕파는 분을 참지 못하여 운가를 닥치는대로 마구 후려 갈기면서 길거리로 내쫓았다.

배를 잔뜩 담은 광주리가 내동댕이쳐져서 배가 길바닥에 데굴데굴 굴렀다. 운가는 왕파를 당해낼 도리가 없어서 몸부림을 치며 울고불고, 배를 도로 주워서 광주리에 담아 가지고 달아나면서 왕파의 집을 향해 소리를 질렀다.

"어디 두고 봅시다! 이런 늙은 벌레 같은 년이! 나중에 후회하고 어쩌니저쩌니 울고불고 하진 말란 말야! 내가 그 사람보구 일러 주지 않을 줄 알구? 내가 그 사람을 한 번 찾아가기만 한다면 야단법석이 나고야 말걸!"

운가는 배 광주리를 들고 그 사람을 찾으러 달려갔다.

이리하여 원앙의 모래 위 잠〔沙上眠〕도 깨게 된다.

25 남편에게 독약을

王 婆 計 啜 西 門 慶
淫 婦 藥 鴆 武 大 郎

　과일장수 소년 운가는 왕파에게 호되게 매를 맞고, 약이 바짝 올라서 배 광주리를 잔뜩 움켜잡은 채 무대랑을 찾아서 거리로 내달았다.

　길모퉁이를 두 군데쯤 구부러졌을 때, 공교롭게도 떡모판을 어깨에 메고 걸어오는 무대랑과 마주쳤다.

　운가는 걸음을 멈추고 서서 무대랑의 아래위를 유심히 훑어보며 다짜고짜 이렇게 말하였다.

　"한동안 뵙지 못했더니 굉장히 살이 찌셨구려?"

　"나는 언제나 이 모양인데, 무슨 살이 쪘단 말이냐!"

　"나는 벌써부터 보릿겨를 좀 구하려고 돌아다니는 길인데, 무대 형 댁에 있다는 소문을 듣고 만나뵈려고 하던 참이오."

　"우리 집에 보릿겨가 있다고? 우리 집에서는 거위나 오리 같은 음탕한 짐승을 기르지도 않는데, 무슨 보릿겨가 있겠느냐?"

　"거위나 오리같이 음탕한 짐승은 없어도, 무대 형 댁에는 음탕한 아주머니가 계실 거요!"

　"이녀석! 그게 무슨 소리냐? 그래, 우리 여편네에게 정부라도 있다는 말이냐?"

"정부는 없어도, 샛서방은 있을 것이오!"

"이 망할 자식! 생사람을 잡을 작정이냐?"

"아주머니를 도둑질하는 놈은 내버려 두고, 왜 나보구만 욕을 하시는 거요?"

"내 여편네를 도둑질하는 놈이 대체 누구란 말이냐? 그 놈을 좀 가르쳐 다오! 내 떡 열 개를 주마!"

"떡을 가지고야 되겠소! 술이나 서너 잔 사주시오!"

"어린 녀석이 술도 마실 줄 안단 말이냐? 그럼 날 따라 오너라!"

무대는 떡모판을 도로 어깨에 메고, 운가를 데리고 어떤 조그마한 선술집으로 들어갔다. 떡도 몇 개 먹이고 고기안주도 사고 술도 한 병 데워서 따라 주었다.

운가는 배불리 먹고 마시고 나서야 자초지종을 무대에게 자세히 설명해 주었다. 머리에 매를 맞아서 생긴 혹을 만져 가면서, 배를 팔아 보려고 서문경을 찾아 돌아다니던 판에, 거리에서 만난 사람에게 서문경이 왕파의 찻집에서 무대의 아내와 재미를 보고 있다는 소문을 듣고 돈이나 좀 벌어 볼까 하고 그곳으로 달려갔다가, 왕파에게 매만 실컷 맞고 쫓겨왔다는 사실을 하나도 빼놓지 않았다.

"그게 정말이란 말이냐?"

무대는 두 눈이 휘둥그레지면서 처음에는 운가의 말을 믿지 않으려고 했지만, 요즘 왕파의 집으로 바느질을 하러 간다고 집을 비우고 나갔다가 돌아오는 아내가, 언제나 두 볼이 볼그스레해 가지고 나타나는 것을 보면 짐작이 가는 점이 없지도 않았다.

"이런 우라질 년이! 나를 속이고? 당장에 그 샛서방놈을 잡으러 가야겠다!"

"하지만 저 왕파란 늙은 개 같은 년이 얼마나 무서운지 아시오? 무대 형이 어떻게 할멈을 감당해낼 수 있겠소? 세 년놈들은 암호를 쓰고 있어서 누가 잡으려고 온 줄만 알면 당장에 할멈이 숨겨 버리거든! 또 서문경도 이만저만한 자가 아니어서, 무대 형 같은 사람은 20명이라도 혼자서 당해낼 만하니, 만약에 그자를 붙잡지 못한다면 억울하게 주먹다짐만 당하고 말 것이오. 그자는 돈이 많고 세도가 대단하니, 관가에 고소라도 하게 된다면 도리어 이편이 혼이 날 판이오!"

"그래, 네 말이 옳다. 그런데 어떻게 하면 분풀이를 해본다지?"

"이렇게 합시다. 나도 그 늙은 개 같은 할멈에게 매를 맞고 보니 분해서 견딜 수 없는 판이오! 무대 형은 오늘 저녁에는 좀 느지막하게 집으로 돌아가서 시치미를 뚝 떼고 아무것도 모르는 체하고 계시오. 그리고 내일 아침에는 떡을 조금만 만들어 가지고 팔러 나오시오. 내가 골목 어귀에서 기다리고 있다가 서문경이 들어가는 것을 보기만 하면 곧 달려와서 형을 부르리다. 형은 떡목판을 떠멘 채로 근처에서 서성거리며 기다리고 계시오. 내가 먼저 뛰어 들어가서 왕파년의 약을 올리면 할멈은 나한테 덤벼들 것이오. 그렇게 되면 내가 과일 광주리를 문밖으로 내동댕이칠 터이니, 무대 형은 그것을 보거든 당장에 뛰어 들어서 내가 왕파를 가로막고 있는 틈을 타서 다짜고짜로 방안으로 달려 들어가서 호통을 치시오!"

이런 약속을 단단히 한 다음, 무대는 술값을 치르고 운가와 작별하고 거리를 다시 한 바퀴 빙 돌아서 집으로 어슬렁어슬렁 돌아갔다.

본래, 무대의 여편네는 평소에 남편보고 욕설만 퍼붓고 제멋대로 업신여기기만 했는데, 근자에 와서는 이 여자도 자기 자신의 못된 소행을 깨달았음인지 다소 남편의 체면도 생각하는 체, 어물어물해 넘기곤 했다.

그날 밤에, 무대는 집으로 돌아가서 시치미를 뚝 떼고 평소와 조금도 다름이 없이 태연하게 굴었다.

"술을 마시셨군요?"
하고 묻는 아내의 말에,
"얼마 전에 장사꾼들하고 서너 잔 했지"
하고, 간단히 대답했을 뿐이었다.

그날 밤을 아무 일 없이 지낸 다음, 이튿날 아침이 되자 무대는 아침밥을 먹고 나서 운가가 지시한 대로 떡을 조금만 만들어 가지고 장사를 나갈 채비를 차리고 있었다.

아내는 서문경에게만 정신을 쏟고 있었기 때문에 남편이 떡을 얼마나 가지고 장사를 나가든 그런 것은 아랑곳하지 않았다. 남편이 대문 밖으로 사라지기가 무섭게 살짝 빠져나와서 왕파의 집으로 달려가 서문경이 나타나기만 기다리고 있었다.

무대가 떡모판을 메고 골목 어귀까지 갔을 때, 운가는 과일 광주리를 손에 들고 망을 보고 있었다.

"어떻게 됐니?"

"아직 좀 일러요. 한 바퀴 더 돌아서 떡을 팔다가 오시오. 놈이 오기는 꼭 올 것이오. 이 근처에서 기다리고 있어야 하오."

무대가 돌아서서 가는 것을 보고 나서, 운가는 곧장 과일 광주리를 손에 든 채 왕파의 다방으로 뛰어 들어가서 욕설을 퍼부었다.

"늙은 개돼지 같은 년아! 어제는 어째서 나를 때렸단 말이냐?"

할멈은 타고난 성미를 참지 못하고 펄쩍 뛰어 일어서며 호통을 쳤다.

"이 원숭이 새끼 같은 녀석아! 네 놈이 우리 집에 무슨 볼 일이 있기에, 뛰어들어서 욕설을 퍼붓느냐!"

왕파는 운가를 붙잡고 때리기 시작했다. 운가는 과일 광주리를 대문 밖으로 훌쩍 내동댕이쳤다.

무대가 재빨리 뛰어들었을 때에는, 운가는 왕파의 허리춤을 잔뜩 껴안고, 머리로 아랫배를 받으면서 한편 벽에다 왕파의 몸을 꾹 눌러 꼼짝도 못하게 하고 있었다.

"무대가 왔다!"

왕파는 갈라진 음성으로 악을 썼다. 무대의 여편네는 방에 있다가 허둥지둥 문고리를 잠그고 방문을 몸으로 막고 섰다. 서문경은 침상 밑으로 기어 들어가서 몸을 감춰 버렸다.

무대가 아무리 방문을 두들겨도 열릴 리 없었다. 그저 소리를 지를 뿐이었다.

"년놈이 잘 놀구 있구나!"

여편네는 방문을 몸으로 막고 서서 당황해서 어쩔 줄 모르며 소리를 질렀다.

"평소에는 주먹이 어떠니, 몽둥이가 어떠니 하고 주둥이를 놀리면서도, 이렇게 위급한 마당에서는 쓸모가 없으니!

종이로 만든 호랑이를 보고도 놀라 자빠질 판이로군!"
　이 말은 분명히 서문경에게 무대를 때려서 내쫓아 달라는 말이었다.
　침대 밑에서 여자의 이런 말을 듣고도 참고만 있을 서문경이 아니었다. 다짜고짜 기어나와서 방문을 벌컥 열어젖히며 소리를 질렀다.
　"문을 두드리지 말고 조용히 있거라!"
　체구도 작은 무대가 선뜻 덤벼들었지만 서문경을 대적할 수는 없었다. 서문경은 무대의 가슴 한복판을 발길로 힘껏 걷어질렀다. 무대가 발딱 나자빠지는 틈을 타서 서문경은 날쌔게 뺑소니를 쳐버렸다. 운가도 사태가 불리하다고 느끼자 왕파를 뿌리치고 도주하고 말았다.
　왕파는 나자빠져 있는 무대를 부축해서 일으켰다. 무대는 입으로 피를 토하며 얼굴빛이 초똥〔蠟査〕같이 누르퉁퉁했다. 왕파는 곧 무대의 여편네를 불러내 가지고 물을 떠오게 해서 숨을 돌리게 한 다음, 둘이서 아래위로 떠메고 뒷문으로부터 이층으로 부축해 올려다가 침상에 뉘어 잠이 들게 했다.

　이튿날이 되자, 서문경은 별로 대단한 일이 없었다는 것을 알고, 여전히 사람의 눈을 피해 왕파의 집에 와서 무대의 여편네를 만났으며, 무대가 하루 바삐 죽어 주었으면 하는 생각뿐이었다.
　무대는 병석에 눕고 말았다.
　5,6일 동안이나 물 한 모금 얻어먹을 수가 없었다. 여편네는 불러 봐도 대답조차 없으며, 여전히 짙은 화장을

하고 집을 나가서는 두 볼이 불그스레해서 돌아오곤 했다. 무대는 미칠 것만 같은 분노를 참을 길이 없었으나 아무도 그를 돌봐 주는 사람이 없었다.

하루는 여편네를 불러앉히고 따졌다.

"네 년은 샛서방을 끼고 드러누워서 온갖 재미를 다 보면서 그놈을 시켜서 내 가슴을 발길로 차서 이 꼴을 만들었으니, 어차피 나는 죽을 몸이지만, 나에게는 동생이 있으니 그 녀석의 성미가 어떻다는 것은 잘 알고 있겠지? 이제부터라도 나를 잘 돌봐 준다면 동생이 돌아와도 아무 소리 하지 않겠지만, 만약에 끝까지 나를 모른 체하고 죽게 내버려 둔다면 동생이 돌아온 다음 네 년놈들을 그대로 두지는 않을 것이다!"

무대의 여편네는 아무 대답도 하지 않고 그 말을 듣고만 있다가, 왕파의 집으로 달려가서 서문경에게 알려 주었다.

이 말을 들은 서문경은 얼음구덩이에 거꾸로 처박힌 것 같은 심정이었다. 경양강에서 호랑이를 맨손으로 때려잡은 무도두. 청하현에서 명성이 쟁쟁한 호걸 무송. 그 이름 앞에서는 서문경도 전신이 부들부들 떨리지 않을 수 없었다.

"이 일을 장차 어쩌면 좋다?"

그러나 왕파는 코웃음을 쳤다. 서문경의 사나이답지 못한 태도를 비웃으며 이렇게 말했다.

"하루살이 부부 노릇을 하실 생각이라면, 두 분께서는 오늘을 마지막으로 깨끗이 헤어져 버리시고, 무대가 병을 돌린 다음 사죄나 하셔서 무송이 돌아오더라도 말썽이 없

도록 하실 것이고, 오래오래 같이 사실 생각이시라면 내게
좋은 계책이 있으니 내 말대로만 하십시오."
  "무슨 좋은 방법을 생각해 주시오. 언제까지고 길이길이
같이 지내고 싶으니."
  "무대의 병세가 중한 기회를 놓치지 말고 처치해 버리십
시오. 대관인 댁에는 비상이 있으실 것이니, 그것을 조금
가져오시도록 하고, 여편네를 시켜서 가슴앓이약을 한 첩
지어 오게 해서 비상을 그 속에 타서 무대에게 먹여서 끝
장을 낸 다음에 불에 깨끗이 태워 버리면 흔적도 없게 될
것이니, 무송이 돌아오더라도 어쩔 도리가 없을 게 아닙니
까? 자고로 '시동생과 형수는 대면하고 인사도 할 수 없는
사이(叔嫂下通問)'라 했고 '첫번 시집은 부모의 의사를 따
르고(初嫁從親), 둘쨋번 시집은 자기 의사대로 한다(再嫁
緣身)'고 했으니, 시동생이 감히 무슨 말을 할 수 있겠습
니까. 반년이고 일년이고 남몰래 왕래하시다가 남편의 거
상이나 벗게 되거든 대관인께서 댁으로 맞아들이시면 오
래오래 부처 노릇을 하시면서 해로동환(偕老同歡)하실 수
있지 않습니까!"
  "그거 참 좋은 계책이군!"

  서문경은 한참 만에 비상 한 봉지를 가져다가 왕파에게
주었으며, 왕파는 다시 그것을 가루로 만들어서 무대의 여
편네에게 넘겨주고, 어떻게 먹여서 어떻게 죽이라는 방법
까지 자세히 가르쳐 주었다.
  비상가루 한 봉지를 몸에 지니고 집으로 돌아온 무대의
여편네는, 곧 이층으로 올라가서 숨이 금방 끊어질 것같이

헐떡거리며 병석에 누워 있는 남편의 침상가에 걸터앉아 마음에도 없는 눈물을 흘리며 엉엉 울었다. 무대가 묻는다.

"왜, 이렇게 우는 거지?"

"나는 그놈한테 단단히 골탕을 먹었어요. 설마 당신을 발길로 걷어차서 이 꼴을 만들 줄야. 이리저리 돌아다녀 보다가 좋은 약이 있다기에 사가지고 오려고 했지만, 당신에게 의심을 받을까 겁이 나서요!"

"당신이 내 병을 고쳐 줄 성의만 있다면, 내 과거지사는 씻은 듯 잊어버리고 동생이 돌아온다 해도 아무 말도 하지 않으리다. 어서 그 약을 사다가 먹도록 해주오!"

여편네는 당장에 동전 몇 닢을 가지고 왕파의 집으로 달려가서 약을 사오게 해가지고, 다시 무대가 누워 있는 이층으로 돌아와서 그의 눈앞에 내밀어 보이면서 말했다.

"이것 봐요! 바로 가슴앓이약이에요. 이것을 밤중에 마시도록 하라고 의원이 그러더군요. 그리고 약을 마신 뒤에는 이불을 뒤집어쓰고 땀을 내면, 내일 아침에는 거뜬할 것이라구…."

밤중이 되었다.

무대의 여편네는 이층방에 불을 밝혀 놓고, 아래층으로 내려와서 우선 큰 솥에다 물을 잔뜩 끓이고 그 속에 행주를 담가 두었다. 북소리가 삼경을 알렸다.

여편네는 독약을 그릇에 담고 또 딴 그릇에 더운 물을 담아 가지고 이층으로 올라갔다. 큰 소리로 남편의 머리맡에서 악을 썼다.

"여보시오! 어디다 두셨소?"

"머리맡, 요 밑에 넣어 두었소. 자, 어서 먹여 주오!"

여편네는 요를 걷어젖히고 가슴앓이약을 꺼내서 그릇 속에 담고, 몸에 지니고 있던 비상을 재빨리 그 약 속에 타버렸다. 머리에 꽂고 있는 은비녀를 뽑아서 약을 휘휘 저은 다음, 왼편 손으로 무대의 머리를 부축해 일으키고 오른편 손으로 약을 입안으로 흘려넣었다. 무대가 꿀꺽 한 모금, 또 두 모금을 마시려고 했을 때 여편네는 약그릇을 기울여서 몽땅 목구멍 속으로 흘려 넣고 말았다.

"아! 아! 이 약을 먹었더니 왜 이다지 배가 아프다지? 으으응! 날 좀 살려 줘!"

여편네는 경각을 지체치 않고 무대의 얼굴에 이불을 뒤집어씌웠다.

"아! 숨이 막혀! 숨이!"

여편네는 침상 위로 선뜻 뛰어 올라가서 말을 타듯이 무대의 배를 타고 앉아서 틈이 벌어지는 이불자락을 힘껏 눌렀다. 괴로운 숨소리도 몇 번 들리지 않은 채 무대의 전신은 축 늘어지고 말았다.

여편네가 이불자락을 다시 걷어 올렸을 때에는, 무대는 이를 악물고 눈·코·입·귀에서 피를 흘리며 죽어 있었다. 여편네가 벽을 두들겨서 암호를 보내니 왕파가 날 듯이 달려와서 모든 뒷수습을 했다. 왕파는 뜨거운 물에 담갔던 행주를 짜가지고 무대의 피를 깨끗이 씻어 버리고 머리를 빗기고, 두건을 씌우고, 옷을 입힌 뒤 흰 비단으로 얼굴을 가려 가지고 아래층 마루방으로 옮겨다 놓고 나서, 다시 이층으로 올라가 흔적도 없이 방을 깨끗이 수습해 주고 자기 집으로 돌아갔다.

여편네는 목청이 갈라지도록 '우리 영감'을 찾으면서 밤 새도록 마음에도 없는 통곡을 했다. 초상이 났다는 것을 동네 사람에게 알리자는 수작이었다.

오경, 날이 밝을 무렵에 왕파도 다시 달려왔고 서문경 도 초상이 난 줄 알고 달려왔다. 능청스런 왕파가 사정을 설명하자, 서문경은 장사비용으로 쓰라고 여편네에게 은 전을 내놓았다.

이때, 왕파는 서문경에게 한 가지 걱정거리가 있다는 말을 꺼냈다. 그것은 관청의 단두(團頭-收屍官)인 하구숙 (河九叔)이란 자가 깐깐한 사람이어서 눈치를 채고 염 (殮)을 해주지 않으면 장례를 치를 수 없으리라는 점이었 다.

그러나 서문경은 하구숙의 일이라면 자기가 자신있게 구워삶을 수 있다고 장담하고 나갔다.

날이 밝자 왕파는 관이며, 향이며, 촛불이며, 지전(紙 錢)이며 모든 준비를 갖추고 무대의 여편네와 함께 밥을 지어서 시체 앞에 차려 놓고 등불도 밝히었다.

조상을 온 동네 사람들이 무슨 병으로 갑작스레 세상을 떠났느냐고 물으면, 무대의 여편네는 한결같이 가슴앓이 병이 악화되어서 죽었다고만 대답했다. 동네 사람들은 수 상쩍은 점이 있다고 생각했지만 구태여 까닭을 캐어 물어 보려 하지 않았고, 그저 과부에게 위로의 말을 해주고 돌 아갈 뿐이었다.

동네 사람들이 돌아간 다음에, 왕파는 관을 마련해 놓 은 뒤 하구숙을 부르러 사람을 보내고, 입관에 필요한 모 든 준비를 마친 다음 스님도 두 사람이나 불러다가 밤을 새워 가며 경을 읽도록 했다.

하구숙이란 사람은 점심때가 거의 다 되어서야 어슬렁 어슬렁 걸어오다가 자석가(紫石街) 어귀에서 기다리고 있던 서문경과 마주쳤다.

"아, 어딜 그리 바삐 가시오?"

하고 서문경이 묻는 말에 하구숙이 대답했다.

"방금 세상을 떠났다는 떡장수 무대랑의 입관을 봐주러 가는 길입니다."

"내, 좀 같이 상의하고 싶은 일이 있으니 저기까지 같이 갑시다!"

하구숙은 영문도 모르고 서문경을 따라서 골목 모퉁이에 있는 조그마한 선술집으로 들어가서 방안에 들어앉았다.

서문경은 제일 좋은 술과, 이것저것 안주를 잔뜩 시켜 가지고 하구숙을 대접했는데, 하구숙은 점점 더 이상해서 무슨 까닭인지를 알 수가 없었다.

'지금까지 자리를 같이하고 술을 마셔 본 일이 없던 사람이, 오늘 이렇게 이상스럽게 구는 것은 필시 무슨 연고가 있으리라!'

하구숙이 혼자 이런 생각을 하면서 얼마 동안 주는 술을 받아 마시고 있자니까, 서문경이 소맷자락 속으로부터 10냥짜리 은붙이 하나를 꺼내어 술상 위에 놓았다.

"구숙(九叔)! 변변치 못한 것이지만 받아 넣으시오. 내일 또다시 사례를 하겠소."

하구숙은 두 손을 맞잡고 공손히 절했다.

"소인은 조금도 무슨 일을 도와드린 일이 없는데 대관인께서는 어째서 이런 것을 주십니까? 대관인께서 소인에게 무슨 일을 분부하실 것이 있다 하더라도 이것만은 받지 못하겠습니다."

"너무 사양하지 말고 받아 두시오."

"그럼, 무슨 일이신지 분부하십시오. 명령하시는 대로 하겠습니다."

서문경은 그제야 서슴지 않고 말을 꺼냈다.

"뭐, 별로 대단한 일도 아니지만… 이따가 저편에서도 적당히 사례를 할 것이오. 다른 일이 아니라, 지금 일을 보러 가시는 무대의 염(殮)에 관해서는 범백사(凡百事)를 잘 좀 돌봐 주시오. 그저 비단이불로 씌워 버리고 그 이상 아무 말도 하지 말아 주었으면 좋겠소!"

하구숙이 받았다.

"그 정도의 대수롭지 않은 일이 뭐 그리 어려운 일이라고 돈까지 주시렵니까? 소인은 절대로 이것은 받지 못하겠습니다!"

"구숙이 내가 주는 것을 물리친다면, 그것은 내 청을 거절하겠다는 의사요?"

하구숙은 정말 난처해서 어찌해야 좋을지 몰랐다.

서문경이 천하에 유명한 악당이요, 관부(官府)를 쥐락펴락하는 위인이라는 것을 평소에 잘 알고 있는 하구숙이었다. 그가 주는 것을 받지 않고 물리쳐 버릴 도리는 없었다.

두 사람이 또 술을 몇 잔인지 더 마시고 나서 서문경은 술집 사람을 불러, 술값을 적어 두면 내일 다시 와 지불하겠다고 일러두고, 함께 아래층으로 내려와서 밖으로 나왔다.

서문경이 또 다짐을 두었다.

"명심하시고 절대로 이번 일을 누설해서는 안 되오. 다음날 내 반드시 신세는 갚겠소."

서문경은 하구숙과 갈라져 훌쩍 가 버렸다.

하구숙은 내심 수상쩍은 생각을 금치 못하며 혼자서 이런 생각을 했다.

'이건 정말 이상한 일인걸! 내가 무대의 시체를 염하러 간다는데 어째서 저자가 나에게 이렇게 많은 돈을 내 놓는단 말인가? 여기엔 반드시 무슨 심상찮은 곡절이 있을 것이다!'

하구숙이 무대의 집 문앞까지 왔을 때, 여러 하인배들이 문간에서 기다리고 있었다.

하구숙이 대뜸 묻는다.

"무대는 무슨 병으로 세상을 떠났단 말이냐?"

하인배들이 입을 모았다.

"집안에서는 가슴앓이로 세상을 떠났다고 합니다."

하구숙은 발을 걷어올리고 안으로 들어섰다.

왕파가 재빨리 내달아 하구숙을 영접하며 넉살을 떨었다.

"아저씨를 얼마나 눈이 빠지도록 기다렸는지 아세요?"

하구숙은 시치미를 뚝 떼고 천연스럽게 대답했다.

"대단치 않은 볼일에 발목을 잡혀서 발길이 좀 늦어졌소."

이때, 무대의 여편네가 소복을 입고 안방으로부터 마음에도 없는 울음을 울면서 밖으로 나왔다. 하구숙이 인사를 한다.

"얼마나 심정이 괴로우시겠소? 무대가 갑작스레 세상을 떠나게 되다니…."

여편네는 눈물을 억지로 가리는 체하면서 말했다.

"어떻게 말씀드려야 좋을지 모르겠어요! 남편의 가슴앓이 증세가 이렇게 갑작스레 며칠 동안에 더쳐 가지고 세상을 떠나게 될 줄야 꿈엔들 생각했겠어요! 이렇게 나를 혼자 남겨 두어서 고생을 시키려 들 줄야!"

하구숙은 여편네의 모습을 아래위로 유심히 훑어보다가 혼자서 입속으로 중얼거렸다.

'나는 여태까지 남의 말만 들었지 한 번도 무대 여편네를 만난 일이 없었는데, 알고 보니 무대는 이런 여편네와 살고 있었구나! 서문경이 은붙이 열 냥을 준 것도 까닭이 있었군!'

하구숙은 무대의 시체를 바라다보며 번〔千秋旛〕을 걷어 흰 비단을 벗기고 오륜팔보(五輪八寶)의 법을 써서 두 눈을 까뒤집고 들여다봤다.

"아앗!"

하구숙은 무서운 소리를 지르며 뒤로 벌떡 나자빠졌다. 입으로 피를 토하고 손톱이 새파랗게 죽었다. 입술은 보랏빛으로 변했고 얼굴빛은 백지장처럼 돼 가지고 눈에는 광채가 없었다. 이야말로 몸은 오경을 치는 북소리를 들은 달빛처럼 힘이 없고, 목숨은 기름이 다해 가는 삼경의 등잔불 같았다.

26 형의 원수를 갚다

偸 骨 殖 何 九 送 喪
供 人 頭 武 二 認 祭

하구숙이 마룻바닥에 나자빠지자 일꾼들 몇이 달려들어서 부축해 일으켰다. 왕파는 시체에서 풍기는 독기를 마신 까닭이라고 떠들면서 물을 두어 모금 얼굴에다 뿜었다.

하구숙이 차츰차츰 몸을 꿈틀거리고 정신을 차리게 되자 일꾼 둘이서 낡은 문짝 위에다 태워 가지고 우선 그의 집으로 떠메고 가서 침상에 누였다.

언제나 튼튼한 몸으로 일찍이 시체의 독기 같은 것을 마셔 본 일이 없는 남편이 이 꼴이 된 것을 보자, 하구숙의 아내는 침상 가로 대들어서 흑흑 느껴 울었다.

일꾼들이 돌아간 것을 알자, 하구숙은 발길로 아내를 쿡쿡 찌르면서 우선 아무 걱정 말라고 하며 여태까지의 자초지종을 이야기했다.

하구숙은 서문경에게 은붙이를 받을 때부터 수상쩍은 생각이 들었는데, 막상 무대의 시체를 대하고 보니 모든 일이 석연하게 짐작이 갔다. 그러나 섣불리 염을 할 수 없다는 것을 퍼뜩 느꼈다. 염을 해서 무대를 묻어 버린다면 나중에 나타날 무송이 가만히 있을 리 없을 것이고, 염을 하지 않으면 돈 많고 세력 많은 서문경의 성화를 감당해 낼 수 없을 것이 뻔하므로 이런 연극을 꾸며서 곤란한 입장을 모면해 버린 것이었다.

그러면 앞으로 이 일은 어떻게 수습할 것인가? 이 점에 대해서는 하구숙의 아내가 꾀를 냈다.

첫째, 젊은 일꾼들을 시켜서 염을 해버리고 언제쯤 출상하는지 그것만 알아 둘 것. 무송이 돌아온 다음에 발인을 한다면 더욱 문제는 간단해질 것이고, 지금 당장에 시체를 내간다 해도 하구숙에게는 책임 문제가 없으리라는 것.

둘째, 만약에 화장을 해버리겠다고 서두른다면 반드시 트릿한 까닭이 있는 것이니, 장례식에 따라가는 체하고 무대의 뼈다귀 두 개를 훔쳐다가 서문경에게서 받은 10냥의 은붙이와 함께 잘 싸서 간직해 두었다가 후일에 무송이 돌아오게 되면 증거품으로 내세울 수 있고, 만약에 무송이 영영 소식이 없다면 그때에는 금붙이가 이편 것이 되리라는 것.

하구숙은 아내의 놀라운 꾀에 탄복했다.

"집안에 현처가 있으면 무슨 일이나 똑똑히 처리할 수 있군!"

하구숙은 즉시 일꾼들을 시켜서 시체를 적당히 염해 버렸고, 왕파와 무대의 여편네는 예정대로 장례의 만반준비를 갖추어서 사흘째 되던 날 화장터로 나갔다.

화장이 끝나갈 무렵에, 하구숙은 지전을 태우러 온 체하고 왕파와 여편네를 재당(齋堂)으로 꾀어서 보내 버리고, 뒷수습은 자기가 맡겠노라고 안심시킨 다음, 쉽사리 뼈다귀 두 토막을 훔쳐내는 데 성공했다.

그 뼈다귀를 골지(骨池)에다 담가 봤더니 순식간에 시

커멓게 변해 버렸다. 하구숙은 그것을 조심조심 몸에 간직하고 화장을 무사히 끝내자, 천연스럽게 여러 사람들과 이야기를 주고받으며, 집으로 돌아와서 종이에 연월일과 장례식에 참석했던 사람들의 성명을 모조리 적어서 서문경에게서 받은 은붙이와 함께 주머니 속에 넣어서 잘 간직해 두었다.

한편, 무대의 여편네는 집으로 돌아오자 뻔뻔스럽게도 들창 가에 '망부무대랑지위(亡夫武大郎之位)'라고 쓴 영패(靈牌)까지 만들어 세우고, 영상(靈床) 앞에는 유리등(琉璃燈)에 불까지 밝혔다.

그러나 이날부터 서문경은 이층에 올라와서 제멋대로 여편네와 정욕에 도취했다. 예전과 같이 왕파의 집에서 남의 눈을 피해 가면서 닭도둑놈이나 개도둑놈같이 지낼 필요도 없었다. 마치 제 집 드나들 듯이 무상출입을 하게 되었다.

광음(光陰)이 여류(如流)하여 그럭저럭 40여 일을 지나게 되었다.

무송은 거장(車仗)을 감송(監送)하고 동경 친척의 집에 가서 편지를 전달해 달라는 지현의 명령을 이행한 뒤, 자기 임무를 끝내자 곧장 양곡현으로 접어들었다. 무송은 도중에서 웬일인지 가슴이 두근거리고 불안한 생각이 들어서 일각이 삼추같이 형을 만나고 싶은 초조한 마음뿐이었다.

무송이 형의 집 안으로 불쑥 들어서니 눈에 띄는 것은 영상 위에 모셔 놓은 '망부무대랑지위'라는 일곱 자의 영패였다.

"내 눈이 뒤집힌 게 아닐까?"

무송은 한참 동안이나 말뚝처럼 서서 입만 벌리고 말을 못하다가 이윽고 큰 소리로 외쳤다.

"아주머니, 무이가 돌아왔습니다."

이층에서 여편네와 재미를 보고 있던 서문경은, 무송의 음성을 듣자 혼비백산하여 뒷문으로 뺑소니를 쳐서 왕파의 집으로 건너갔다가 제 집으로 도주했다.

남편을 독살한 뒤에, 거상도 입지 않은 채 짙은 화장을 하고 서문경에게 곱게 보이기만 하려고 애쓰던 무대의 여편네는, 얼른 얼굴의 화장을 지우고 소복을 입고 앙큼스럽게 눈물을 흘리면서 이층으로부터 내려와서 시동생에게 천연스럽게 남편이 가슴앓이로 죽게 된 경과를 알려 주었다. 죽은 지 사흘 후에 화장을 해버렸다는 사실과, 앞으로 이틀만 더 있으면 남편이 죽은 지 꼭 49일이 된다는 이야기까지 거침없이 했다.

무송은 잠시 동안 뭣인지 곰곰 생각하다가 다시 현으로 되돌아가서 소복을 입고, 사병 몇을 거느리고, 단도 한 자루를 가슴에 품고 돈도 얼마간 준비해 가지고 다시 형의 집으로 왔다. 영상 앞에 꿇어 엎드려서 흐느껴 울며 말했다.

"형님! 만약에 억울한 죽음을 하셨다면 꿈속에라도 나타나셔서 알려 주십시오! 제가 꼭 원수를 갚아 드리겠습니다!"

그 말이 채 끝나기도 전에 영상 밑으로부터 싸늘한 바람기운이 퍼져올랐다. 그 바람기운은 어둠 속을 빙글빙글

휘몰아치며 등불까지 캄캄하게 가려 버렸다. 머리끝이 쭈뼛쭈뼛 일어서는 것을 참으며, 무송이 정신을 바짝 차리고 살펴보니 영상 밑으로부터 사람의 그림자가 하나 나타나서 소리를 질렀다.

"아우야! 나는 얼마나 처참하게 죽었는지 모른다!"

형의 죽음에는 분명히 어떤 이상한 까닭이 있으리라는 생각이 점점 무송의 가슴속 깊숙이 파고들었다.

이튿날 아침에 무송은 형수를 불러앉히고 추궁한 결과, 관을 사러 갔던 사람은 바로 옆집에 사는 왕파요, 장례식 뒷수습을 끝까지 해준 사람은 하구숙이라는 사실을 알게 되었다.

무송은 현으로 출근하는 체하고 슬며시 형의 집을 나왔다.

몇 명의 사병들이 무송을 하구숙의 집으로 안내했다. 무송은 사병들을 먼저 돌려보내고 나서, 하구숙을 길모퉁이 술집으로 불러냈다.

술이 몇 잔씩 거나하게 돌아갔을 때, 무송은 별안간 단도를 품속으로부터 뽑아서 술상 위에 꽂아 놓고 하구숙에게 말했다.

"우리 무대 형님이 무슨 까닭으로 어떻게 죽었는지 솔직히 말해 주시오! 만약에 일언반구라도 거짓말을 한다면 당신 몸에는 3,4백 개의 칼구멍이 뚫어질 줄 아시오!"

하구숙은 자초지종을 자세히 고백하지 않을 수 없었다.

"그러면 샛서방이란 자는 누구요?"

하구숙은 이 말에는 대답을 피하고 운가에게 슬쩍 밀어

버렸다.

무송은 하구숙을 앞장세우고 운가의 집으로 달려갔다. 운가는 육십 노부를 봉양하며 효도가 극진한 소년이었다. 무송이 물었다.

"너는 어린 나이에 집안일을 돌보며 부친에게 효도가 극진하다니 참 기특하구나. 내가 부탁하는 일이 성사만 되면 돈 열댓 냥쯤은 사례로 줄 것이니 나를 따라서 좀 밖으로 나가자!"

무송은 이렇게 운가를 꾀어 가지고 빈터 저편에 있는 음식점으로 데리고 왔다.

"너, 왕파의 다방으로 우리 형수의 샛서방을 잡으러 갔던 일을 숨김없이 자세히 말하지 못할까?"

이쯤 되고 보니 소년 운가도 무엇을 더 숨길 도리가 없었다. 자초지종을 낱낱이 고백했다.

"지금 한 이야기는 틀림없는 말이겠지?"

"관부에 끌려가도 나는 이대로 말할 수 있소!"

무송은 이렇게 단단히 다짐을 받고 난 다음에, 꽁무니를 빼려는 하구숙을 또 앞장세우고 운가와 함께 곧장 현청으로 달려갔다.

세 사람이 나타난 것을 보자, 지현이 물었다.

"무슨 송사인가?"

"소인의 친형 무대는 서문경이란 자에게 아내를 간통당했고, 그들에게 독살당했습니다. 이 두 사람이 증인입니다. 상공께서 선처해 주시기 바랍니다."

지현은 운선 하구숙과 운가의 진술하는 말을 듣고 당일로 현리들과 상의했지만, 이 현리들이란 모조리 서문경과

꿍꿍이속이 있는 자들이요, 상관이란 자들도 역시 마찬가지여서 그들은 서로 짜고 똑같은 대답을 했다.

"이 사건은 심리하기 어려운 일입니다."

지현이 다시 무송에게 말했다.

"자네도 본현 도두의 직책을 맡은 사람이니 그만한 법도야 모를 리 없겠지. 자고로 '간통한 사실을 잡으려면 쌍방을 다 확인해야 하고(捉姦見雙)', '도둑을 잡으려면 장물을 확인해야 하고(捉盜見臟)', '사람을 죽인 데는 피해자를 확인해야 한다(殺人見傷)'는 말이 있는데, 자네 형의 시체는 이미 없어졌고, 또 자네가 간통하는 현장에서 붙잡은 것도 아니니, 이 두 사람의 증언만 가지고 살인공사(殺人公事)로 다룰 수는 없네. 이것은 너무나 한편에 치우친 생각이니 신중히 생각해서 서서히 처리하도록 하세!"

무송은 품속에서 시커멓게 된 뼈다귀 두 토막과 열 냥의 은붙이와 한 장의 종잇장까지 꺼내 가지고 거듭 호소해 봤다.

"상공께 재차 아룁니다. 이것들은 소인이 날조해낸 물건들이 아닙니다!"

지현은 그 물건들을 자세히 살펴보기는 했지만 여전히 냉랭했다.

"우선 이쯤해 두고 돌아가게! 내 좀더 오래 두고 상의해 봐서 처리할 만한 일이면 적당히 처리해 줄 것이니…."

무슨 말을 해도 통하지 않았다. 무송은 현장에서 물러나와서 하구숙과 운가를 자기 거처에 함께 머물러 있도록 했다.

한편, 서문경은 재빨리 이런 눈치를 알아채고 심복지인

을 파견해서 현리들에게 모조리 뇌물을 안겼다. 그 이튿날 무송이 현청에 다시 나타나서 빨리 범인을 체포해 달라고 하자, 상대도 하지 않고 증거품으로 두고 왔던 뼈다귀와 은붙이를 내동댕이치면서 도리어 호통을 쳤다.

"무송, 자네는 남의 말만 곧이듣고 서문경을 체포하라는 생각은 단념하는 것이 좋을 걸세. 분명치 않은 이런 사건을 심의에 붙이기는 어렵단 말일세!"

'지현도 내 뜻을 받아들이지 않고 무시해 버린다면 나는 나대로 생각이 있다!'

무송은 마침내 비장하고 무시무시한 결심을 하고야 말았다.

뼈다귀와 은붙이는 다시 하구숙에게 주어서 간직하도록 하고, 그 길로 형수를 찾아가서 이렇게 말했다.

"내일은 형님이 돌아가신 지 49일이니, 오늘 나는 신세 진 이웃 사람들을 불러다가 술이나 한잔 같이 하겠소!"

귀찮은 일이라고 생각했지만, 무대의 여편네는 시동생의 이런 의사마저 무시할 수는 없었다.

무송은 사병을 시켜서 영상에 촛불을 켜고 향불을 피우고 온갖 음식과 과일을 차려 놓게 한 다음, 우선 옆집에 가서 왕파를 청해 왔고, 그 다음에는 얼마 떨어지지 않은 곳에서 은방〔銀舖〕을 하고 있는 요이랑(姚二郞)이라고 불리는 요문경(姚文卿), 맞은편에 살고 있는 지마포(紙馬舖 -喪具店)의 조사랑(趙四郞)이라고 불리는 조중명(趙仲銘), 술장수를 하는 호정경(胡正卿), 그리고 왕파의 바로 옆집에 사는 국수장수 영감까지 차례차례로 초대해다 앉혔다.

　이리하여 왕파와 무대의 여편네까지 합치면, 도합 여섯 사람의 손님을 모시고 무송은 굉장한 잔칫상을 벌인 셈이었다.

　술이 몇 잔씩인지 거나하게 돌아가고 있을 때, 별안간 무송이 소맷자락을 걷어 올리더니 옷자락 속으로부터 번쩍 하는 광채와 함께 뽑아든 것은 서슬이 시퍼런 단도였다. 무송은 분노에 떨리는 음성으로 소리를 질렀다.
　"여러분 놀라지 마십시오! 여러분은 단지 증인이 되어 주시면 그만입니다! 나는 나의 형의 원수를 갚으려는 것이지 딴 생각은 없으니 안심하십쇼!"
　말을 마치자마자, 무송은 왼편 손으로 무대 여편네의 앞가슴을 움켜잡고, 바른편 손으로는 왕파를 덥석 움켜잡았다. 술상에 초대를 받았다가 벼락을 맞게 된 여러 이웃 사람들은 간담이 써늘했지만, 무송의 무서운 기세에 옴짝달싹도 못하고 두 눈이 휘둥그레질 뿐이었다.
　무송은 눈을 크게 부릅뜨고 왕파에게 호통을 쳤다.
　"늙은 암캐 같은 년아! 들어 봐라! 우리 형님이 죽은 것은 모두 네 년의 탓이다! 나중에 다시 네 년을 조질 터이니 꼼짝 말고 있거라!"
　머리를 돌이켜서 무대의 여편네를 노려보며 매도했다.
　"천하에 음탕한 네 년도 들어 봐라! 네 년은 우리 형님의 목숨을 어떻게 해서 끊어 버렸냐? 사실대로 숨김없이 말한다면 살려 주마!"
　"시아주비! 이게 무슨 짓이오! 당신 형님은 저절로 가슴앓이병을 앓다가 죽었는데, 내가 무슨 상관이기에?"

무대 여편네가 말을 채 다하기도 전에 무송은 단도를 상 위에 푹 찔러서 꽂아 놓고, 왼편 손으로 여편네의 머리채를 움켜잡고 오른편 손으로는 앞가슴을 움켜잡더니 상을 발길로 걷어지르며 상 너머로 여편네의 몸뚱이를 왈칵 잡아당겨서 영상 앞으로 내동댕이쳤다.

다시 두 발로 무대 여편네를 짓밟고 서서 오른편 손으로 상 위에 꽂힌 단도를 뽑아서 왕파에게 들이대면서 호통을 쳤다.

"늙은 암캐 같은 년아! 사실대로 말하지 못할까!"

왕파는 도저히 몸을 뛰칠 도리가 없었다. 겨우 입을 연다.

"도두님! 이렇게까지 화를 내실 것이야 없지 않소! 내 말을 하면 될 게 아니오!"

무송은 사병에게 종이, 붓, 벼루를 가져다가 상 위에 놓도록 하고, 단도로 호정경을 가리키며 자백하는 말을 한 마디도 빼놓지 말고 적어 두라고 했다.

그러나 왕파는 여간해서 실토를 하지 않았다. 극도로 흥분한 무송은 칼을 들어 왕파의 얼굴을 닥치는대로 후려갈기고, 이번에는 무대의 여편네를 왈칵 잡아끌어서 영상 앞에 꿇어앉혔다. 그리고 호통을 쳤다.

"자, 이 음탕한 년아, 빨리 말해라!"

무대 여편네는 혼비백산하여 서문경과 배가 맞은 일부터 무대를 독살하게 된 경위를 낱낱이 자백했다. 호정경은 그것을 한 마디도 빼놓지 않고 종이에 적었다.

"이 미친 년아! 네 년이 먼저 실토를 해버리면 나는 어쩌란 말이냐? 이 늙은 것만 못살게 구는구나!"

왕파는 이렇게 발악을 하였다. 그러나 사실을 자백하지 않을 도리가 없었다. 무송은 호정경을 시켜서 왕파의 말도 한 마디도 빼놓지 말고 종이에 적도록 하고, 거기에 두 여자의 지장을 찍게 하고 이웃 사람의 서명날인까지 받은 다음, 왕파와 무대 여편네를 다시 영상 앞으로 끌어다가 꿇어앉혔다.

"형님의 영혼이 멀지 않은 곳에 계시다면 이 광경을 보살피십시오! 오늘, 이 아우는 형님의 원수를 깨끗이 갚아 드리겠습니다!"

무송은 사병을 시켜서 지전에 불을 붙이게 하고, 무대 여편네의 몸뚱이를 벌컥 나자빠뜨린 다음 두 발로 여자의 두 팔을 짓밟고 서서 옷을 풀어헤쳐 가슴을 드러내게 하고 단도를 휘둘러 한칼에 푹 찔러 버렸다. 다음 순간에는 또 한칼에 여자의 머리를 잘라 버렸다. 사방이 피바다로 변했다.

이웃 사람들은 끔찍끔찍한 광경에 부들부들 떨고 얼굴을 파묻으면서도 무송의 무시무시한 기세에 눌려서 그가 하라는 대로 하는 수밖에 없었다.

무송은 사병에게 명령하여 이층으로부터 이불을 한 채 내려다가 무대 여편네의 머리를 싸놓고 칼은 칼집에 도로 꽂아 넣고 나서 여러 사람에게 인사를 했다.

"죄송하게 됐습니다만, 겁내실 것은 없습니다. 우선 이층으로 올라가셔서 쉬고 계십시오."

여러 사람들은 명령대로 했다. 무송은 사병 두 사람을 시켜서 왕파도 이층으로 끌어올려다가 방안에 가두고 자물쇠를 단단히 채워 두고 감시하도록 했다.

무대 여편네의 머리를 이불에 싼 채로 손에 들고, 무송은 곧장 서문경의 약방으로 달려갔다. 약방 책임자에게 정중하게 절을 하고 물었다.

"대관인께서는 댁에 계시오?"

"조금 전에 나가셨습니다."

"잠깐 나갑시다. 좀 하고 싶은 이야기가 있으니."

약방 책임자도 무송을 아주 모르는 바가 아니었다. 감히 따라나서지 않을 도리가 없었다. 무송은 그를 인적이 희소한 좁은 골목 안으로 끌고 들어갔다.

별안간 얼굴빛이 무섭게 변하면서 소리를 질렀다.

"네 놈은 죽고 싶으냐? 살고 싶으냐?"

약방 책임자는 당황했다.

"도두님! 소인은 아무 잘못도 저지른 일이 없사온데….."

"네 놈은 목숨이 소중하지 않다면, 서문경의 간 곳을 말하지 않아도 좋다! 만약에 살고 싶은 생각이 있다면, 서문경이 어디 있는지 숨기지 말고 말해라!"

"바… 방금… 방금, 어떤 친구 한 분과 사자교(獅子橋) 근처에 있는 제일 큰 주루(酒樓)로 술을 잡수시러 나가셨습니다!"

무송은 그 말을 듣자, 그대로 돌아서서 나가 버렸다.

약방 책임자는 간이 콩알만 해져서 한참 동안 어리둥절, 발도 떼어 놓지 못하고 우두커니 서 있었다.

무송은 사자교 근처에 있는 주루로 달려가서 다짜고짜 심부름꾼에게 물어 봤다.

"서문경대랑은 누구하고 술을 마시고 계시냐?"

"어떤 부자 양반 한 분과, 이층 거리로 면한 방에서 술을 마시고 계십니다."

무송은 두말없이 이층으로 뛰어 올라갔다. 방 문틈으로 안을 들여다봤더니 서문경은 주위(主位)에 앉아 있고, 맞은편 객석에 또 한 사람이 앉아 있으며, 양편으로 노래 부르는 계집아이들까지 둘이나 앉아 있었다.

무송은 이불에 싼 것을 풀어헤쳐 가지고 힘껏 휘둘렀다.

피투성이가 된 무대 여편네의 모가지가 튀어나왔다. 무송은 왼편 손에 그 모가지를 감아 잡고 오른편 손으로는 단도를 뽑아들고, 휘장을 걷어치며 방안으로 뛰어 들어가 여편네의 모가지를 서문경 앞에 내동댕이쳤다. 서문경은 그것이 무송인 줄 알자 대경실색,

"아앗!"

하고 외마디 소리를 지르며 재빨리 걸상 위로 뛰어올랐다. 한편 발을 창틀에다 올려놓고 뺑소니칠 구멍을 찾고 있었다. 그러나 너무 높아 뛰어내릴 수도 없었다. 극도로 당황할 뿐, 어찌해야 좋을지를 몰라 했다.

이 찰나에, 무송은 두 손에 힘을 주더니 비호같이 상 위로 뛰어 올라서서 술잔이며 안주접시며 모조리 발길로 걷어질렀다.

노래 부르는 두 계집아이는 어리둥절해서 옴쭉달싹도 못하고 말뚝처럼 서 있을 뿐. 부자 양반이라는 자는 혼비백산해서 허둥지둥하다가 나자빠지고 말았다.

서문경은 무송의 흉흉한 기세를 보자, 슬쩍 손을 써서 대항하는 체하고 날쌔게 오른편 발을 들어서 앞으로 내질렀다.

무송은 무작정 덤벼들려고 하다가 상대방의 발길이 날

아드는 것을 깨닫는 순간 몸을 슬쩍 피하려고 했다. 공교롭게도 서문경의 발길이 무송의 오른편 손을 걸어차 버렸다. 단도가 손에서 떨어지면서 거리 한복판으로 날아갔다.

서문경은 단도가 날아가자 두려울 것이 없다 생각하고, 오른편 손을 쓰는 체하면서 왼편 손으로 주먹을 쥐어서 무송의 가슴을 힘껏 내질렀다.

무송은 살짝 몸을 피했다.

서문경의 겨드랑 밑으로 쑤시고 들어가며 왼편 손으로 머리를 움켜잡고 어깻죽지를 누르는 한편 오른편 손으로 재빨리 서문경의 왼쪽 발을 움켜잡았다.

그리고 호통을 쳤다.

"이놈! 나가떨어져 봐라!"

서문경은 첫째로 무대의 원혼에 발목을 휘감겼고, 둘째로는 천리(天理)가 용납할 수 없는 짓을 했고, 셋째로는 무송의 무시무시한 힘〔神力〕을 감당할 길이 없어서, 마침내 머리를 땅으로 거꾸로 박고 다리를 허공으로 뻗치면서 창밖 거리 한복판에 나가떨어져서 거꾸러진 채 정신을 잃고 말았다.

무송은 손을 뻗쳐서 걸상 아래 뒹굴고 있는 음부(淫婦)의 목을 다시 집어들고 창 밖으로 뛰쳐나와서 단숨에 거리로 뛰어내렸다. 단도를 다시 손에 집어들었을 때에는 서문경은 이미 절반은 숨이 끊어져서 두 눈만 껌뻑거리면서 땅 위에 뻗어 있었다. 무송은 서문경의 몸뚱이를 꾹 누르고 서서 한칼에 목을 잘라 버렸다.

두 개의 모가지를 한데 묶어 가지고 단도를 든 채로, 곧장 자석가(紫石街)로 달려갔다.

무대의 집을 지키고 있던 사병들을 불러서 문을 열게 하고, 선뜻 안으로 들어서서 두 개의 모가지를 형 무대의 영전에 바쳤다.

그리고 찬술〔冷酒〕을 그 모가지 위에다 뿌리고 눈물을 흘리면서 중얼거렸다.

"형님의 영혼은 멀지 않은 곳에서 방황하실 것입니다! 이제 빨리 하늘로 올라가십시오! 이 아우가 형님의 원수를 갚고 간부와 음부를 죽여 버렸습니다. 오늘 이 자리에서 마지막 제사를 올려 드리겠습니다!"

그러고 나서 사병을 시켜 이층에 있는 여러 이웃 사람들을 불러내게 했다. 왕파는 맨 앞에 잡아다 앉혔다. 무송은 단도를 손에 잡고 모가지 두 개를 다른 손에 든 채 여러 이웃 사람에게 이렇게 말했다.

"또 한 마디 여러분께 해야만 될 말이 있습니다. 여러분은 돌아가시면 안 됩니다!"

여러 이웃 사람들은 두 손을 맞잡고 공손히 서서 이구동성으로 말했다.

"도두님! 어서 말씀하십시오! 우리는 명령대로 복종하겠습니다!"

무송이 또 몇 마디를 했기 때문에 경양강의 쾌남아들이 억울하게 죄수가 되고, 양곡현의 도두가 행자(行者) 노릇을 하게 되는 판이다.

27 사람 고기를 파는 부부

母 夜 叉 孟 州 道 賣 人 肉
武 都 頭 十 字 坡 遇 張 靑

　무송은 여러 이웃 사람들에게 이렇게 말했다.
　"나는 형의 원수를 갚았다고는 하지만 살인의 대죄를 면할 수는 없습니다. 형의 영상은 곧 불에 태워 버릴 것이니 죄송한 일이지만 다른 세간살이는 모두 여러분께서 처분하셔서 돈을 만들어 두셨다가, 관청에 잡혀 간 몸이 필요할 때 쓸 수 있게 해주십시오. 나는 당장에 자수할 것이니, 여러분은 사실대로만 증언을 해주시면 그만입니다."
　무송은 왕파를 앞장세우고 두 개의 모가지를 손에 들고 현으로 가서 자수를 했다.
　지현은 왕파, 하구숙, 운가의 진술을 청취하고 여러 이웃 사람들의 증언도 듣고, 증거물을 세밀히 검사하고 나서, 관리를 파견해서 서문경과 무대 여편네의 시체까지 검사하고 범죄 처리의 서류를 입안하여, 우선 무송과 왕파에게 큰칼을 씌워서 감옥에 집어넣고 다른 관련자들은 문방(門房)에 가두어 두도록 했다.
　한편, 지현은 무송이 의기(義氣)가 있는 열혈한임을 알고, 또 동경으로 심부름을 가주었다는 정리도 생각하여, 관계 관리들을 불러서 되도록이면 죄를 가볍게 해주려고 상의를 했다.

"무송은 의기 있는 사나이이니, 진술서를 고쳐서 만들도록 합시다. 즉, 무송이 죽은 형의 제사를 지내려고 했는데 형수가 반대를 해서 옥신각신 싸움이 시작되어서 마침내 형수를 죽이게 된 것으로 하고, 이때 마침 형수와 간통한 서문경이 불쑥 나타나게 되어서 언쟁 끝에 사자교까지 질질 끌려 나가다가 살인사건을 일으킨 것이라고 해둡시다."

이렇게 진술서를 고쳐 꾸며 가지고 무송의 승낙도 받은 다음 신해공문(申解公文)도 한 통 첨부해서 범죄 관할의 상급관청인 동평부(東平府)로 범죄자와 관련자를 압송했다. 동평부의 진부윤(陳府尹)은 왕파를 사형수의 감방에 우선 처박아 두었고, 운가와 하구숙, 그리고 네 명의 이웃 사람은 일단 제 집으로 돌려보냈으며, 고소인 서문경의 본처는 그대로 부중(府中)에 유치시켜 두고 관청의 다음 지시를 받도록 했고, 무송에게는 큰칼을 벗기고 가벼운 칼을 씌워서 죄수로서의 대우를 후히 해주었다. 진부윤은 또 무송이 천하에 유명한 호걸임을 알자, 진술서를 될 수 있는 데까지 유리하게 작성해서 성원(省院)에 제출하여 심의(審議)토록 했다. 또 형부관(刑部官) 중에는 진문소(陳文昭-陳府尹)와 지극히 친한 사람이 있어서 상사인 성원관에게 잘 말해 주어서 다음과 같은 공정한 판결이 내렸다.

1, 유부녀를 선동하여 간통죄를 범하게 하고 본부를 독살케 한 근본 죄과는 왕파에게 있다. 인륜을 몰각한 죄라 마땅히 사형에 처해야 한다.

2, 무송은 형의 원수를 갚기 위해서 간부(姦夫) 서문경을 죽였다고는 하지만, 결국은 살인죄이니 석방할 수 없고, 척장(脊杖) 40대를 때려서 2천 리 밖으로 귀양살이를

보내기로 한다.

 3, 간부와 음부는 당연히 중죄에 처할 것이나, 이미 사망했으니 불문에 붙인다.

 4, 그밖의 여러 관련자들은 모두 무죄석방한다.

 동평부의 진부윤은 판결 문서가 도착하는 즉일로 판결대로 석방할 사람은 석방했고, 무송은 맹주 뇌성으로 유형을 보내기로 했다.

 왕파는 마침내 몸을 꽁꽁 묶인 채로 나무로 만든 노새를 타고 길거리로 질질 끌려 나갔다. 깨어진 북소리, 깨어진 징소리가 처량하게 울리는 가운데서 두 자루의 칼끝에 '과(剮-육시처참)'의 형을 당하고 처참하게 최후를 마쳤다.

 무송은 목에 칼을 쓰고 귀양살이를 떠나면서 왕파가 죽어 가는 꼴을 구경했다. 이웃 사람 요이랑이 달려와서 무대의 집 세간살이를 팔아서 장만한 돈을 무송에게 주고 작별인사를 했다.

 무송은 호송관리인 공인 두 사람을 따라서 동평부를 떠나 맹주로 향했는데, 두 공인은 무송이 유명한 호걸임을 알고, 도중에서 조금도 업신여기는 태도가 없이 무송의 신변을 잘 돌봐 주었다. 무송도 가는 곳마다 쉴 때마다 술과 고기안주를 사서 그들을 대접했다.

 20일 동안이나 길을 걸었다.

 일행은 어떤 산의 고개를 넘어서서 건너편 언덕을 바라다보았다. 산기슭에 열 채 남짓한 초가가 시냇물을 끼고 나란히 서 있었는데, 버드나무에 술집을 표시하는 깃발이 꽂혀 있었다.

술집을 발견한 일행이 비탈길을 달려 내려가고 있을 때, 나무를 짊어지고 오는 초부(樵夫) 한 사람을 만났다. 그 초부에게 물어 보니, 산고개는 맹주도(孟州道)라 하며 멀리 바라보이는 나무가 무성한 곳이 유명한 십자파(十字坡)라는 고장임을 알 수 있었다.

무송이 걸음을 빨리 하여 두 공인과 함께 십자파에 당도하니, 네댓 사람이 껴안을 만큼 굵고 거창한 나무들이 들이차 있으며 꼭대기에는 등나무덩굴이 휘감겨 있었다.

그곳을 지나가니 바로 술집이 하나 있었다. 창틀 가에 초록빛 사삼(紗衫)을 입은 여자가 하나 앉았는데, 머리에는 누런 비녀를 꽂았으며 살쩍〔鬢〕 가에는 야화(野花)를 한 송이 꽂고 있었다. 또 더덕더덕 분칠을 해서 짙은 화장을 하고 있는 그 여자는 앞가슴을 풀어헤쳐서 도홍(桃紅) 빛 가슴띠까지 드러내 보이고 있었다.

"손님들 쉬어서 가세요! 맛좋은 술도 있고, 고기안주도 있고, 먹음직스러운 만두도 있습니다."

여자는 상냥스런 음성으로 일행을 맞아들였다. 일행 세 사람은 안으로 들어서서 상 앞에 놓인 걸상에 나란히 걸터앉아서 쉬었다. 공인들은 남의 시끄러운 시선이 닿는 곳도 아니라고 하면서, 자기네가 책임을 지겠다고 무송의 큰 칼까지 벗겨 주고 편히 술을 마시자고 했다.

술을 서너댓 근(斤) 시키고 만두도 가져오라고 했더니 술집 여자는 시킨 대로 상 위에 죽 벌여 놓고, 김이 무럭무럭 나는 만두도 먹음직스럽게 담아다 놓았다.

"여보시오! 이 만두 속은 사람의 고기로 만들었소? 개 고기로 만들었소?"

무송이 만두 한 개를 쪼개 가지고 속을 유심히 들여다 보며 물었다.

술집 여자는 그럴 리가 있겠느냐고 펄쩍 뛰며, 자기 집은 조상 때부터 대를 물려 내려오면서 만두 속에는 쇠고기만 쓴다고 변명했다.

"그럼, 주인 양반은 안 계시오?"

"딴 고장으로 장사를 나가서 아직 돌아오지 않았어요."

"혼자서 매우 쓸쓸하시겠구려."

술집 여자는 의미 있게 웃으며 속으로 생각한다.

'귀양살이 가는 주제에, 얼마 안 있으면 죽을 것도 모르고서 나를 희롱하다니! 이야말로 부나비가 불 속으로 뛰어드는 격이다! 내가 손을 댄 것도 아닌데 제 편에서 덤벼드니 이놈부터 해치워야겠다!'

여자가 대꾸했다.

"농담은 그만 하시고 술이나 몇 잔 더 드시고 뒤꼍 나무 그늘로 가셔서 바람이라도 쐬십시오. 우리 집에서 하룻밤쯤 쉬어서 가셔도 괜찮아요."

무송이 그 말을 듣자 의심이 버쩍 났다.

'이 여자가 트릿한 생각을 하고 있구나! 내가 먼저 혼을 내줄 터이니 어디 두고 보아라.'

술을 마시고 있던 무송이 소리를 꽥 질렀다.

"술이 왜 이렇게 싱거울까? 좀더 좋은 술은 없소!"

"아주 향기롭고 맛좋은 술이 있기는 하지만 좀 걸쭉해서요!"

"천만에. 걸쭉하면 걸쭉할수록 술이란 맛이 좋은 법이오!"

술집 여자는 남몰래 마음속으로 코웃음을 쳤다. 안으로 들어가서 걸쭉한 술 한 병을 가지고 나왔다. 무송은 그것을 보자 대뜸 좋아했다.

"이건 정말 좋은 술이군! 하지만 따끈하게 데워서 마셔야만 맛이 나지!"

"그 손님 참 잘도 아시네! 내가 들어가서 데워 가지고 나올 테니 어디 한번 맛을 보세요."

술집 여자는 호들갑을 떨며 속으로 비웃었다.

'귀양살이 가는 주제에 정말 죽고 싶은 모양인데! 꼴에 술을 데워서 마시겠다니, 약기운이 더 빨리 퍼질 테지! 네 놈은 이제 갈 데 없이 내 손아귀에 떨어진 놈이다!'

술을 따끈하게 데워 가지고 나와서 세 사람의 술잔에 따라 주었다. 그리고 상냥스럽게 애교를 떨었다.

"어서 맛을 좀 보세요."

공인 두 사람은 기갈을 참지 못해서 다짜고짜로 술잔을 집어들고 단숨에 죽 들이켰다.

무송은 또 투정을 한다.

"아주머니, 나는 안주도 마땅치 않은 과부의 술잔은 마셔 본 일이 없으니 고기나 좀더 썰어다가 먹게 해주시오!"

술집 여자가 훌쩍 돌아서서 안으로 들어갔을 때, 무송은 술을 한편 구석 으슥한 곳에 쏟아 버리고 나서 마신 체하고 입맛만 쩝쩝 다시었다.

"참 좋은 술이군! 역시 이 술을 마셨더니 당장에 핑 하고 도는걸!"

술집 여자는 고기를 썰러 간 것이 아니었다. 어물어물하다가 되돌아오더니 손뼉을 치면서 소리를 질렀다.

"뻗어라! 뻗어!"

공인 두 사람은 하늘과 땅이 빙글빙글 돌아가는 듯 눈 앞이 아물아물하더니 그대로 풀썩 뒤로 나자빠져 버렸다.

무송도 두 눈을 딱 감고 걸상 가에 털썩 쓰러져 버렸다.

술집 여자가 웃으면서 중얼거리었다.

"됐어! 제아무리 토끼같이 약은 꾀가 있는 놈이라도 내 발 씻은 물〔洗脚水〕을 마시고는 견디지 못할 걸!"

그리고 연방 소리를 질렀다.

"둘째, 셋째! 뭣들 하고 있느냐? 빨리 나오지 않구!"

안으로부터 머저리 같은 녀석들이 두서넛 달려나오더니 먼저 공인 두 사람을 떠메어 들여갔다.

술집 여자는 술상으로 대들더니 보따리를 집어들고 공인의 전대까지 집어서 주물럭거려 보고, 그 속에 금은이 들어 있는 것 같자 깔깔대고 웃었다.

"오늘은 세 마리나 잡아 놓았으니 며칠 동안 만두장사에는 걱정없게 됐다! 그리고 또 이렇게 많은 물건이 거저 생겼으니…."

그리고 보따리와 전대를 안으로 들여다 두고 되돌아와 보니 두 하인녀석이 무송을 떠메고 들어가려는 판이었다. 그런데 도무지 떠멜 수가 없었다. 땅바닥에 나자빠졌는데 마치 철근같이 무거워서 꼼짝도 하지 않는 것이었다.

술집 여자가 그 꼴을 보더니 하인들에게 호통을 쳤다.

"이런 못생긴 것들! 그저 밥이나 처먹구 술이나 퍼마실 줄 알지, 쓸모라곤 도무지 없으니…. 비켜라, 내가 들여갈 테다! 이 장정 녀석은 나를 희롱해 보려구 하더니 잘도 뻗 었구나. 이렇게 살이 투실투실 쪘으니 황소고기로 속여서 팔기 꼭 알맞다. 저 삐쩍 마른 두 놈은 물소고기로 속여서 팔아야겠고…. 이놈부터 떠메고 들어가서 껍질을 벗기도록 하자!"

이렇게 말하면서 일변 녹사삼을 벗더니 붉은 비단치마를 벗고 두 팔을 선뜻 뻗쳐 무송을 가볍게 힘 안 들이고 떠메었다.

바로 이때였다.

무송은 술집 여자를 덥석 껴안아 버렸다. 두 손으로 여자의 몽뚱이를 꼼짝 못하게 움켜잡고 가슴 앞으로 바짝 낚아챘다. 그리고 두 넓적다리로 여자의 하반신을 꼭 껴 버렸다.

여자는 돼지 멱 따는 소리를 지르고 발버둥질을 쳤다.

하인 녀석 둘이 급히 달려들었지만, 무송이 호통을 치는 바람에 깜짝 놀라서 얼빠진 놈같이 말뚝처럼 서 있을 뿐이었다.

술집 여자는 땅바닥에 눌려 자빠져서 소리를 질렀다.

"용서해 주세요!"

아무리 발버둥질을 쳐도 무송의 억센 힘을 당해낼 도리가 없었다.

안에서는 이렇게 일대 소동이 일어났다. 마침 술집 문밖에서 얼마 전부터 나뭇짐을 벗어 놓고 쉬고 있던 한 젊은이가 이 소리를 듣고 뛰어 들어왔다. 무송이 여자를 땅바닥에 깔아 뭉개는 것을 보자 성큼성큼 걸어와서 입을 열었다.

"화를 참으십쇼! 용서해 주십쇼! 소인이 여쭐 말이 있습니다!"

무송은 벌떡 일어나서 왼편 발로 여자를 밟고, 두 주먹을 불끈 쥐면서 그 사나이를 노려보았다.

그 사나이는 청사요면건(靑紗凹面巾)을 쓰고, 흰 포삼(布衫)을 입고 있었는데, 무릎까지 각반(脚絆)을 치고 팔탑마혜(八搭麻鞋)를 신었으며 허리에는 전대를 차고 있었다. 이마와 두 볼이 불쑥 삐져 나온 괴상한 얼굴에 몇 가닥의 수염을 기른 35, 6세쯤 되어 보이는 사내였다.

그 사나이는 무송을 보더니 손을 가슴에서 떼지 않고 공손히 말했다.

"대명(大名)을 알고 싶습니다."

"나는 성이나 이름을 감출 필요가 없다! 도두 무송이 바로 나다!"

"경양강에서 호랑이를 때려잡으신 무도두이십니까?"

"바로 맞았다!"

"오래 전부터 쟁쟁하신 명성을 잘 듣고 있었습니다. 오늘 만나뵙게 되어서 정말 다행입니다."

그 사나이는 머리를 수그려 절을 하였다.

"네 놈이 이 여자의 남편이냐?"

"그렇습니다. 소인의 아내가 사람을 잘못 알아뵙고 도두님의 성미를 건드렸는지는 모르겠습니다만, 소인의 체면을 보셔서 용서해 주시기 바랍니다."

무송은 황망히 여자를 놓아 주고 물어 봤다.

"그대들 부부도 심상치 않은 사람들 같은데, 대체 성명이 뭔가?"

그 사나이는 여자에게 옷을 단정히 입고 무송에게 와서

인사를 드리도록 했다. 무송이 말했다.

"시끄럽게 굴어서 죄송하오. 아주머니, 언짢게 생각진 마시오!"

"눈이 있으면서도 훌륭하신 어른을 몰라뵈었습니다. 용서해 주시고 이리 앉으십시오!"

"그대들 부부의 성명은? 어떻게 나의 이름을 안단 말이오?"

그 사나이는 장황하게 자기의 신세와 아내와의 관계를 설명했다.

이 사나이는 성명을 장청(張靑)이라 하며, 본래는 이 고장 광명사(光明寺)에서 채마밭을 가꾸는 일을 맡아 봤는데, 대단치 않은 일로 말다툼이 벌어져서 스님 한 사람을 죽여 버리고 절간에도 불을 질러 버렸다. 고소하는 사람도 없고 잡으러 오는 사람도 없어서 이 거목(巨木)들이 울창한 숲속에서 강도질을 하고 살았다는 것이다.

어느 날, 짐을 지고 지나가는 늙은 영감을 털려고 덤벼들었다가 싸움이 붙었는데, 20여 합이나 싸우고 나서 영감의 멜대로 보기 좋게 한 대를 얻어맞고 보니, 그 영감은 젊었을 때부터 강도로 늙은 사람이었고, 장청의 솜씨에 탄복해서 읍내로 데리고 가서 사위를 삼았다. 장청은 다시 아내를 데리고 이 숲속으로 와서 초가집을 짓고 술장수를 하고 있는데, 사실인즉 사람을 죽여서 그 고기를 쇠고기라 속여서 팔고, 만두 속까지 사람고기로 만들어 생계를 이어가고 있다는 것이다.

장청의 아내는 모야차(母夜叉) 손이랑(孫二娘)이라고 부르는데, 어려서부터 부친에게 무예를 배워 놀라운 재간을 지니고 있었다. 장청은 평소에 세 종류의 사람은 함부로 죽이지 말라고 아내에게 분부해 두었다. 그 첫째 종류의 사람은 천하를 운유(雲遊)하는 스님과 도인(道人). 그런데도 모야차는 한 번 큰일을 저지를 뻔했다. 그것은 연안부 경략상공 앞에서 제할노릇을 하던 노달(魯達), 즉 진관서(鎭關西)를 세 주먹에 때려죽이고 오대산으로 들어가 삭발하고 중이 된 노지심(魯智深)을 죽일 뻔했다는 것이다.

노지심이 언젠가 이곳을 지나쳐 가게 됐을 때, 모야차는 그 투실투실 살이 찐 몸뚱이를 탐내고 술에다 마취제를 타서 마시게 하고 껍질을 벗기려고 하는 판에 장청이 당황하여 해약(解藥)을 먹여서 살려냈다.

풍문에 의하면 노지심은 근자에 이룡산(二龍山) 보주사(寶珠寺)를 빼앗아 가지고 청면수(靑面獸) 양지(楊志)라는 사람과 일대를 휩쓸며 강도질을 하고 있으며, 장청에게도 몇 번인지 그리로 오라는 연락이 있었지만 그럭저럭 가지 못하고 있다고 했다.

"그 두 사람이라면 나도 강호에서 이름을 여러 번 들은 일이 있었소."

무송이 이렇게 말하니, 장청은 여전히 장황한 사연을 늘어놓았다.

"한 가지 가석하게 된 것은 어떤 행각승(行脚僧)이었습니다. 신장이 7,8척이나 되는 장정이었는데, 역시 우리 집에 들렀다가 마취제를 마시고 나자빠지고 말았습니다. 소인이 좀 늦게 돌아왔기 때문에 이미 사지를 찢어 버려서, 여기에는 단지 한 개의 철계척(鐵界尺)과 한 장의 도

첩(度牒)과 한 벌의 검정빛 승복을 남겼을 뿐입니다. 그가 몸에 지닌 물건 가운데서 다른 것은 대단할 것도 없지만 사람의 두골(頭骨) 1백8개로 만든 수주(數珠)와 설화빈철(雪花鑌鐵)로 만든 계도(戒刀) 한 자루는 좀처럼 구하기 어려운 물건이었습니다. 이 행각승도 사람을 적지 않게 죽인 모양이어서 오늘날에 와서도 그 계도(戒刀)는 밤중에 쇳소리를 내고 웁니다. 소인은 이 스님을 구출하지 못한 게 한이 되고 지금도 늘 마음속으로 그를 생각합니다. 그리고 소인이 아내에게 일러둔 둘째 종류의 사람이란 것은 천하를 떠돌아다니는 기녀들입니다. 이런 여자들은 주(州)·부(府)를 닥치는대로 돌아다니며 어디서나 창희(唱戲)를 팔고 돈을 벌기에 얼마나 고생을 하는 인간들입니까. 만약에 이런 여자들을 죽인다면 이런 소문이 입에서 입으로 전해져서 창희(唱戲)를 하는 무대 위에서까지 강호(江湖) 넓은 천지의 대장부들이란 시시한 새끼들이라고 할 게 아닙니까! 또 소인이 아내에게 분부한 셋째 종류의 사람이란 각처에서 죄를 범하고 유형에 처해서 귀양살이를 가는 사람들입니다. 그 중에는 쾌남아가 얼마든지 있으니 절대로 함부로 죽이지 말라고 평소에 주의를 시켜 왔습니다! 뜻밖에도 아내는 소인의 말대로 하지 않고 오늘 도두님을 시끄럽게 군 것입니다.”

이 끔찍끔찍한 이야기를 처음부터 끝까지 하나도 빼놓지 않고 자세히 듣고 난 무송은 한동안 어리둥절해서 장청과 모야차의 얼굴을 유심히 쳐다보고만 있었다.

장청은 아내 모야차에게 소리를 질렀다.

“여보, 내가 몇 발짝 빨리 돌아왔기에 망정이지, 그렇지 않았다면 큰일날 뻔했소! 어째서 그 따위 못된 마음을 먹었단 말이오?"

모야차 손이랑은 그제야 솔직한 말을 남편에게 고백했다.

"나 역시 처음에는 손을 댈 생각이 없었는데, 이 아저씨의 보따리가 아주 묵직해 보였고 또 아저씨가 실없이 농담을 하시기에 부지중 손을 대보고 싶은 생각이 치밀어 오르게 된 거예요!"

무송은 그제야 그들 부부의 정체를 분명히 파악했다. 위풍이 넘쳐흐르는 점잖은 음성으로 천천히 말했다.

"나도 목을 벨 줄 알고 피도 뿌릴 줄 아는 어엿한 대장부로서, 어찌 감히 착한 사람을 희롱하러 들었을 리가 있겠소. 아주머니가 내 보따리에 눈독을 들인다는 것을 알아차리자, 문득 의심을 품고 이상하다고 생각하게 됐소. 그래서 일부러 농지거리 비슷한 말을 던진 것이고, 어디 어떻게 손을 대고 덤벼드나 두고 보자는 생각이었소! 그 맛이 좋다는 술은 내가 벌써 땅바닥에 쏟아 버렸소. 그리고 일부러 술에 중독이 된 체했던 것이오. 그랬더니 아주머니는 정말로 나를 떠메고 가려고 했기 때문에 마침내 서로 옥신각신하게 됐던 것이오. 아주머니, 언짢게 생각지 마시오!"

장청은 소란을 피우게 된 경위를 자세히 알게 되자, 껄껄껄껄 웃음을 참지 못하며 새삼스럽게 무송에게 정중하게 절을 했다.

"핫핫핫하! 하마터면 큰일나실 뻔했습니다! 어쨌든 소인이 빨리 돌아오게 된 것이 천우신조하심이니 다행하기

이를 데 없습니다. 우선 안으로 들어가십시다!"

장청은 벌떡 일어서서 앞장을 서더니, 무송을 안에 있는 객실로 안내했다.

두 사람이 정중하게 자리잡고 앉은 다음에 무송이 입을 열었다.

"정말, 일이 공교롭게 되었소! 어쨌든 신세를 지게 되어서 고마운 일이니, 저 두 사람의 공인마저 풀어 놓아 주도록 해주시오!"

"우선 소인을 따라서 저리로 가보십시다!"

장청은 무송을 안내하고 사람의 가죽을 벗기는 데〔人皮作坊〕로 건너갔다.

무송이 사방을 두리번거리며 살펴보자 벽 위에는 여러 장의 사람의 가죽이 걸려 있고, 대들보 위에는 사람의 넓적다리가 대여섯 개나 매달려 있었다.

두 사람의 공인을 살펴보니, 하나는 나자빠지고 하나는 거꾸러진 채 가죽을 벗기는 틀 위에 올려 놓여 있었다.

무송이 선뜻 말했다.

"제발 이 두 사람을 구출해 주시오!"

장청이 물었다.

"대체 무슨 죄로, 어디로 귀양살이를 가시게 되었는지 도두님께 여쭈어 보고 싶습니다."

무송은 서문경을 죽이고 형수를 죽이게 된 경위를 설명해 주었다.

장청 부부는 통쾌한 일이라고 하면서 자못 상쾌한 기색으로 무송을 칭찬하여 마지않았다.

장청이 무송에게 새삼스럽게 정색을 하고 하는 말이 있

었다.

"소인이 몇 마디 드릴 말씀이 있습니다만, 도두님께서는 어떻게 생각하실는지요?"

무송은 선뜻 대답했다.

"상관없소! 무슨 말인지 어서 말씀해 보시오!"

"그럼 언짢게 생각지 마시고 소인의 말을 천천히 들어 보십시오!"

이리하여 장청은 꽤 긴 이야기를 늘어놓게 되었는데, 이 이야기가 발단이 되어서 결국 무송은 맹주성(孟州城)에서 일대 난투극을 일으켜 주변을 어지럽게 하고, 안평채(安平寨) 일대를 뒤흔들어 놓게 된다. 마침내 코끼리와 소를 끌고 가는 장정을 때려눕히고, 용(龍)을 잡고 범(虎)을 잡는 사람까지 놀라 자빠지게 한다.

28 감옥에도 친구는 있다

武 松 威 震 安 平 寨
施 恩 義 奪 快 活 林

장청이 무송에게 말하는 것은, 뇌성으로 가서 고생살이를 하느니보다는, 두 공인을 여기서 그대로 처치해 버리고 자기 집에서 같이 지내자는 것이었다.

또 강도질을 하고 싶다면, 자기가 이룡산(二龍山) 보주사(寶珠寺)까지 전송해 주어서 노지심의 일당에 가담시켜 줄 수도 있다는 것이었다.

무송은 명백히 거절했다.

"형장께서 아우를 생각해 주시는 호의는 감사합니다만, 이 무송은 평생 천하의 못된 놈들을 때려눕히는 게 할 일이라고 생각합니다. 여기까지 오는 동안에 진심으로 나를 돌봐 준 두 공인을 해친다면 천리(天理)가 나를 용납하지 않을 것이니, 진심으로 나를 생각해 주신다면 이 두 공인을 도로 살려 주십시오!"

"잘 알았습니다! 그렇게까지 말씀하신다면 곧 눈을 뜨도록 해드리지요!"

장청은 당장에 심부름꾼을 불러서 사람껍질을 벗기는 틀 위에서 두 공인을 잡아일으켰다. 손이랑이 해독제 한 그릇을 마련해 가지고 와서, 장청을 시켜서 두 사람의 입 안에다 들이부었다. 반시간도 못 되어서 두 사람은 꿈을 깨고 난 사람같이 눈을 뜨고 일어섰다. 그리고 무송을 보고 입을 열었다.

"우리들은 어째서 이다지도 술이 취했었단 말이오? 이집 술은 굉장한 술인데! 한 모금밖에 마시지 않았는데 이렇게 취하다니! 잘 알아 두었다가 돌아오는 길에 한 번 더 마셔 봐야겠는걸!"

무송은 웃음을 참지 못했다.

장청과 손이랑도 깔깔대고 웃었다.

두 공인은 무슨 까닭인지 알 수 없어서 어리둥절할 뿐이었다.

장청은 심부름꾼에게 분부해서 후원에 있는 포도시렁 밑에 술자리를 마련했다. 장청 부부와 무송과 두 공인 등 다섯 사람은, 밤이 깊도록 기분좋게 술을 마셨다.

장청은 앞서 이야기한 계도(戒刀)를 무송에게 구경시켰다. 정말 빈철(鑌鐵)로 만든 훌륭한 칼이었다. 장청과 무송은 천하의 쾌남아들의 이야기로 날 저무는 줄을 몰랐다. 하는 이야기가 모두 방화니, 살인이니 하는 따위였다. 무송은 산동의 급시우 송공명이 얼마나 의리가 두텁고 재물에 욕심이 없는 인물인가를 이야기했고, 지금은 까닭이 있어서 시대관인의 저택에 숨어서 지낸다는 이야기까지 했다.

두 사람이 주고받는 이야기를 듣고 있던 공인들은 어처구니가 없다는 듯 어리둥절하더니 점점 겁을 먹었다. 연방 눈치를 살피며 썰썰 기었다.

무송이 말한다.

"두 분께서 여기까지 오는 동안에 나를 돌봐 주신 데 대해서는 감사히 생각하오. 당신네들을 죽일 생각은 꿈에도 없으니 안심하시오. 우리들 쾌남아들의 이야기를 듣고 깜짝 놀라실 것도 없소. 우리는 결코 착한 사람을 해치지는 않소. 술이나 많이 자시오. 내일 맹주에 도착하게 되면 적당히 사례하리다."

그날 밤에는 장청의 집에서 머물렀다. 이튿날, 무송이 작별인사를 하려고 하자 장청이 막무가내로 잡고 늘어져 하는 수 없이 사흘 동안이나 더 머무르며 대접을 후히 받았다.

나이를 따져 보니 장청이 다섯 살이나 위였다. 무송은 장청을 형으로 삼고 의형제를 맺었다. 무송이 또다시 떠나가겠다고 하자, 장청은 마지못해서 보따리와 전대를 내주고 열몇 냥의 은붙이까지 주었다. 공인들에게도 2,3냥씩 용돈을 주었다. 무송은 그 은붙이마저 공인들에게 나누어 주고 나서 다시 큰칼을 목에 쓰고 길을 떠나게 되었다.

장청과 손이랑은 문밖까지 무송을 전송했다. 무송도 정중하게 작별인사를 하고 맹주로 향했다.

당일로 무송이 맹주에 도착해 보니, 문앞에 패액(牌額)이 걸려 있는데 '안평채(安平寨)'라는 석 자가 큼직하게 씌어 있었다. 공인들은 무송을 독방에 집어넣었다. 먼저 들어가 있는 10여 명의 죄수들이 무송을 보자 우르르 몰려들어서 보따리를 유심히 노려보았다. 그리고 떠들어대는 말이 모두 귀에 거슬리는 말뿐이었다.

보따리 속에 인정을 베풀어 주는 소개장이 있다든지, 그렇지 않으면 은붙이나 돈푼이라도 두둑이 있어야만, 얼마 안 있으면 나타날 간수에게 살위봉(殺威棒-감옥에 처음 들어가는 죄수가 으레 맞는 매)도 맞지 않고 견딜 수 있고, 옛사람도 말했듯이, '벼슬아치가 무서운 것이 아니고(不怕管) 벼슬아치의 힘이 무섭다(只怕管)', '남의 집 낮은 처마 밑에서는 고개를 수그리지 않을 수 없다(在人矮簷下, 不敢不低頭)'는 등 일단 여기 들어와서는 단단히 조심을 해야 한다는 말이었다.

무슨 말을 들어도 무송은 태연자약했다. 자기를 시끄럽게 구는 놈에게는 단돈 한 푼도 쓰지 않겠다고 버티고 있었다.

이때 간수가 나타나며 호통을 쳤다.

"네 놈이 새로 들어온 무송이라구? 경양강에서 범을 때려잡고, 양곡현에서 도두까지 지낸 녀석이라면 세상 물정을 알 만도 한데… 네 놈이 힘이 아무리 세다 해도 여기 들어와서는 고양이 한 마리 때려잡을 수 없을 것이다!"

"뭐 이렇게 떠드시오? 나한테서 뭣이 나올 줄 알고 이러시는 모양인데, 나는 단돈 한 푼도 내놓을 수 없소! 내 이 든든한 주먹이나 몇 대 선사하리다! 은붙이 부스러기도 있기는 있지만, 그것은 내가 간직해 두고 술이나 사서 마시겠소! 설마 나를 다시 양곡현으로 돌려보내지는 못하겠지!"

간수는 노발대발하며 돌아갔다. 여러 죄수들이 또 우르르 몰려들며 떠들어댔다.

"멋들어진 친구로군! 간수와 맞서 보다니! 하지만 장차 혼이 날 거야! 간수가 감옥 책임자에게 가서 고해 바치면 목숨이 왔다갔다하는 판이다!"

그러나 무송은 여전히 버티었다.

"겁날 것 없다! 나를 어떻게 하든지 제멋대로 하라고 내버려 두지! 주먹이 들어오면 주먹으로 대하고, 발길이 들어오면 발길로 대할 뿐이다!"

3,4명의 간수들이 우르르 달려들어서 무송을 점시청(點視廳) 앞으로 끌어내어 감옥 책임자 앞에 꿇어앉혔다. 감옥 책임자가 무송의 큰칼을 벗기더니 점잖게 외쳤다.

"새로 들어온 죄수! 잘 듣거라! 태조(太祖) 무덕황제(武德皇帝)께서 옛날에 제정하신 규칙대로, 여기서는 처음으로 귀양살이 온 죄수에게는 살위봉 2백 대를 때리기로 마련되었다! 팔다리를 꽁꽁 묶어서 돌려세워라!"

"왜 이렇게 많은 사람들이 시끄럽게 떠드시오? 매를 때릴 테면 때릴 것이지! 팔다리를 묶을 것도 없소! 만약에 내가 매를 한 대라도 피해 버린다면 범을 때려잡은 쾌한이 아닐 것이오! 그때에는 먼저 맞은 매는 셈수에 넣지 않고, 처음부터 1백 대를 다시 맞겠소! 또 아프다고 소리를 지른다면, 양곡현에서 날리던 쾌한의 자격도 없을 것이오!"

양편에 서서 구경하고 있던 여러 사람들이 모두 깔깔대고 웃었다.

매를 때리는 장정이 몽둥이를 높이 쳐들고 소리를 지르며 덤벼드는 찰나에, 책임자 옆에 아까부터 서 있던 키가 6척이 넘고 나이가 24,5세쯤 돼 보이는 사람 하나가 책임자의 귓전에 대고 무슨 말인지 속삭였다. 책임자가 물었다.

"새로 온 죄수 무송! 그대는 도중에서 무슨 병을 앓았나?"

"도중에서 아무 병도 앓은 일이 없소! 술도 마시고, 밥도 먹고, 고기도 먹고, 길도 잘 걸어왔소!"

"이놈이 오는 도중에 병을 앓으면서 여기까지 온 모양이고 안색이 심히 좋지 않으니 살위봉은 때리지 않기로 하자!"

양편으로 갈라져 서 있던 매 때리는 장정들이 낮은 음성으로 무송에게 넌지시 일렀다.

"병을 앓았다고 하시오! 이것은 상공께서 당신을 봐주시는 것이니. 두말 말고 병을 앓았다고만 하시오!"

"병을 앓은 일이 없소! 그런 일 없소! 시원스럽게 매를 때려 주시오! 매를 맡겨 두었다가 다시 맞으면 맛이 없는 법이오!"

여러 사람들이 깔깔대고 웃었으며 감옥 책임자도 웃음을 참지 못하고 말았다.

"이놈이 열병(熱病)을 앓았다가 땀을 내지 못해서 미친 소리를 하는 모양이군! 그놈의 말은 듣지 말고 다시 독방에 처박아 두도록 하라!"

3,4명의 간수들이 달려들어서 처음과 같이 독방으로 끌고 갔다. 여러 죄수들이 떠들어댔다.

"친한 사람의 편지라도 가지고 와서 책임자에게 전한 모양이로구나!"

"그 따위 편지는 가지고 온 일이 없다!"

"그런 것도 없다면, 지금 매를 때리지 않는 것은 도리어 재미없는 일이지! 밤이 되면 반드시 그대는 죽어 넘어지고 말 거야!"

"죽이다니? 나를? 어떻게?"

"밤이 되면 누르퉁퉁하게 썩은 쌀로 지은 밥을 두 공기쯤 먹여 주고, 그대를 토뢰(土牢) 속으로 끌고 가서 꽁꽁 묶어서 멍석대기에 뚤뚤 말아 가지고 눈, 코, 입, 귀, 칠규(七竅)를 틀어막고 벽에다 거꾸로 세워 두는 것이다. 반경(半更)도 안 가서 그대 목숨은 없어지고 마는 것인데, 이것을 여기서는 '분조(盆弔)'라고 부른다."

"그밖에도 또 나를 처치해 버리는 방법이 있단 말인가?"

"또 한 가지 있다. 역시 그대를 꽁꽁 묶어 놓고 모래를 잔뜩 담은 큼직한 푸대 하나를 그대 몸에다 얹어서 눌러 버리는 것이다. 이것도 반경이 못 가서 죽어 버리게 되는데, 이것을 여기서는 '토포대(土布袋)'라고 부른다."

그런데 이런 죄수들의 말과는 너무나 엄청나게 다른 결과가 나타났다.

군인 한 사람이 쟁반에다 뭣인지 받쳐들고 무송 앞에 나타났다. 큼직한 병에 술이 가뜩 들어 있고, 탐스럽게 담은 고기 안주가 한 접시, 거기다 또 국까지 한 그릇.

감옥 책임자가 무송에게 선사하는 것이라고 했다. 그뿐이 아니었다. 저녁밥도 들어오고 목욕할 더운 물까지 마련해다 주었으며, 의복과 수건을 가지고 와서 몸을 씻어 주고 옷을 입혀 주고 모기장, 베개까지 준비해서 들여보내 주었다. 무송은 감방문을 안으로 걸고 혼자서 곰곰 생각해 봤다.

"이상한 일이다! 그러나 제 놈들이 하는 대로 내버려 두는 수밖에…."

그날 밤은 감방에서 마음 편히 지낼 수 있었다.

날이 밝아, 무송이 감방문을 열자마자, 바로 어젯밤에 차입을 해주고 시중을 들어 주던 그 군인이 세숫물에다가 양치물까지 떠들고 들어왔으며, 머리 빗기는 사람을 데려다가 머리를 매만져 주고 두건까지 씌워 주었다.

그리고 또 다른 사람 하나가 나타나더니 고기며, 밥이며, 국이며, 아침 밥상을 근사하게 차려다 무송 앞에 놓았다. 식사가 끝나니 차까지 쟁반에 받쳐들고 와서 마시게 해주었다. 그리고 이렇게 말했다.

"이 독방은 좋지 못하니 저편 방으로 옮기도록 하십시오. 그렇게 하시면 식사를 날라다 드리기도 편하겠습니다."

"나는 하라는 대로 하는 것뿐이지! 어떤 방인지 가봅시다!"

무송은 될대로 되라는 배짱이었다.

그 사람이 안내하는 방으로 따라가니 침상이며 밥상이며 깨끗하기 이를 데 없는 조용한 방이었고, 상이며 의자며 모두 새로 장만해 놓은 것들이었다.

무송은 방안을 휘둘러 보면서 혼자 중얼거렸다.

"토뢰(土牢) 속인 줄 알았더니 어째서 이렇게 좋은 방으로 데리고 왔을까? 독방보다도 기막히게 훌륭한 곳인걸!"

무송이 점심때까지 앉아 있자니까 그 사나이는 쟁반에 뭣인지 받쳐들고 술병까지 가지고 들어왔다. 닭고기 안주며 먹음직스러운 마른 안주가 네 가지나 되었다. 무송은 점점 까닭을 알 수 없었다.

밤이 되면 또 여러 가지 맛있는 음식이 나오고, 목욕도 시켜 주고 편히 쉬게 해주었다.

사흘째 되던 날도 감방 안의 대접은 변함이 없었다. 아침밥을 먹고 무송이 뇌성 안을 휘적휘적 걸어다니고 있을 때, 다른 죄수들이 6월 염천 아래서 물을 긷고 장작도 패고 그밖의 가지가지 고역들을 하고 있는 장면을 구경할 수 있었다.

무송은 점잖게 뒷짐을 지고 서서 물어 봤다.

"어째서 이렇게 더운 날 뙤약볕 밑에서 일을 하고 있는 것이오?"

여러 사람들이 웃으면서 대답했다.

"그것도 모르다니 팔자 좋은 친구로군! 우리들은 여기 나와서 이렇게 일을 할 때가 천당에라도 올라온 기분인데…. 더우니 어쩌니 하고 건방진 소리를 하다가는 매를 맞아서 반쯤 죽거나, 그렇지 않으면 굵다란 쇠고랑을 발목에다 차게 되는 판이니까."

무송은 얼마 후에 천왕당(天王堂) 사당 앞을 한 바퀴 돌아봤다. 거기에는 지전을 태우는 화로 옆에 푸르둥둥하고 가운데 구멍이 뚫려 있는 큼직하고 둥근 바윗돌이 하나 있었다. 깃발을 꽂을 때 쓰는 거창한 바윗돌이었다.

무송은 그 바윗돌 위에 잠시 걸터앉아서 쉬다가 방으로 돌아와서 이 까닭 모를 일을 곰곰 생각해 보고 있었다.

매일같이 똑같은 사람이 맛있는 음식과 술과 안주를 가져다 줄 뿐, 자기를 죽여 버리겠다는 기색은 통 찾아볼 수 없었다. 무송은 아무리 궁리해 봐도 그 까닭을 알아낼 수 없었다.

며칠 후 점심때쯤 되어서 그 사람은 여느때와 같이 변함없이 음식을 차려 가지고 들어왔다. 무송은 참다 못해서 그 사람에게 물어 봤다.

"당신은 뉘집 사람이오? 어째서 이렇게 나를 잘 먹여 주시는 거요?"

"언젠가 말씀드렸듯이 감옥 책임자께서 이렇게 잘 돌봐 드리라고 명령하셨기 때문입니다."

"그러면 매일같이 차입해 주는 이 음식들은 누가 명령한 것이오? 또 나를 어떻게 할 생각으로 이렇게 맛있는 음식을 먹여 주는 것이오?"

"이것은 감옥 책임자의 아드님께서 도두께 보내 드려서 잡수시도록 하시는 겁니다."

"나는 죄수요, 범죄자요. 또 감옥 책임자에게 손톱만한 것을 드린 일도 없는데 어째서 내게 이런 음식을 차입해 준다는 거요?"

"소인이 어찌 알겠습니까? 그저 책임자의 아드님께서 석 달이고 반년이고 꾸준히 차입해 드리라고 분부하셨을 따름입니다."

"그건 더욱 이상한 일인데! 결국 나를 살찌게 해가지고 없애 버리겠다는 건가? 이 수수께끼 같은 일을 날더러 어떻게 알아맞히라는 건가? 이 까닭을 알 수 없는 술과 밥을 먹고 어찌 내가 마음이 편하겠소! 그 책임자의 아드님이 어떻게 된 사람인지 나에게 말해 주시오. 내가 언제 어떻게 그를 알았기에 그의 술과 밥을 먹는단 말이오?"

"전일에 도두님께서 처음 이리 오셨을 적에, 청상(廳上)에 흰 수건으로 오른편 손을 감고 계시던 분이 바로 감옥 책임자의 아드님이십니다."

"청사(靑紗) 저고리를 입고 책임자의 옆에 서 있던 그 사람 말이오?"

"그렇습니다. 바로 그분이십니다."

"내가 살위봉을 맞게 됐을 때 그 사람이 나를 구해 준 게 아니오?"

"그렇습니다. 바로 맞았습니다."

"더욱 까닭을 모르겠는걸! 나는 청하현 사람이고, 그는 맹주(孟州) 사람으로 일면식도 없는 터인데 어째서 이렇게 나를 감싸 주는 것일까? 반드시 무슨 까닭이 있을 것 같소. 대체 그 아드님이란 분은 성명을 뭐라고 하오?"

"성은 시(施), 이름은 은(恩)이라고 하십니다. 무예에도 능통하셔서 사람들이 금안표(金眼彪) 시은(施恩)이라고 부릅니다."

"틀림없이 쾌남아인 모양이군! 나가서 그분을 좀 모시고 오시오. 나는 그분을 봐야만 밥이나 술을 먹지, 그렇지 않다면 손도 대지 않을 작정이오!"

"아드님께서 소인에게 분부하시기를, 일체 자세한 이야기를 하지 말고 석 달이고 반년이고 차입만 해드리고 난 다음에 만나보도록 해달라고 하셨습니다."

"쓸데없는 소리 마시오! 그 서방님을 모셔다가 나를 만나게 해주면 될 게 아니오?"

그 사람은 겁을 집어먹고 가려고 하지 않았다. 무송이 하도 초조하게 구니 그 사람은 마지못해서 안으로 들어가서 이런 사정을 이야기했다.

한참 만에 시은이란 사람이 달려나오더니 무송에게 절을 했다. 무송도 황망히 답례를 하고 말했다.

"소인은 잡혀 온 죄수입니다. 일찍이 존안(尊顔)을 뵈온 일도 없었는데, 전일에는 매를 호되게 맞을 것을 구출해 주시고 또 매일같이 호주호식(好酒好食)으로 대접해 주시어 심히 죄송합니다. 무엇 한 가지 도움이 되는 일도 없이 녹(祿)을 받게 되어 침식(寢食)이 불안합니다."

"소제(小弟)는 일찍부터 형장의 쟁쟁하신 대명(大名)을 천둥소리같이 들어왔습니다. 단지 먼 거리〔雲程〕에 가로막혀서 만나뵙지 못한 것뿐입니다. 오늘 다행히 형장께서 이곳에 오시게 되어서 존안을 뵈올 수 있게 됐사오나 환대해 드릴 아무것도 없어서 부끄러울 뿐입니다. 그래서 감히 만나뵐 생각을 하지 못했던 것입니다."

"방금 심부름꾼의 말을 들어 보니 석 달이고 반년이고 지난 다음에 소생에게 하실 말씀이 있다고 하셨는데, 서방님께서 소인에게 하시겠다는 말은 뭣입니까?"

"시골뜨기 하인녀석이 멋도 모르고 형장께 그런 말씀을 했군요. 선뜻 말씀드리기 어려워서…."

"이런… 서방님께서 대단히 어렵게 구시는군요! 이 무송은 답답해서 죽을 지경입니다! 날더러 대체 어떻게 하란 말씀입니까?"

"시골뜨기 하인녀석이 주둥이를 놀렸으니 말씀드리지 않을 수도 없습니다. 이것은 형장께서 하도 훌륭하신 대장부이시니까 말씀드릴 수 있는 일이지, 보통 사람이라면 될 법도 하지 않은 일입니다. 형장께서는 원로에 여기까지 오시느라고 몸도 피곤하시겠기에 석 달이고 반년이고 편히 쉬시고 난 다음에 서서히 자세한 사정을 말씀드리려고 했던 것입니다."

무송은 그 말을 듣자 껄껄껄껄 웃었다.

"내 말을 들어 보십시오! 나는 작년에 석 달 동안이나 학질을 앓은 뒤에도 경양강에서 큰 범[虎]을 맨주먹으로 때려잡았는데, 오늘 이만한 경우쯤야 대단치도 않습니다."

"하여간 이야기는 서서히 드리기로 하고 우선 한동안 몸이나 편히 쉬십시오. 기운이나 완전히 회복하신 다음에 말씀드리기로 하십시다."

"날더러 기운이 다 빠진 것처럼 말씀하시는데, 그렇다면 전일에 천왕당에서 보아 둔 그 큰 바윗돌이 무게가 몇 근이나 됩니까?"

"아마 4,5백 근은 될 겁니다."

"나하고 같이 가보십시다. 이 무송이 그 바윗돌을 움직여 볼 수 있을는지요."

"술이나 다 드시고 같이 가보기로 하십시다."

"아니, 먼저 갔다 와서 술을 마셔도 늦지 않습니다."

두 사람은 천왕당으로 함께 갔다. 여러 죄수들은 무송과 감옥 책임자의 서방님이 나타났대서 모두 허리를 굽실거리며 절을 했다.

무송은 그 큰 바윗돌을 흔들어 보더니 싱글싱글 웃으면서 말하였다.

"소인은 정말 힘이 빠졌습니다. 꼼짝달싹도 하지 않는걸요!"

"4,5백 근이나 되는 큰 바윗돌인데 그렇게 호락호락 움직이겠습니까?"

무송이 또 웃으면서 말을 이었다.

"서방님께서는 정말 소인이 이것을 움직이지 못한다고

생각하십니까? 자, 여러 사람들 저리 비키시오! 내 한 번이 바윗돌을 들어 볼 테니….”

무송은 웃통을 벗어서 허리에다 친친 감더니 그 큰 바윗돌을 두 손으로 꺼안고 번쩍 쳐들었다. 그리고 한편으로 쿵하고 내동댕이쳐 버렸다. 바윗돌은 한 자〔尺〕 정도나 깊숙이 땅 속으로 내리박혔다.

여러 죄수들은 깜짝 놀랐다. 무송은 다시 오른편 손을 뻗어서 그 바윗돌을 번쩍 들어서 허공을 향하여 일장(一丈)이나 되게 높이 던졌다가, 다시 떨어지는 바윗돌을 두 손으로 선뜻 받아들면서 조금도 힘이 든다는 기색이 없이 여러 죄수와 시은이 있는 편으로 몸을 돌렸다.

그 얼굴에는 붉은 줄기도 하나 서지 않았고, 가슴이 뛰는 기색도, 숨이 차다는 기색도 전혀 없었다. 시은은 가까이 가서 무송을 얼싸안고 찬사를 보내며 어쩔 줄을 몰랐다.

“형장은 비범한 인물이시오! 정말 천신(天神)이십니다!”

여러 죄수들도 일제히 절하면서 말했다.

“정말 신인이오!”

시은이 무송을 우러러보는 마음은 점점 더 헤아릴 수 없이 깊어졌다.

시은은 곧 무송을 자기 집 사랑방으로 모시고 가서 자리잡고 앉게 했다.

무송이 말했다.

“인제는 탁 털어놓으시고 말씀하십시오! 소인에게 하고 싶다던 말씀이 뭣인지요?”

시은이 대답한다.

"우선 편히 앉으셔서 몸을 좀 쉬십시오! 곧 우리 어르신네께서 나오시어 인사를 여쭙게 되실 것이니, 그 다음에 말씀드리기로 하겠습니다."

무송은 참을 수 없이 초조한 마음으로 대뜸 또 말했다.

"사람에게 말을 시켜 놓고 그렇게 계집아이같이 살살 밀지만 마십시오! 설사 일도(一刀)로 사생결단을 내는 일이라 할지라도 이 무송은 능히 해치울 수 있는 사람입니다. 무슨 일이나 우물쭈물하고, 속임수를 쓴다는 것은 떳떳한 사람의 할 짓이 아닙니다!"

"그렇게까지 꾸지람을 하신다면 말씀드리지 않을 도리가 없습니다. 너무 조급히 구시지 말고 서서히 소생의 말씀을 들어 주시기 바랍니다!"

시은은 말하지 않을 도리가 없었다.

두 손을 맞잡아 앞가슴 한복판에다 정중하게 올려놓고 천천히 이야기를 시작했다.

과연 무슨 말이 시은의 입에서 나올 것인지 몰라서, 무송도 극도로 긴장한 눈초리를 꼼짝도 하지 않으며 시은의 입만 바라보고 있었다.

결국 시은의 장황하게 늘어놓는 이야기 때문에 무송은 일찍이 사람을 죽여 봤던 그 솜씨를 다시 뽐내 보게 되고 범을 맨주먹으로 때려잡은 위풍을 다시 떨치게 되는데, 이야말로 두 주먹을 불끈 쥐면 운뢰(雲雷)가 울부짖고, 발길로 한 번 걷어차면 풍우(風雨)가 깜짝 놀란다는 격이다.

29　술독에 처박힌 여자

施 恩 重 覇 孟 州 道
武 松 醉 打 蔣 門 神

시은이 무송에게 하는 말은 이러했다.

"저는 어렸을 적부터 여기저기 스승을 찾아다니며 무예를 배워서 창봉도 다소간 쓸 줄 압니다. 이 맹주 일대에서는 금안표(金眼彪)라는 별명으로 불리고 있습니다. 이곳 동문 밖에는 쾌활림(快活林)이라는 장터가 한 군데 있습니다. 이 장터는 산동(山東) 하북(河北) 등지에서 몰려든 장돌뱅이들이 장사를 하는 곳이며 큰 여인숙만 해도 백여 군데나 있고, 노름방과 환전방도 2,30군데나 있습니다. 예전에는 제가 무예도 할 줄 알고 또 뇌성 안의 죄수들을 8,90명이나 좌지우지하고 있던 까닭에 이 장터에서 술집을 경영하면서 이 수많은 여인숙과 노름방과 환전방을 손아귀에 넣고 있었습니다. 그리고 떠돌아다니는 기녀들이 이 고장에 들어오게 되면 먼저 저에게 인사를 드리고 나서야 다른 곳으로 일자리를 구해 가게 마련이어서, 그럭저럭 생기는 수입이 제법 해볼 만했습니다. 그런데 이 고장 본영(本營)에 장단련(張團練)이라는 군인이 새로 동로주(東潞州)에서 부임해 왔는데, 이자가 괴상한 사나이를 하나 데리고 왔습니다. 이 괴상한 사나이는 성명을 장충(蔣忠)이라고 하고 신장이 9척이나 넘는 무시무시한 장정으로 장문신(蔣門神)이라고 불리는데, 체구가 거창할 뿐더러 무예에도 능통해서 창봉은 물론, 주먹질 발길질이 대단하고 씨름을 가장 잘합니다. 이자가 스스로 자랑하는 말이, 자기는 3년 동안이나 태악(泰岳-泰山) 씨름판에서 적수를 만나보지 못했으며 천하에 자기만큼 힘이 센 사람은 없을 것이라고 합니다. 그래서 이놈이 저의 울타리 안을 침범한 것입니다. 저는 양보하지 않다가 매를 맞고 발길질에 채여 두 달 동안이나 자리에 누워서 꼼짝도 못했습니다. 저는 남의 힘을 빌려서라도 한 번 복수를 하고 쳐들어가 볼 생각이 없는 것은 아니었지만, 장단련이란 군인은 수하에 정군(正軍)을 거느리고 있으니, 이것과 충돌하는 날이면 뇌성 영중(營中)에서 저는 저절로 쓰러져 버리고 말 것이기 때문에 한없는 원한을 품고도 보복해 볼 수가 없습니다. 형장께서 천하에 드문 대장부라는 소문을 오래 전부터 듣고 있었습니다만, 형장과 제가 힘을 합쳐서 어떻게든지 이 뼈에 사무친 원한을 한 번 풀어 볼 수는 없을까요? 형장께서 먼 길을 오시느라고 몸이 심히 피로하실 줄 알고, 석 달이고 반년이고 푹 쉬시고 난 다음에 이런 일을 상의해 보려고 했더니 뜻밖에도 그 하인녀석이 주둥이질을 했기 때문에 어쩔 수 없이 솔직히 고백하는 바입니다."

"그 장문신이란 놈은 머리가 몇 개나 되고 팔이 몇 개나 된다는 거요?"

"별로 보통 사람과 다른 점이 없습니다."

"흠! 나는 또 무슨 삼두육비(三頭六臂)의 괴물이거나, 불교에서 말하는 나타태자(那吒太子) 같은 괴물인 줄 알았더니, 그렇지 않고 보통 사람이라면 뭣이 겁날 게 있겠소!"

"하지만 저는 힘도 모자라고 재간도 없고 해서 그놈을 당해낼 도리가 없습니다."

"내, 큰소리를 하는 것은 아니지만, 나는 몸에 지닌 힘과 재간을 가지고 평생에 이 천하에서 억지를 쓰는 놈〔天下硬漢〕과 도덕(道德)에 밝지 못한 놈들을 때려눕히는 것이 소원이니, 사정이 그렇다면 뭘 우물쭈물하고 있겠소? 술이나 있다면 노상에서 마셔 가면서 나와 같이 당장 달려가기로 합시다. 내 그놈을 범을 때려잡듯이 뻗어 버리게 할 테니. 만약에 힘이 지나쳐서 그놈이 그대로 죽어 버린다면 그때는 내 목숨이라도 대신 내놓으리다!"

"서서히 하십시다. 얼마 안 있으면 저의 아버님께서 형장을 만나뵈러 나오실 것이니, 서로 상의하셔서 경솔히 하지 않으시는 게 좋을 것 같습니다. 내일이라도 사람을 시켜서 그자가 집에 있다는 것을 탐지하면 모레쯤 가보시기로 하고, 집에 없다면 또 다른 방법을 차리기로 하십시오. 공연히 불쑥 대들었다가 그놈이 도리어 놀라서 뺑소니를 쳐버린다면 일이 묘하게 될 터이니까요."

"서방님〔小官營〕! 그러니까 그런 놈에게 매를 맞고 지내시는 거요. 사나이 대장부가 어찌 그걸 참고 있겠소? 뭘 이 이상 망설이고 우물쭈물할 게 있소! 그까짓 놈이 먼저 손을 쓰고 뺑소니를 치려고 했댔자, 뭣이 대단하겠소?"

이렇게 충동을 하자, 병풍 뒤에 있던 감옥의 책임자가 나오면서 입을 열었다.

"의사(義士)님! 이 늙은 몸은 오래 전부터 의사님의 소문을 듣고 있었습니다. 오늘 이렇게 만나뵙게 되니 참 영광입니다. 변변치 못한 소인의 아들녀석도 구름이 걷히고 밝은 해를 보는 듯할 것입니다. 안으로 들어가셔서 말씀하시기로 하죠."

감옥 책임자 영감은 무송을 안으로 안내하고 자리를 권했다.

"자, 이리 편히 앉으십시오!"

"소인은 죄수입니다. 어찌 감히 상공님과 마주 대하고 앉을 수 있겠습니까?"

"그런 말씀하시지 마십쇼! 내 아들녀석은 의사님을 만나뵙게 되어서 얼마나 다행한지 모릅니다."

무송은 정중히 절을 한 번 하고 나서 책임자 영감과 마주 대하고 앉았다.

시은은 한옆에 공손히 서 있을 뿐이었다.

"서방님 왜 그렇게 서 계시오?"

하고 무송이 묻자 시은은,

"아버님께서 말씀드리실 것이니, 그런 점은 걱정마십시오."

하고 그대로 서 있었다.

"이건, 정말 내가 너무나 황송하오!"

책임자 영감이 아들보고 말했다.

"의사님이 이처럼 말씀하시니 거기 앉아라. 여기는 딴 사람의 눈도 없으니…."

이리하여 시은도 자리를 잡고 앉았으며 하인들이 술이며 안주며 맛있는 음식을 잔뜩 차려 왔다. 책임자 영감은 친히 술잔을 들어서 무송에게 권했다.

"의사님의 영웅호걸다운 기풍은 모든 사람이 탄복하는

바입니다. 소인의 변변치 못한 아들녀석이 전에 쾌활림에서 장사를 한 것은 결코 돈을 모으려고 한 짓은 아니었습니다. 그것은 맹주라는 이 고장에 생기를 돋우고 호걸, 의협의 기풍을 북돋워 보자는 생각이었는데, 뜻밖에도 장문신이란 자가 권력과 세도만 내세우고 힘으로써 우리의 터전을 강탈했습니다. 의사님의 남다르신 용맹스런 힘을 빌리지 않고는 이 원한과 치욕을 씻어 볼 길이 없습니다. 만약에 의사님께서 소인의 변변치 못한 아들녀석이나마 버리시지 않으신다면, 이 술 한 잔을 내시고 아들녀석의 사배(四拜)의 절을 받으시고 의형이 되어 주십시오!"

무송이 대답하였다.

"아무런 재간도 학문도 없는 소인이 서방님의 절을 받다니, 그것은 천만의 말씀입니다!"

무송이 술잔을 내니, 시은은 사배(四拜)의 절을 정중히 했고, 선뜻 답례를 해서 의형제의 맹세를 했다.

무송은 그날 어찌나 술을 많이 마셨던지, 만취해서 사람들의 부축을 받아 겨우 자기 처소로 돌아갔다.

이튿날, 감옥 책임자 영감은 아들 시은과 이런 상의를 했다.

"무송은 어제 술이 몹시 취해서 곯아떨어졌으니 오늘은 가지 못할 것이다. 또 이대로 보내서도 안 된다. 사람을 시켜서 탐지한 결과, 그자가 자기 집에 없더라고 해서, 하루 더 연기해서 일을 치르도록 하는 것이 좋을 것 같다."

시은은 그 길로 무송에게 가서 말했다.

"오늘은 또 안 되겠습니다. 사람을 시켜서 탐문했더니

그놈은 제 집에 없다고 합니다. 내일 아침식사나 하시고 나서 가보시기로 하십시오.”

“내일 간다 해도 상관없겠지만, 그렇다면 또 오늘 하루 해를 치미는 울화를 참으며 지내야겠군!”

아침식사를 마치자, 시은은 무송을 데리고 뇌성 주변을 한 바퀴 빙 돌면서 산보를 했다. 집으로 돌아와서 창·권·봉(鎗·拳·棒) 등 무술에 관한 이야기를 하면서 시간을 보내고, 점심때가 되어서 시은은 무송을 자기 집으로 초청했지만 술은 얼마 내놓지 않고 안주와 음식만 잔뜩 차려냈다.

무송은 술이 마시고 싶어서 견딜 수 없었으나 시은이 안주와 음식만 권하는지라, 어쩔 수 없이 과히 탐탁하지도 않은 점심상을 물려놓았다. 시은과 작별하고 대청으로 돌아와 멍청히 앉아 있노라니, 두 하인이 나와서 무송더러 목욕을 하라고 했다.

무송이 물었다.

“너의 집 서방님은 어째서 오늘은 나에게 술을 마시게 해주지 않고 안주와 음식만 권하는 거냐? 그 까닭이 뭐냐?”

“솔직하게 말씀드리자면, 오늘 아침에 영감님과 서방님이 상의하시기를, 오늘 도두님을 가시게 하기로 돼 있었지만, 어제 술을 과하게 드시셨으니 오늘 큰일을 치르시기 어려울 것이라 하시고, 그래서 오늘은 일부러 술을 마시지 않으시도록 한 것이며, 내일 가셔서 큰일을 보시도록 하자고 하신 것입니다.”

“흐음! 그러면 내가 술이 취하면 대사를 그르칠까 봐 걱정한 것이로군!"

"바로 그 점을 상의하셨습니다."

그날 밤, 무송은 날이 밝기를 기다리지 못하고 새벽같이 일어나서 양치를 하고 세수를 하고 머리에는 만자두건을 쓰고 몸에는 흙빛 무명옷을 입고, 허리에는 붉은 비단 띠를 질끈 동이고, 넓적다리부터 무릎까지 각반을 둘둘 감고 팔답마혜(八搭麻鞋)를 신고 나서 시은과 아침식사를 같이했다.

식사가 끝나자, 시은이 말했다.

"마구간에 말이 있으니 채비를 차리겠습니다. 말을 타고 가십시오!"

"나는 발을 졸인〔脚小〕 사람도 아닌데 말을 타선 뭣하겠소? 꼭 한 가지 부탁할 일이 있소!"

"무슨 일이든지 분부하시는 대로 하겠습니다."

"내가 그대하고 성 밖으로 나간 다음부터는 '셋이 없으면 망을 지나칠 수 없다(無三不過望)'라는 것만 명심해 주시오."

"그게 무슨 말씀이신지 뜻을 잘 모르겠습니다."

"허허허…. 장문신을 때려눕히기 위해서는, 거기까지 가는 도중에서 술집 앞을 지날 때마다 술을 석 잔씩 마시게 해달란 말이오. 술 석 잔을 마시지 않고는 술집 망자(望子 -술집을 표시하기 위해서 문앞에 늘어뜨린 깃발이나 헝겊)를 그대로 지나칠 수 없단 말이오."

이 말을 듣자 시은은 혼자서 곰곰 생각했다.

'쾌활림은 동문(東門)에서 14,5리 길이나 되고, 도중에는 술집이 열서너 군데나 있는데, 한 집마다 들러서 술 석

잔씩을 마신다면 적어도 서른대여섯 잔을 마셔야 목적지
에 도착할 수 있을 것이니, 이래 가지고야 무슨 일을 치를
수 있단 말인가!'

무송이 그 눈치를 채고 호탕하게 웃어젖히며 말하였다.

"내가 술이 취해서 손이 뜰까 봐 걱정하시는 거요? 천만
에…. 나는 술을 마시지 않고는 좋은 솜씨를 보이지 못하
오. 한 푼어치 술을 마시면 한 푼어치 솜씨를 발휘하고 오
푼어치 술을 마시면 오 푼어치 솜씨를 발휘하고, 십 푼어
치 술을 마시면 어디서 생기는 힘인지 내 자신도 잘 모를
만큼 기운이 용솟음쳐 나오는 거요. 범을 잡았을 때에도
술이 어찌나 취했던지 혀가 꼬부라질 지경으로 곤드레만
드레였소. 그래서 기운도 뻗쳐났고, 기막힌 솜씨를 보일
수 있었소!"

"그러신 줄은 몰랐습니다. 저의 집에는 맛있는 좋은 술
이 많이 있지만, 술이 취하시면 도리어 일을 그르치실까
두려워해서 어젯밤에는 일부러 마시지 않으시도록 한 것
입니다. 술을 잡수시면 잡수실수록 기운이 나신다면 하인
두 사람을 시켜서 집에 있는 좋은 술과 갖은 안주를 가지
고 앞질러 나가서 도중에서 기다리게 해놓고 가시는 곳마
다 쉬엄쉬엄 마시면서 가시면 어떻겠습니까?"

"그렇게만 해준다면 근사한 일이지! 장문신을 때려눕히
는 데도 용기백배, 문제없을 것이구…. 나는 술기운이 몸
에 없으면 통 힘을 쓸 수 없어서…. 오늘 아침에는 반드시
그놈을 뻗어 버리게 만들어서 여러 사람의 구경거리를 만
들겠소!"

시은은 만반준비를 갖추어 가지고 두 하인에게 분부해

서 앞질러 내보냈다.

또 책임자 영감은 비밀리에 20여 명의 건장한 장정들을 골라서 뒤따라가며 일을 거들도록 수배해 놓았다.

시은과 무송 둘이서 안평채를 나서서 동문을 지나 4,5백 보쯤 걸어갔을 때, 길 한옆으로 술집이 한 군데 있고 문앞에 늘어뜨린 망자가 눈에 띄었다.

하인 둘이서는 벌써 거기까지 와서 기다리고 있었다.

시은이 무송을 데리고 안으로 들어가 자리잡고 앉으니, 하인들은 안주를 내놓고 술을 따랐다.

무송이 말하였다.

"작은 잔은 싫으니 큼직한 대폿잔에다 따르오! 석 잔만 마시면 그만이니까."

하인은 제일 큰 대폿잔을 내놓고 술을 따랐다. 무송은 거침없이 석 잔을 연거푸 죽죽 들이켰다. 그러고는 벌떡 자리에서 일어섰다. 하인들은 허둥지둥 수습을 해가지고 급히 뒤를 쫓았다. 무송이 웃으면서 말하였다.

"배가 불쑥 일어서니 기운이 저절로 나는군! 자아, 어서 갑시다!"

두 사람은 술집에서 나왔다.

때는 7월. 더운 날씨가 아직도 계속될 무렵이었다. 두 사람이 가슴을 활짝 풀어 헤치고 1리쯤 앞으로 나갔더니 마을 변두리에 또 술집이 한 군데 있고 주기(酒旗)를 나무 위에 높직하게 달아 놓았다. 숲속으로 깊숙이 들어서서 바라보니 그것은 마을에서 만드는 탁주를 파는 조그마한 술집이었다.

시은이 걸음을 멈추고 말했다.

"시골 탁주를 파는 술집인데, 한 잔 하시렵니까?"

"쓰거나 달거나 시금털털하거나 찝찔하거나 술은 술이 겠지! 역시 석 잔은 마셔야지! '셋이 없으면 망을 지나칠 수 없다(無三不過望)'니까."

두 사람은 또 안으로 들어서서 자리잡고 앉았으며 하인들은 안주와 과일을 내놓았다. 무송은 석 잔을 마시자 벌떡 일어서서 술집 밖으로 나왔다. 하인들도 역시 뒷수습을 해가지고 또 앞질러서 달음질을 쳤다.

두 사람이 1,2리 길도 채 못 가서 또 술집. 무송과 시은은 술집이 나타날 때마다 한 군데도 거르는 법이 없이 들어가서 석 잔씩 들이켰다. 벌써 10여 군데나 되는 술집을 들렀다. 그러나 시은이 보기에는 무송은 아직도 술이 양에 차지 않은 것 같았다.

무송이 말했다.

"쾌활림까지는 아직도 몇 리 길이나 남았소?"

"인제 얼마 남지 않았습니다. 저기, 저편으로 뵈는 숲이 바로 그곳입니다."

"아, 인제 다 왔단 말이지! 서방님은 다른 곳으로 몸을 피하고 나를 기다리고 계시오. 내가 가서 그놈을 찾아낼 터이니."

"그렇게 하기로 하십시다. 몸을 숨길 곳도 있으니, 부디 몸조심하시고 정신을 바짝 차리십시오. 결코 만만케 생각하시면 안 됩니다!"

"걱정없소! 단지, 하인들만은 나를 따르게 해주시오. 앞으로 술집이 또 있으면 술을 석 잔씩 더 마시고 가야 할 테니."

시은은 하인들에게 분부해서 무송을 따라가도록 하고 서로 작별했다.

무송은 3,4리 길도 채 가기 전에 또 열몇 잔이나 술을 마셨다. 벌써 점심때가 다 되었고 날씨가 덥기는 했지만 선들바람이 불어오기도 했다.

무송은 술기운이 치밀어 올라, 웃통을 벗어부치기는 했지만, 술이 대단히 취한 편은 아니었다. 그러나 일부러 아주 만취한 체하고 앞으로 끄덕끄덕, 뒤로 비칠비칠, 좌우 양편으로 근들근들 하면서 갈지자 걸음걸이로 숲 근처까지 다가갔다. 하인들이 저편을 손으로 가리키면서 말하였다.

"앞으로 뵈는 세 갈래길 어귀에 있는 것이 바로 장문신의 주점입니다."

"다 왔단 말이지? 너희들은 뒤로 물러나 있거라! 내가 그놈을 때려눕힌 것을 보거든 달려오너라!"

무송이 숲속을 꿰뚫고 나가서 저편으로 나서 보니, 금강대한(金剛大漢)같이 거창하게 생긴 장정 하나가 전신에 흰 무명옷을 걸치고 한 채의 교의(交椅)를 벌여 놓고 파리채를 손에 들고 푸른 느티나무 밑에서 바람을 쐬고 있었다.

무송은 술이 곤드레만드레 취한 체하고 곁눈질을 해서 살펴보았다.

"흥! 이 거창하게 생긴 장정 녀석이 바로 장문신이란 놈이구나!"

그대로 그곳을 지나쳐 버렸다. 4,50보쯤 앞으로 더 나

간 곳, 세 갈래길 모퉁이에 있는 큼직한 술집 처마 앞에
망간이 세워져 있는데, 거기에는 커다란 글자로 '하양풍월
(河陽風月)'이라는 넉 자가 씌어 있었다.

　앞으로 돌아 들어가 보니, 문앞에는 파란 칠을 한 난간
을 둘렀으며, 두 자루의 소금기(銷金旗)가 꽂혀 있는데 이
렇게 씌어 있었다.

　　취리건곤대(醉裏乾坤大)
　　호중일월장(壺中日月長)

　술집 안에는 큼직한 술독 세 개가 나란히, 절반은 땅 속
에 파묻혀 있었고 독마다 술이 거의 꽉 차 있었다.
　한복판으로 술청 비슷한 주인의 자리가 마련되어 있고
그 앞으로 젊은 부인 하나가 앉아 있는데, 이 여자는 장문
신이 맹주에 와서 새로 얻은 첩으로서 화류계에서 산전수
전을 다 겪은 여자였다.
　무송은 게슴츠레한 눈을 뜨고 주인의 좌석 맞은편에 자
리잡고 앉아서 두 손으로 술상을 짚고 그 부인을 노려보
기만 했다. 그 부인은 재빨리 그런 눈치를 채고 외면을 해
버렸다. 하인배들이 6,7명 있었다. 무송은 술상을 주먹으
로 내리치며 소리를 질렀다.
　"이 술집에는 주인도 없느냐!"
　생트집을 부리는 것이었다.
　술을 청했다. 하인이 가져온 술을 싱겁다고 퇴짜를 놓
고 세 번째 가져온 술을 겨우 마실 만하다 하면서 주인의
성을 물어 봤다.

"우리 집 주인은 장씨(蔣氏)이십니다."

하인이 대답하는 순간, 부인은 무송을 술이 만취해서 싸움을 걸러 온 망나니라고 판단했다. 그럴수록 무송은 소리를 질렀다.

"얘들아, 저 여자를 이리 불러다가 나에게 술을 따르라고 해라!"

"천만에, 저분은 우리 집 주인 아주머니십니다!"

"주인 아주머니라고 나한테 술을 따르지 못한다는 법은 없잖느냐!"

여자가 약이 바싹 올라서 악을 썼다.

"저런 죽일 놈! 날도둑 같은 자식이!"

여자는 벌떡 일어서서 뛰쳐 내달으며 덤벼들려고 했다. 무송에게 여자 하나쯤이 문제가 아니었다. 그대로 머리채를 움켜잡고 여자의 몸을 높이 쳐들더니 큼직한 술독에다 거꾸로 처박아 버렸다.

무송이 주인의 자리 가까이 쳐들어갔을 때, 하인배 중에서 기운깨나 쓴다는 놈들이 우르르 덤벼들었다.

그러나 무송은 훌쩍 손을 뻗어서 한 놈을 낚아채더니 두 손으로 번쩍 쳐들어서 역시 또 다른 술독에다 거꾸로 박아 버렸다.

뒤를 이어서 덤벼드는 또 한 놈도 똑같이 번쩍 쳐들어서 술독에 처박아 버리고, 다시 덤벼드는 두 놈을 하나는 주먹으로 하나는 발길로 땅바닥에 거꾸러뜨렸다.

나머지 몇 놈들도 매를 즉사하도록 맞고 덤벼들지 못했으며, 약삭빠르게 뺑소니를 친 놈은 단지 하나뿐이었다.

뺑소니를 친 하인놈이 장문신에게 알리러 간다는 것을

재빨리 알아차린 무송은 그놈의 뒤를 쫓아갔다. 그 하인 녀석은 무송의 추측대로 장문신에게로 달려갔다. 장문신은 그 소식을 듣자, 대경실색하여 상을 발길로 차버리고 파리채를 동댕이치고 밖으로 내달았다.

마침 달려드는 무송과 거리 한복판에서 맞닥뜨리고 말았다.

장문신은 체구가 무시무시하게 거창하고 힘도 센 장정이기는 했지만, 근자에는 주색에 곯아서 몸이 허약해 있었다.

그러나 장문신은 무송을 발견하자 술주정뱅이로만 알고 다짜고짜로 무작정 덤벼들었다.

무송은 두 주먹을 불끈 쥐어 휘둘러 장문신의 얼굴을 때리는 체하더니 그대로 허공만 찌르고 몸을 비호처럼 날려서 뺑소니를 쳤다.

장문신이 분노를 참지 못하고 그대로 쫓아오며 덤벼들자, 무송은 번갯불처럼 장문신의 아랫배를 발길로 내질러 버렸다.

장문신은 두 손으로 배를 움켜잡고 쭈그리고 앉았다. 무송은 그대로 덤벼들며 이번에는 장문신의 오른발을 걸어지르고 얼굴을 정통으로 내질렀다. 그는 벌떡 땅 위에 나자빠져 버둥거렸다.

그래 놓고, 다시 억센 발로 장문신의 가슴을 꾹 밟고 서서 주발만큼이나 커다란 주먹으로 얼굴을 마구 내리쳤다.

무송이 장문신을 때려눕히는 놀라운 솜씨는 '옥환보(玉環步)', '원앙각(鴛鴦脚)'이라고 일컫는 수법으로, 무송이 다년간 연마해서 누구도 감히 흉내낼 수 없는 특기로 삼는 재간이었다.

다시 말하자면 상대방을 노리는 체하고 주먹으로 일부러 허공을 치는 순간에 몸을 재빨리 뒤집어서 상대방의 왼편 다리를 걸어차고, 다시 되돌아서서 비호같이 상대방의 오른편 다리마저 내질러 버리는 교묘한 수법인 것이다.

"이 고약한 놈! 이래도 큰소리를 치고 거만스럽게 굴 작정이냐?"

무송은 천지가 진동할 듯한 높은 음성으로 호통을 쳤다.

"이놈! 목숨이 아까우면 내가 말하는 세 가지 조건을 잠자코 들어라!"

장문신은 땅바닥에 나자빠져서 애원을 했다.

"제발 목숨만 살려 주십시오! 세 가지 조건은 그만두고, 3백 가지 조건이라도 분부하시는 대로 아무 말 없이 듣겠습니다!"

이리하여, 무송은 손가락질을 해가면서 장문신에게 세 가지 조건을 말하게 되었고, 이것 때문에 무송은 멀지 않아서 모습이 변하여 주인을 찾아가게 되고, 머리를 깎고 눈썹을 밀어 버리고 사람을 죽이게까지 된다.

30 중추수조가(中秋水調歌)

施恩三入死囚牢
武松大鬧飛雲浦

무송이 장문신에게 내세운 세 가지 조건이란,

1, 장문신은 즉각 쾌활림에서 떠나갈 것. 가장집물은 모조리 처음 주인인 금안표 시은에게 돌려 줄 것.

2, 목숨만은 용서해 줄 터이니 쾌활림의 모든 영웅호걸과 시은에게 잘못을 사죄할 것.

3, 돌려보낼 물건을 모조리 돌려보내고 즉시로 쾌활림을 떠나서 고향으로 돌아갈 것.

만약에 어물어물 이 고장에서 돌아다니면 만나는 족족 매를 맞을 각오를 해야 될 것.

장문신은 그제야 그가 바로 무송이라는 무시무시한 호걸임을 알게 되자, 두말없이 무송의 명령에 복종할 터이니 목숨만 살려 달라고 애걸했다.

시은은 힘센 사병들 2,30명을 거느리고 나타나서 무송을 호위하고 장문신의 주점으로 돌아갔다. 술독에 처박힌 두 하인녀석들은 아직까지도 나오지 못하고 버둥질을 치고 있었으며, 장문신의 첩만이 간신히 술독에서 밖으로 기어나왔는데 그 꼬락서니가 가관인 것은 두말할 것도 없었다.

무송은 이웃 사람들을 많이 모아 놓고 자기의 태도를

밝혔다.

"나는 이 시은 양반과는 아무런 인연도 관계도 없는 사람이오. 단지 언제나 이 세상에서 도덕(道德)을 지키지 않는 놈들을 혼내 주는 것이 나의 소원이오. 부당한 일에 괴로움을 받고 있는 사람을 보면 칼을 뽑아서 도와주기를 사양치 않소. 이런 일을 위해서는 목숨조차 아까워하지 않소. 오늘은 장문신이란 놈을 때려죽여 버렸을 것이로되, 여러분의 체면도 생각해서 목숨만은 용서해 주는 것이오. 만약에 이놈이 여전히 이 근처에서 어정대다가 나와 얼굴을 마주치기라도 하게 된다면, 그때에는 경양강의 범처럼 뻗어 버린다는 것을 명심해 두어야 할 것이오."

여러 이웃 사람들은 그제야 무송이 경양강에서 범을 때려잡은 호걸임을 알고, 장문신을 위해서 사죄했다.

장문신은 한 마디도 할 말이 없었다. 시은은 가장집물을 다시 정돈하고 주점을 도로 찾았다. 장문신은 부끄러워서 어쩔 줄 모르며 차 한 대를 마련해 가지고 짐짝을 싣고 어디론지 떠나가 버리고 말았다.

무송은 여러 사람들과 술을 실컷 마시고, 저녁때가 되어서 이웃 사람들이 돌아가자 그대로 자리에 쓰러져서 잠이 든 것이, 이튿날 아침 여덟시경이나 되어서야 눈을 떴다.

감옥 책임자 영감은 아들 시은이 쾌활림의 가게터를 다시 찾게 된 것을 알자 말을 달려와서 무송에게 정중히 사례했다. 그날부터 무송더러 그 가게터에서 함께 지내도록 해달라고 했다.

술집을 뜯어고쳐 음식점을 만들어서 장사를 시작했다.

책임자 영감은 그제야 안심하고 안평채로 돌아갔다. 시은
은 사람을 내세워 장문신의 동정을 살펴봤지만, 가족을 거
느리고 어디론지 떠나갔다는 소문뿐이고 그 행방을 알 도
리는 없었다. 그래서 시은도 안심하고 장사에 전력을 기울
일 수 있었다.

시은의 음식점은 전보다도 매상과 이익이 엄청나게 오
르고 장사가 번창했다.

시은은 무송의 힘으로 이웃간에서도 체면을 차리고 지
낼 수 있게 되어, 무송을 어버이같이 극진히 섬겼다.

광음은 빨라서, 어느덧 한 달이 훨씬 넘었다.

어느 날, 무송과 시은이 가게 앞에 앉아서 한담을 하고
있는데, 2,3명의 군인 장정들이 빈 말을 끌고 나타났다.

"범을 때려잡으신 무도두님은 어디 계십니까?"

시은은 그들이 맹주를 지키고 있는 병마도감 장몽방(張
蒙方)의 아문에 있는 측근자들임을 알아보고 이렇게 물었
다.

"당신네들은 무도두님에게 무슨 용건이 있으시오?"

"장도감(張都監)님의 심부름을 왔습니다. 무도두님께서
세상에 드문 훌륭하신 분임을 아시고 말을 보내시어 모셔
오라고 하신 겁니다. 편지도 여기 이렇게 가지고 왔습니
다."

장도감으로 말하면 시은 부친의 상사로서 그의 지배를
받고 있는 입장이므로, 무송이 제아무리 호걸이라 해도 역
시 한낱 죄수의 몸이고 보니 그의 요구를 거절할 수 없었
고, 무송 또한 성품이 솔직한 사람이라 무슨 일인지 따지

지도 않고 두말없이 그들을 따라가기로 했다.

무송이 말을 타고 장도감 댁에 이르니 뜻밖에도 장도감은 무송을 여간 칭찬하는 것이 아니었다.

"자네의 호걸다운 기풍과 남을 위하여 죽음도 사양치 않는 의리를 나도 오래 전부터 잘 알고 있었네! 내 주변에도 자네만한 인물을 한번 두어 보았으면 하고 원하던 차이니, 내 측근에 있어 주면 어떻겠나?"

"소인은 일개 뇌성의 죄수에 불과합니다. 도감님께서 기용해 주신다 하오면 은상(恩相)을 위하여 어떤 천한 일이라도 사양치 않겠습니다."

장도감은 크게 기뻐하며 술상을 잘 차려 내어 무송을 극진히 대접했다. 복도 옆에 있는 방을 깨끗이 치우게 하고 거기서 쉬도록 해주었다.

이튿날, 시은의 집으로 하인을 보내어서 무송의 짐짝까지 실어 오게 하고, 이 집에 무상출입하며 편안히 지내도록 해주었다.

방안의 모든 설비며, 음식이며, 의복이며 모든 점을 용의주도하게 돌봐 주어서 무송의 생활은 너무나 호화스럽고 편안할 지경이었다. 무송은 혼자 생각한다.

'이건, 정말 고마운 일이구나! 이렇게 대접을 후하게 해주다니. 이곳으로 온 뒤부터는 쾌활림으로 시은을 만나보러 갈 틈조차 없다. 시은은 내 신변을 걱정하고 여러 차례나 사람을 이곳으로 보냈겠지만, 이곳 사람들이 면회를 시켜 주지 않는 것이겠지!'

무송은 장도감 댁에서 지내게 되면서부터 도감의 총애가 이만저만이 아니었다. 사람들이 부탁하는 일이 있으면

도감은 그런 사정을 일일이 들어 주었고, 이럴 때마다 무송에게 금붙이며 돈이며 보내 주었다. 무송은 고리짝을 사서 그런 물품들을 가득 담아 두었다.

8월 중추절이 다가와서, 장도감은 원앙루(鴛鴦樓)에 주연을 베풀고 달 구경을 하게 되었다.

무송은 그 자리에 불려 술을 마시게 됐다. 도감의 부인은 물론, 하녀들까지 많이 합석하고 있었다.

무송은 술이나 한 잔 마시고 그 자리를 물러나려고 했으나, 장도감은 막무가내, 한가족이나 다름없는 처지라 하면서 한사코 옆에 앉히고 술을 마시라고 했다.

"소인은 죄수입니다! 도감님과 한자리에 앉을 몸이 못 됩니다."

"의사(義士)! 그렇게 겸손할 것은 없어! 여기는 딴 사람이 아무도 없으니 조금도 꺼려 말고 거기 앉게!"

무송은 어쩔 수 없이 한편에 쪼그리고 앉아서 술만 받아 마시었다.

장도감은 옥란(玉蘭)이라는 예쁜 하녀를 시켜서, 큼직한 은잔에다 술을 따라서 무송에게 권하도록 하고, 노래도 한 곡조 부르라고 했다. 옥란은 서슴지 않고 동파학사(東坡學士)의 〈중추수조가(中秋水調歌)〉라는 노래를 불렀다.

저 밝은 달은 언제부터 있었는가!
술잔을 손에 들고 푸른 하늘에 물어 본다.
하늘 위에 있는 궁궐을 알 길 없다.
오늘 저녁은 무슨 해인지?
내, 바람을 타고 돌아가고 싶지만,

경루 옥우가 추워서 견딜 수 없을까 걱정스럽다.
춤을 추어서 맑은 그림자를 희롱하니,
어찌 인간세상에 있음과 같으랴?
주렴을 높이 걷어치고 기호에 나지막하게 기대고 보니
깜박깜박 잠들기 어려우나
어찌 원한을 품을 일이 있으랴.
무슨 일이나 항시 갈라설 때만 둥글게 될 수 있다니?
사람에게는 슬픔과 기쁨과 헤어짐과 만남이 있고, 달에
는 어둠과 밝음과 둥금과 모자람이 있으니
이런 일들이 옛적부터 완전하기 어려웠다!
그러나 사람은 길이길이 천리 길이라도
아름다운 색태(色態)와 함께 있기를 원할 뿐.
明月幾時有 把酒問靑天
不知天上宮闕 今夕是何年
我欲乘風歸去 只恐瓊樓玉宇 高處不勝寒
起舞弄淸影 何似在人間
高捲珠簾低綺戶 炤無眼 不應有恨 何事常向別時圓
人有悲歡離合 月有陰晴圓缺 此事古難全
但願人長久 千里共嬋娟

옥란이 노래를 마치자, 장도감은 또 여러 사람에게 술을 따르라고 명령했다. 자기 부인에게 술을 따르고 나서, 세 번째로 옥란이 무송에게 술을 따르게 됐을 때, 장도감은,
"한 잔 가득 부어 드려라!"
하더니, 무송에게 이렇게 말했다.

"이 계집아이는 매우 총명하고 음률(音律)도 잘할 줄 알고 바느질도 잘하네. 자네가 천하다고 꺼려 하지만 않는다면 며칠 안으로 양시(良時)를 택해서 자네의 처실(妻室)을 삼도록 해줌세!"

무송은 벌떡 일어서서 재배를 하고 사양을 했다.

"소인은 자신이 뭣인지를 잘 알고 있습니다. 어찌 감히 은상(恩相) 댁 사람을 아내로 삼을 수 있겠습니까? 이 무송에게는 분수에도 맞지 않는 일입니다!"

"자네는 내가 하라는 대로 하면 그만이야. 사양할 건 없어! 약속한 일은 꼭 실천해 줄 것이니!"

무송은 다시 술을 열몇 잔이나 마시고 나서 도감부처에게 인사를 하고 먼저 주석에서 빠져나와 자기 처소로 돌아왔다. 그러나 웬일인지 먹은 음식이 가슴속에 얹힌 것같이 답답하고 하여 방안에다 두건과 의복을 팽개쳐 버리고 몽둥이를 손에 든 채 뜰로 나와서 달빛 아래 휘적휘적 휘두르며 돌아다니고 있었다.

이때 난데없이,

"도적이야!"

하는 고함소리가 들려왔다. 무송은 도감에 대한 충성심에서 당장 몽둥이를 휘두르며 안으로 달려갔다. 저편에서 당황한 모습으로 걸어 나오는 옥란과 마주쳤다. 옥란은 손으로 가리키면서,

"도둑놈이 뒤 축산(築山) 편으로 달아났어요!"

했다.

무송이 축산으로 달려 들어갔다가 도둑놈을 찾지 못하고 되돌아 나오고 있을 때, 난데없이 7,8명의 사병들이

달려들더니, 어둠 속에서 돌부리에 발이 채어 쓰러진 무송을 덮쳤다.

"도둑놈을 잡았다!"

그들은 고함을 지르며 무송을 동아줄로 꽁꽁 묶었다.

"나요, 나! 내가 아니오!"

무송이 아무리 악을 써도 그들은 귀도 기울이지 않았고, 장도감이 재빨리 소리를 지르며 달려 나왔다.

"그놈을 이리로 끌어오너라!"

무송이 아무리 자기가 도둑이 아니라고 변명을 해도, 장도감은 눈을 부릅뜨고 호통을 칠뿐이었다.

"이놈, 알고 보니 네 놈은 역시 강도였구나! 내가 그렇게 후히 대접을 해주었는데 내 집에서 도둑질을 하다니! 얘들아, 이놈을 제 방으로 끌고 가서 소지품을 조사해 봐라!"

사병들은 무송의 고리짝을 검사했다. 그 속에는 무송이 다른 사람들에게서 받은 금붙이며 돈이 가득 차 있었다. 이것을 도둑질한 장물이라고 뒤집어씌워 버리는 것이었다.

어떤 변명도 통하지 않았다.

장도감은 그날 밤으로 하인을 보내어 부윤과도 연락을 취했으며, 압사(押司)니 공목(孔目)이니 하는 벼슬아치들까지 돈을 써서 매수해 버렸다.

이튿날 아침, 무송이 장물과 함께 부윤 앞에 끌려 나가자, 부윤은 까닭도 모르고 호통을 쳤다.

"네 이놈! 귀양살이 온 죄수로서 또 남의 집 물건을 훔치다니! 여봐라! 이놈의 변명하는 소리를 들을 것 없이 매를 호되게 때려라!"

옥졸들이 우르르 달려들어서 무송을 닥치는대로 때렸다. 무송은 꼼짝 못하고 죄를 뒤집어쓰고 말았다.

결국 목에 큰칼을 쓰고 사형수의 감방에 처박히게 되었다.

무송은 감방에서 혼자 생각했다.

"흥! 장도감이란 놈이 속임수를 써서 나를 못살게 구는 것이구나! 어디 두고 보자! 내가 어떻게든지 여기서 뛰쳐 나가게 될 때에는 네 놈을 그냥 두지는 않을 테니까!"

한편, 시은은 이런 소문을 듣자 당황하여 성 안에 있는 아버지에게 달려가서 상의했다. 감옥 책임자의 말을 들으니 이것은 장문칠이 장도감을 돈으로 매수해서 대신 원수를 갚게 한 속임수요, 무송이 죽을 죄를 지은 것도 아니니까 무슨 짓을 해서든지 감옥 안의 벼슬아치들과 결탁해서 무송을 다른 주(州)로 옮겨 가게 해놓고 나서 다시 손을 쓰는 수밖에 없다는 것이었다.

감옥의 벼슬아치들 중에는 강〔康節級〕이라는 간수가 있었는데 시은과 친한 사이였다. 시은이 강씨를 찾아가서 자초지종을 자세히 말했더니, 강씨는 이렇게 말했다.

"장도감과 장단련(張團練)은 성이 같대서 의형제를 맺고 있는 사이일세. 장문신은 지금 장단련의 집에 숨어 있으며, 놈은 장단련을 졸라대서 장도감을 매수해 가지고 그런 속임수를 쓴 것일세. 감옥의 벼슬아치들은 모조리 장문신에게서 돈을 먹고 있으며 나도 돈을 받았네. 부윤도 기세가 등등해서 무슨 일이 있어도 무송을 없애 버리겠다고 야단을 치는 판일세. 단지 이 사건을 담당한 서기 섭공목

(葉孔目)만이 말을 듣지 않아서 당장에 죽이지 못하는 것 뿐일세. 이 섭공목이란 사람은 성품이 강직하고 의리를 생명같이 아는 사람이니까 결코 죄없는 사람을 죽이지는 않을 걸세. 이 사람의 덕분으로 무송의 생명이 구출되는 셈인데, 여하간 감옥 안의 일은 모두 내가 맡아서 되도록이면 무송을 괴롭히는 일이 없도록 할 것이니, 자네는 시급히 누구를 중간에 내세워서 섭공목에게 하루라도 빨리 판결을 내리도록 해달라고 해보게. 그렇게 되면 무송의 목숨은 살아날 수 있으니까."

이런 말을 듣고 그 자리를 물러난 시은은, 즉각 사람을 내세워서 은전 백 냥을 섭공목에게 보내고 빨리 판결을 내리게 해달라고 부탁했다.

섭공목은 돈을 받았을 뿐만 아니라, 무송이 속임수에 넘어가 억울한 죄를 뒤집어썼다는 사실을 알게 되었으므로, 조서를 모조리 뜯어 고쳐서 무송의 죄를 가볍게 만들어 버리고 판결할 날짜만 기다리도록 해놓았다.

시은은 강씨의 주선으로 무송을 옥중으로 찾아가서 면회하고 차입도 해주었으며, 옥졸들에게도 2,30냥이나 되는 돈을 뿌려 주었다. 그리고 판결이 내릴 날짜가 멀지 않았으니 그때 가서 적당히 손을 쓸 것이므로 안심하고 있으라고 넌지시 무송에게 알려 주었다.

무송은 무송대로 격분을 참지 못하고 기회를 엿보아 탈옥해 버릴 계획을 세우고 있었으나, 시은의 말을 듣고 나서 탈옥을 단념하고 그대로 견디어 볼 결심을 했다. 시은은 빈번히 무송이 갇혀 있는 감옥에 출입했다. 수일 동안에 세 번이나 들락날락했다.

그것을 장단련의 심복부하에게 들키고 말았다.

그 부하가 돌아가서 장단련에게 사실을 보고하자, 장단련은 즉각에 장도감에게 연락했으며, 장도감은 깜짝 놀라서 곧 부윤에게 돈과 뇌물을 보내고 이런 사실을 자세히 보고해 두었다.

부윤은 돈에 더러운 벼슬아치였다.

뇌물을 받아먹자, 부하를 감옥으로 파견하여 경비를 삼엄하게 하고 관계자 이외의 사람이 나타날 경우에는 거침없이 처벌을 하라고 엄명을 내렸다.

시은은 이런 소문을 듣자, 그 이상 감옥에 찾아가지 않았다.

그러나 강씨를 비롯해서 여러 옥졸들은 무송을 동정하고 무슨 일이나 잘 돌봐 주었다. 한편, 감옥에 드나들 수 없게 된 시은은 그날부터 강씨의 집으로 찾아다니며 여러 가지 편의를 도모해 주도록 부탁을 할 뿐 다른 방법으로는 손을 쓸 수가 없게 되었다.

그럭저럭 또 두 달이 지나갔다.

섭공목이 온갖 노력을 아끼지 않고 부윤을 찾아가서 사건의 자초지종을 자세히 설명해 주어, 부윤도 마침내 장도감이 장문신에게서 많은 돈과 뇌물을 먹고 이런 속임수를 써서 사건을 만들어냈다는 사실을 확인하게 되었다.

부윤도 어처구니가 없는지,

"그렇다면 놈들은 돈벌이를 하고, 날더러는 사람을 죽이라는 수작이구나!"

하면서 될 대로 되라고 내버려 두고 모른 체했다.

60일의 구류기한이 지나서 드디어 무송은 감방에서 끌려 나와서 법정에서 큰칼을 벗게 되었고, 담당 서기 섭공목은 죄상의 기록을 낭독하고 판결을 내렸다.

매 20대를 때린 다음 은주(銀州)의 뇌성으로 귀양살이를 보낼 것이며, 훔쳐낸 장물은 그 주인에게로 돌려보낸다는 판결이었다.

무송은 판결대로 또다시 귀양살이의 길을 떠나게 되었다. 그를 감시하는 두 사람의 공인이 뒤를 따르고 있었다. 1리 남짓한 길을 갔을 때 난데없이 내닫는 사람은 바로 시은이었다. 알고 보니, 시은은 그 동안에 쾌활림의 가게 터를 또다시 장문신에게 강탈당하고 매를 죽도록 맞아서 몸도 제대로 움직일 수 없게 되어 있었으나, 무송이 은주로 귀양살이를 떠난다는 것을 알자 겨우 달려온 것이었다.

시은은 솜옷 두 벌을 무송에게 내주며 도중에서 입으라 했고, 또 통째로 삶은 오리 두 마리를 내놓으면서 먹고 가라고 했다. 그리고 시은은 무송을 술집으로 끌고 들어가서 겨우 술 두 잔을 마시게 하고, 서로 눈물을 흘리면서 작별하는 수밖에 없었다.

뒤따르며 감시하는 두 공인이 콧대가 세서 시은이 10냥이나 되는 돈을 집어 주어도 말을 듣지 않고 물리쳐 버리며 갈 길을 재촉했기 때문이었다.

몇 리 길을 또 걸어갔을 때 두 공인(公人)은 저희들끼리 쑤군거렸다.

"아무래도 두 놈의 사이가 수상쩍은걸!"

무송은 귓전을 스치는 그 소리를 듣고 혼자서 냉소할 뿐이었다.

"이런 못된 놈들! 이 영감님에게 네 놈들이 감히 손을 대겠다는 거냐?"

무송의 바른편 손은 큰칼과 함께 묶여 있었으나, 왼편 손은 마음대로 놀릴 수 있게 돼 있었다.

왼편 손으로 큰칼에 매달아 두었던 오리를 잡아채어 가지고 찍찍 찢어먹으면서 두 공인은 거들떠보지도 않았다.

다시 4,5리쯤 갔을 때, 나머지 한 마리 오리를 오른편 손으로 움켜잡고 왼편 손으로 찍찍 찢어먹었다.

이렇게 하면서 8,9리 길을 앞으로 나갔을 때, 난데없이 박도를 들고 허리에도 칼을 찬 두 사람의 장정이 나타나더니 무송을 감시하는 공인들을 보자 함께 따라왔다.

자세히 살펴보니, 박도를 손에 든 장정들과 두 공인은 눈살을 찌푸리고 눈동자를 굴려가며 뭣인지 쑤군거리고 있었다. 무송이 그런 눈치를 못 챌 리 없었다.

일행 다섯 사람은 넓고 깊숙한 강을 건너가게 되었다. 나무다리가 걸려 있었으며 패루(牌樓)가 세워져 있고 액자에는 비운포(飛雲浦)라고 씌어 있었다. 무송은 시치미를 뚝 떼고 물었다.

"여기는 뭐라는 고장입니까?"

"네 놈은 장님도 아닌데 액자에 비운포라고 씌어 있는 게 보이지 않느냐!"

"오줌을 좀 누어야겠습니다."

박도를 손에 들고 있는 두 장정이 무송에게 가까이 대들었다.

"이놈, 저리 비켜라!"

무송은 호통을 치면서 그 중 한 놈을 발길로 걷어차서

강물 속에 처박아 버렸다. 당황하여 달아나려는 또 한 놈의 장정도 마저 발길로 차서 강물 속에 처박아 버렸다.

두 공인도 대경실색, 다리 아래로 뺑소니를 치려고 했다.

무송은 재빨리 큰칼을 움켜잡고 한번에 뚝 꺾어 버렸다. 그러고는 다리 아래로 달려 내려가 두 공인의 뒤를 쫓았다. 그 중 하나는 지레 겁을 집어먹고 저절로 땅바닥에 뻗어 버렸다.

무송은 도망치려는 다른 공인 하나를 쫓아가 주먹을 한 대 먹여 쓰러뜨린 다음, 땅에 뒹구는 박도를 집어서 찔러 죽인 후 먼저 땅바닥에 나자빠진 공인도 찔러 죽여 버렸다.

강물 속에 처박힌 두 장정 녀석은 강가로 기어 올라와 도주하려고 했다. 무송은 그 중 한 놈을 쫓아가서 때려눕히고 찔러 죽여 버렸다. 나머지 한 놈마저 쫓아가 덥석 움켜잡았다.

"이놈! 사실대로 숨기지 않고 실토를 하면 목숨만은 살려 주마!"

"저희들 둘은 장문신님의 제자입니다. 우리 스승과 장단련님과 상의하신 결과 저희들 둘이 공인들과 결탁해서 당신을 처치해 버리기로 작정되어 있던 것입니다!"

"네 놈들의 스승이라는 장문신은 지금 어디 있느냐?"

"저희들이 떠나 올 적에는 장단련님과 함께 장도감님 댁 깊숙한 곳 원앙루라는 데서 술을 마시고 계셨습니다. 그곳에서 저희들의 연락을 기다리시기로 되어 있습니다."

"그렇게 되어 있었단 말이지! 그렇다면 네 놈을 이대로 살려 둘 수는 없는 노릇이다!"

무송의 손이 번쩍하기가 무섭게 칼이 떨어졌다. 이놈도 한칼에 처치해 버리고 두 놈이 허리에 차고 있던 칼을 풀어서 좋은 놈은 골라서 몸에 지니고 시체는 강물 속에 처박아 버렸다. 공인 둘이 되살아나지는 않을까 걱정스러워서 박도를 휘둘러 몇 번인지 더 힘껏 찔러 버렸다.

그러고 나서는 나무다리 위에서 서성거리면서 한숨을 돌리고 있었다.

생각할수록 괘씸한 놈들.

무송은 한참 동안이나 치밀어오르는 격분을 참지 못하고 혼자서 중얼거리고 있었다.

"바보 같은 놈들은 네 명이나 거뜬히 처치해 버렸지만, 장도감, 장단련, 그리고 장문신 세 놈을 때려죽이지 않고는 내 화가 풀어질 수 없을 것이다! 무슨 일이 있더라도 이놈들을 없애 버려야만, 시은과 그 부친에 대한 은혜에도 보답하는 길이 될 것이 아닌가!"

무송은 두 눈을 부릅뜨고 입을 무시무시하게 꽉 다문 채, 꽤 오랫동안 묵묵히 뭣인지 생각하고 있었다. 어떤 결심으로 그의 표정은 굳어지는 것 같았다.

박도를 으스러지게 또 한 번 움켜잡았다.

"에잇! 이놈들을 한시라도 그대로 내버려 두고 보자니! 맨주먹으로 무서운 범조차 거침없이 때려잡은 무송이다! 어디 이놈들, 두고 보아라!"

실성한 사람같이 맹주성으로 달려갔다. 이렇게 되어서 결국 무송은 몇 놈의 욕심 많은 놈들을 때려죽이고 분풀이를 하게 되어, 화당(畵堂) 깊숙한 곳에 시체가 나뒹굴게

되고, 붉은 촛불이 비치는 만루(滿樓)를 피로써 물들이게
된다.

31 무시무시한 수라장

張 都 監 血 濺 鴛 鴦 樓
武 行 者 夜 走 蜈 蚣 嶺

날이 어둑어둑할 무렵에, 무송은 서슴지 않고 맹주성 안으로 들어섰다. 다짜고짜로 장도감의 집으로 달려가서 마구간 옆에 몸을 숨기고 있었다.

어느덧 밤시간이 일경 사점(一更四點)을 쳤다. 마부가 등롱에 불을 밝혀 들고 마구간으로 들어가더니 불을 매달아 놓은 채 옷을 벗고 침상 위에 눕는 기색이었다. 무송은 전후좌우를 헤아릴 생각도 없이 마구간 문을 부수고 안으로 돌입. 마부를 덥석 움켜잡았다. 마부가 소리를 지르려고 했을 때에는 벌써 서슬이 시퍼런 상대방의 비수가 날카로운 광채를 발사하고 있었다.

"장도감은 지금 어디 있느냐?"

"장단련님, 장문신님과 세 분이 원앙루에서 술을 드시고 계십니다. 그저 목숨만은 살려 주십시오!"

무송은 한칼에 마부를 처치해 버리고 시체를 발길로 걸어질러 던졌다. 시은이 보내 준 솜옷을 허리춤에서 꺼내어 갈아입고 불을 끈 다음 박도를 든 채 훌쩍 담 위로 뛰어올랐다.

달빛이 밝아서 뚜렷한 방향을 찾기에 힘들지 않았다. 담에서 뛰어내려서 우선 이 집 주방을 습격했다.

두 명의 하녀가 주인의 술상 시중에 잠도 제대로 잘 수 없다고 짜증을 내면서 쑤군거리고 있었다. 무송은 문짝을 벌컥 떠밀고 주방 안으로 들어서자, 하녀 하나의 머리채를 움켜잡고 모가지를 뎅겅 쳐버렸다. 다른 하녀 하나는 새파랗게 질려서 벙어리처럼 옴짝달싹도 못하고 발에 못이 박힌 것처럼 서 있었다.

무송은 이 하녀마저 한칼에 거꾸러뜨리고 안으로 안으로 깊숙이 파고 들어갔다. 예전에 무상출입을 하던 집이고 보니 제 집으로 들어가는 것이나 다름이 없었다.

이때, 원앙루에서는 자못 흥겨운 술상이 벌어져 있었다. 무송은 높직한 계단을 손으로 더듬어서 엉금엉금 기어올라간 다음 한옆에 몸을 숨기고 동정을 살폈다.

세 사람이 주고받는 소리가 흘러나오지 않을 수 없었다. 엿듣고 있는 무송의 귓전에 제일 먼저 들려오는 것은 아첨을 하고 있는 장문신의 음성이었다.

"모든 일이 상공님의 덕분으로 원수를 쉽사리 갚게 됐습니다. 앞으로 은상께 정중하게 보답해 드릴 각오입니다."

"아니, 모든 일이 장단련의 체면 때문에 이루어진 걸세. 자네도 돈을 무척 뿌렸겠지만, 오늘밤에는 반드시 네 사람이 무송을 처치하고 내일 아침이면 돌아올 테니 일은 끝장난 게 아니겠나!"

이번에는 장단련의 음성이 들렸다.

"넷이서 한 놈을 없애 버리는 일이니까, 실수는 없을 걸세. 제 놈이 아무리 명이 길다 해도 이번만은 그렇게 호락호락 죽음을 면할 수 없을걸!"

이 말을 듣고 있던 무송은 치밀어오르는 분노가 삼천장

(三千丈)이나 되어 청천(靑天)을 무찌를 것 같았다. 다짜고짜로 누상(樓上)으로 습격했다.

꽂혀 있는 여러 자루의 촛불이 낮같이 밝으며 달빛마저 흘러 들어와서 술좌석에 벌여 있는 안주접시까지 또렷이 시야 속으로 들어왔다. 술상에 팔뚝을 걸치고 있던 장문신이 벽력같이 고함을 질렀다.

"아! 무송이!"

이 위기일발의 찰나, 장문신은 어찌나 당황했던지 전후 생각 없이 벌떡 자리에서 일어서려고 했으나, 그보다도 더 빨리 무송의 일도(一刀)가 정통으로 쳐들어가며 술상과 함께 찔려서 동댕이쳐져 버리고 말았다.

무송이 비호같이 몸을 돌이켜 칼날을 이편으로 향했을 때, 장도감은 그제야 버티고 서서 방비의 자세를 취하고 있었다.

무송의 일도(一刀)는 장도감의 귀밑으로부터 목덜미를 겨누고 거침없이 찔러 들어갔다.

"아앗!"

처참한 비명과 함께 장도감은 땅바닥에 거꾸러지고 말았다.

이리하여, 장문신도 장도감도 숨이 끊어질 듯 끊어질 듯하면서 최후의 발버둥질을 쳤지만 그것은 이미 소용없는 일이었고, 도저히 다시 살아날 가망은 없었다.

마지막으로 남은 장단련은 그래도 무인(武人)이었다. 비록 술이 취했을망정 대장부다운 배짱이 남아서, 장문신과 장도감이 거꾸러지는 광경을 보자, 도저히 도망칠 수 없다는 각오를 하고 한편에 떡 버티고 서 있었다.

마침내, 장단련은 술상을 번쩍 집어들고 덤벼들었다. 무송은 그 찰나에 재빨리 그것을 가로막고 저편으로 힘껏 떠밀어 버렸다.

술에 취한 장단련 하나쯤이 어찌 무송을 대적할 수 있으랴. 정신이 멀쩡한 사람이라 해도 무송의 무시무시한 힘 앞에는 굴복하지 않을 수 없을 터인데.

장단련은 벌컥 뒤로 나자빠져서 땅바닥에 뒹굴고 말았다.

무송은 왈칵 덤벼들어 발로 가슴 한복판을 꾹 누르고서서 한칼에 장단련의 목을 베어 버리고 말았다.

아직도 숨이 완전히 끊어지지 않은 장문신이 죽을 힘을 다해서 몸을 일으키더니 이를 악물고 덤벼들려고 했지만, 무송은 왼편 발길로 가볍게 걷어질러서 두 번째로 거꾸러뜨리고, 또다시 몸을 훌쩍 돌이켜 아직도 발버둥치고 있는 장도감을 움켜잡고 역시 한칼에 목을 잘라 버렸다.

휘둘러 보니 술상 위에는 술이며 안주가 즐비하게 놓여져 있었다.

무송은 술잔을 높이 들어 꿀꺽꿀꺽 단숨에 마셔 버리고 연거푸 서너너덧 잔을 더 따라서 마신 다음, 시체에서 옷자락을 찢어서 피에 적신 뒤 흰 벽 위에다 큼직한 글자로 휘갈겨 버렸다.

'사람을 죽인 자는 범을 때려잡은 무송이다!(殺人者 打虎武松也!)'

술상을 발로 짓밟아서 엉망진창을 만들고 나서, 무송이

아래층으로 내려가려고 했을 때 도감의 부인 음성이 들려
왔다.

"누상(樓上)의 손님들이 몹시 취하신 모양인데, 누구든
지 올라가서 좀 돌봐 드려야 되겠다!"

말이 끝나기가 무섭게 장정 두 녀석이 달려 올라왔는데,
무송이 한편으로 몸을 피하고 살펴보니 그자들은 바로 언
젠가 무송을 꽁꽁 동아줄로 묶던 놈들이었다. 무송은 그
두 놈을 그대로 지나쳐 버리게 내버려 두고 되돌아설 길
을 가로막아 버렸다.

세 구의 시체가 피투성이가 되어 나뒹굴고 있는 끔찍한
광경을 눈앞에 본 두 놈이 대경실색하여 되돌아서서 달아
나려고 했을 때에는, 벌써 무송의 날쌘 일도(一刀)가 그중
한 놈을 찔러서 거꾸러뜨리고 있었다.

나머지 한 놈은 꿇어앉아서 목숨만 살려 달라고 애원했
지만, 무송이 용서할 리 없었다. 역시 덥석 움켜잡고 한칼
에 목을 쳐버렸다.

불빛이 찬란하던 원앙루는 순식간에 시체가 즐비하게
나뒹굴고 비린내나는 피바다로 변했으니, 그야말로 무시
무시하고 끔찍한 수라장을 연출한 것이다.

무송은 그대로 칼을 든 채 아래층으로 뛰어 내려갔다.

"누상이 왜 이렇게 시끄러울까! 아! 이게 누구시죠?"

대경실색하는 장도감의 부인, 무송은 목을 베어 던지려
고 칼을 푹 찔렀으나 왜 그런지 시원치가 않았다. 달빛에
칼을 비추어 봤다. 칼날이 엉망진창이 되어 있었다.

"칼이 이래 가지고야 목이 한칼에 달아날 까닭이 있나!"

원앙루 밖으로 나와서 못쓰게 된 칼을 집어던지고 다른

칼 한 자루를 다시 손에 잡고 되돌아 들어갔을 때는 하녀 옥란이 다른 종 둘을 거느리고 죽어 넘어진 부인의 시체를 내려다보며 대경실색하여 비명을 지르고 있는 판이었다. 고양이 앞에 쥐 같은 존재들이었다. 무송은 옥란과 다른 종들 둘도 차례차례 목을 잘라 버리자, 이 집 앞문을 잠가 버리고 되돌아서는 길에, 또 다른 하녀 두서넛까지 모조리 찔러 죽여 버렸다.

무송은 유유한 걸음걸이로 맹주 성벽까지 도망쳐 나왔다. 성벽을 넘어서 성 안으로 들어가는 데도 그다지 힘들지 않았다. 오경이나 될 무렵, 무송은 피곤함을 참지 못하여 앞에 바라다뵈는 숲속으로 들어가서 다 허물어져 가는 조그마한 묘 안에서 한잠 자보려고 몸을 내던지고 드러누웠다.

그런데 이상한 일이 일어났다.

난데없이 묘 밖으로부터 쇠갈퀴가 쑥 들어오더니 무송의 몸뚱이를 낚아채는가 하는 순간, 우락부락하게 생긴 장정 네 녀석이 뛰어들어서 다짜고짜로 무송을 꽁꽁 묶어 가지고 어느 마을로 납치해 가고 말았다.

무송이 끌려간 곳은 어느 초가집이었다.

가마솥이 걸려 있는 곳을 살펴보았더니 대들보 위에 사람의 다리 두 개가 매달려 있었다. 네 녀석의 장정이 소리를 질렀다.

"형님, 아주머니! 빨리 일어나세요! 근사한 놈을 한 놈 잡아 왔으니…."

"가만 있거라! 손대지 말고 놓아 둬라! 내가 나가서 처분할 테니…."

큰 소리를 치며 키가 후리후리한 사나이가 어떤 여자를 앞장세우고 달려 나오더니, 꽁꽁 묶인 무송을 보고 깜짝 놀라 자빠졌다.

"아니, 이게? 무도두를, 빨리 우리 아우님을 풀어 드려라!"

사나이는 바로 장청이었고, 여자는 그의 아내 모야차 손이랑이었다.

무송은 기구한 인연으로 도리어 피난처를 찾을 수 있게 되었고, 여태까지 지내 온 자초지종을 그들 부부에게 고백했다.

무송을 납치해 온 네 명의 장정은 어쩔 줄 모르고 엉금엉금 기면서 장청에게 용서를 빌었다.

"저희들 넷이서는 언제나 장형님에게 신세를 지고 있는 몸이지만, 요즘 며칠 동안 노름에 손속이 나지 않아서 돈을 잃고 빈털터리가 되어, 용돈푼이라도 뜯어쓸까 하고 숲속으로 뛰어 들어가서 그물을 치고 있었습니다. 그런데 바로 이분께서 좁은 길 한복판으로 전신에 피투성이가 되셔서 나타나시더니 토지묘 안으로 들어가시는 것을 발견했습니다. 뭣하시는 분인지는 전혀 알 수 없고 또 장형님께서 분부하신 말씀도 있고 해서, 산 채로 잡아 오려고 쇠갈퀴를 들이밀어서 낚아챈 다음, 동아줄로 꽁꽁 묶어서 잡아 온 길입니다. 장형님의 분부가 없었다면 그대로 이분에게 손을 써서, 정말 얼토당토 않은 큰일이 날 뻔했습니다. 정말 두 눈을 멀뚱멀뚱 뜨고도 알아뵙지 못하고 이런 일을 저질렀으니, 제발 관대히 용서해 주시기만 바랍니다!"

장청이 껄껄대고 웃었다.

"우리들도 요즘 왜 그런지 이상한 생각이 들어서 입이 닳도록 부하녀석들에게 명령해 두었지. 절대로 사람을 죽이지 말고 산 채로 잡아오라구. 녀석들이 돈푼이 아쉬워서 어떤 분인지도 모르고 낚아채었군. 그래도 평소에 사람을 죽이지 말라고 엄명을 내렸기에 망정이지 큰일날 뻔했어!"

더군다나 손이랑은 미안해서 어쩔 줄 몰라했다.

"평소에 주의를 시켰기에 망정이지, 하마터면 큰일날 뻔하셨어요. 장문신을 때려눕히셨다는 소문은 벌써부터 잘 알고 있었지요. 그것도 술을 잔뜩 자시고 그런 대단한 일을 해치우셨다 해서 이 고장 사람치고 놀라지 않는 사람이 없어요! 참, 장하세요! 피곤하실 터인데 우선 안으로 들어가셔서 푹 쉬시죠. 자세한 이야기는 서서히 하시기로 하구요."

장청은 무송을 객방으로 안내해서 쉬도록 하고, 잠을 자고 나면 다시 여러 가지 이야기를 하기로 했다.

한편, 맹주성 안에 있는 장도감 댁에서는 몸을 피해서 목숨이 붙어난 자가 몇 명 남아 있었다. 밤이 오경이나 되어서, 이놈들은 겨우 엉금엉금 기어나와, 다른 하인배들과 당직 사병들을 모아 가지고 집 안을 살펴보다가 일대 소동이 일어나고 말았다.

날이 밝기를 기다려서, 맹주부로 달려가서 고소했다. 부윤은 놀라운 사태에 대경실색, 즉각 부하를 파견하여 살해당한 인물의 수효며, 범인의 침입 경위 등을 상세히 조사케 했다.

보고에 의하면, 마구간에서 마부 1명을 죽였고, 주방에서 하녀 2명을 죽였고, 누상(樓上)에서 장도감과 측근자 2명, 그리고 손님으로 초대한 장단련, 장문신 2명을 모조리 죽였고, 다시 아래층으로 내려와서 장도감의 부인, 옥란과 종 2명을, 그밖에도 다른 하녀 2명을 모조리 찔러 죽여서 살해자 수효는 남녀 도합 15명. 그밖에 금은주기가 여섯 개 도둑맞아 없어졌다는 것이었다.

부윤은 보고서류에 세밀히 눈을 옮긴 다음. 즉각에 부하를 파견하여 맹주성의 사방 성문을 감시케 하고, 군병과 집포원(緝捕員), 부중의 방상(坊廂) 이정(里正) 등을 일제히 소집해 놓고 무송을 체포하기 위해서 근처의 집집마다 모조리 가택수색을 하라 엄명을 내렸다.

이튿날, 비운포(飛雲浦) 이정(里正)에게서 보고가 날아들었다.

"이 마을에서도 네 명이 살해당했습니다. 비운포 다리께서 범행을 저지른 흔적이 남아 있고, 시체는 강물 속에 내동댕이쳐져 있습니다."

부윤은 현에 속하는 포도원(捕盜員)을 현지로 급파시키고 네 명의 시체를 건져내어 세밀히 검사하라고 지시했다. 두 명은 본부공인(本府公人)이요, 다른 두 명도 각각 신분이 밝혀져서 시체를 입관케 했다.

한편, 범인을 시급히 체포해서 엄중히 처벌해 달라는 고소장이 빗발치듯 날아들었다. 성 안에는 사흘 동안이나 야단법석이 일어났다. 사흘 동안 성문을 굳게 잠그고 가가호호 일제히 가택수색을 했기 때문이었다. 무송의 본적, 연령, 인상 등을 세밀히 그림으로 그려내고 거기다가 3천 관의 현상금을 걸어서 체포령을 내렸다.

　무송이 숨어 있는 집을 탐지하고 관에 밀고하는 자에게
도 상금을 줄 것이며, 범인을 은닉하고, 하룻밤 한 그릇의
밥이라도 편의를 도모해 준 자는 범인과 동죄의 엄중한
처벌을 내릴 것이라고 마을 백성들에게 경고했다.

　무송은 장청의 집에서 4,5일 동안을 쉬면서 바깥세상의
정세를 탐지해 봤더니, 삼엄한 체포령이 내렸으며 포도원
들이 방방곡곡에 개미떼처럼 흩어져 있다는 것이었다.

　장청도 이런 소문을 탐지하고 무송에게 하는 말이,

　"내가 겁이 나서 하는 말은 아니지만, 역시 우리 집에
오래 있는 것은 재미없을 것 같소. 관가에서는 물샐틈없이
가가호호 수색을 하고 있으니 내일이라도 우리 집에 뛰어
드는 날에는 우리 부부의 호의도 아무 보람 없게 될 것이
고…. 내, 아우님을 위해서 가장 안전한 피신처를 한 군데
알선해 드리리다."

　"나는 요새 며칠 동안 이 궁리 저 궁리 해봤지만 적당한
장소를 생각지 못했소. 형님이 생각하시는 안전한 곳이라
면 어디든지 즐거이 떠나겠는데, 대체 그런 안전한 피신처
가 어디 있단 말이오!"

　"청주 관하에 한 군데 이룡산(二龍山) 보주사(寶珠寺)
라는 곳이 있소. 나의 형뻘 되는 화화상(花和尙) 노지심과
무슨 청면수(靑面獸) 호걸이라든가 하는 양지란 사람이
그 곳에서 함께 도둑질을 해먹고 살고 있는데, 청주의 관
군포도도 감히 그들을 지분거리지 못하는 형편이오. 무사
히 재난을 피하고 몸을 숨기려면 그곳으로 가는 게 상책
일 것 같소. 나한테도 가끔 그리 오라는 유혹의 편지가 오
곤 하지만, 나는 오래 정든 이 고장을 차마 버릴 수 없어

서 가지 못하고 있소. 내가 편지를 써서 아우님의 솜씨를 자세히 알려 주면, 내 체면을 봐서라도 두말없이 받아들여 줄 것이오."

"그것 참 다행한 일이오. 내 오늘날 사람은 무수히 죽여 놓았고, 사실이 탄로되어서 옴짝달싹도 못하게 된 판이니, 그렇게 안전한 피신처가 있다면 얼마나 좋은 일이겠소. 곧 편지를 한 장 써주시면 오늘이라도 떠나가겠소!"

장청은 즉각에 편지 한 통을 써서 무송에게 주었고, 술과 음식을 잔뜩 차려서 대접하고 떠나 보내려고 했다.

이때, 모야차 손이랑이 장청에게 이렇게 말했다.

"여보, 이분이 이런 몸차림을 하시고야, 문밖에만 나가셔도 붙잡힐 게 아니겠소?"

무송이 깜짝 놀라 물었다.

"그것은 무슨 까닭이오? 당장에 붙잡히다니?"

"지금 관가에서는 방방곡곡으로 삼엄한 체포령을 내리고 있으며, 당신의 몸에는 3천 관의 현상금이 걸려 있어요. 얼굴에 저렇게 두 줄기의 금인(金印)이 새겨져 있으며 향관(鄕貫) 연갑(年甲)까지 밝히고 화영도형(畵影圖形)까지 그려져 샅샅이 뿌려져 있는데 그런 몸차림으로 어떻게 길을 떠나실 수 있단 말예요?"

"그러면 얼굴에다 고약이나 서너 장 붙이면 될 게 아니겠소?"

손이랑이 빙그레 웃었다.

"이 세상에서 똑똑한 사람은 당신 한 분만이 아니십니다. 어리석은 생각은 하시지 마세요. 그런 섣부른 속임수로 포도들의 눈초리를 피할 수 있으실 것 같아요? 저에게 좋은 생각이 있는데 제 말을 들어 주실지요!"

"나는 어떻게 해서든 도망을 쳐야겠는데 싫고 좋고가 어디 있겠소?"

손이랑이 깔깔대고 웃으면서 이렇게 말했다.

"말씀드릴 터이니 화는 내지 마세요. 2년 전에 탁발승 한 사람이 이 고장에 들렀는데 저는 그 중을 마취약을 써서 죽여 가지고 그 고기를 며칠 동안 만두속으로 잘 써먹은 일이 있었어요. 그런데 그 중이 남기고 간 물건으로 철발(鐵鉢)이 하나, 의복이 한 벌, 검정빛 짧은 승복이 한 벌, 잡색 띠가 하나, 여행증[度牒]이 한 장, 백여덟 알의 인정골(人頂骨)로 만든 수주(數珠)가 한 벌, 사어피(沙魚皮)로 만든 칼집에 들어 있는 설화빈철(雪花鑌鐵)로 두들겨 만든 계도(戒刀)가 두 자루 있는데, 이 계도야말로 언제나 밤중이면 쨍쨍 소리를 내는 것은 당신께서도 지난번에 구경하셨지요? 이제 이곳에서 무사히 탈출하시려면 머리를 깎으시고 행자(行者)의 몸차림을 하시고, 앞머리를 약간 남겨서 이마 위의 금인 자국을 감추게 하세요. 그리고 이 여행증을 몸에 든든히 지녀 두시구요. 정말, 전생에 무슨 인연이라도 있었다는 것처럼, 그 탁발승의 나이나 얼굴 모습이 모두 당신에게 알맞은데요. 그의 법명까지 그대로 사용하시면 도중에 어떤 사람도 알아내지 못할 거예요. 어때요? 이렇게 한 번 해보시는 게…."

장청이 손뼉을 치면서 찬성했다.

"그거 참 근사한 생각이군! 나는 미처 그런 꾀는 낼 줄 몰랐더니…."

장청은 다시 무송의 의사를 물었다.

"그래, 아우님, 어떻게 할 작정이오?"

"근사하기는 근사하지만, 내 꼴이 아무리 봐도 중으로야 보일 수 있을까?"

"하여간 한번 해보기로 하지."

장청이 이렇게 말하자, 손이랑은 안으로 들어가서 보따리를 들고 나오더니 이것저것 여러 가지 의복 등속을 꺼내어 아래위로 모조리 무송에게 입혔다. 무송이 자기 몸차림을 이리저리 휘둘러보더니 크게 웃었다.

"이건 아주 내가 맞추어서 지어 입은 옷 같은걸!"

검정빛 짧은 승복에 잡색 띠를 질끈 동이고, 전립을 벗어 버리고 머리를 풀어 흐트려서 앞뒤로 갈라 붙이고 철발을 쓰고 수주(數珠)를 목에 걸었다.

장청과 손이랑이 무송의 몸차림을 보고 감탄하여 마지않았다.

"이건 정말 전생에서부터 무슨 약속이라도 해두었던 것처럼 근사하게 어울리는걸!"

무송은 거울을 빌린 뒤 자기 모습을 비추어 보았다. 터져나오는 웃음을 참을 수 없었다.

"뭣이 그다지 웃을 게 있소?"

하고 장청이 묻자 무송이 대답했다.

"이거, 내가 내 꼴을 들여다봐도 웃음을 참을 길이 없소! 나 같은 놈도 행자가 될 수 있다니, 정말 놀라운 일이오! 이왕이면 머리까지 잘라 주시오!"

무송은 이렇게 비장한 결심을 했고, 장청은 가위를 가져다가 무송의 앞머리와 뒷머리를 가지런히 잘라서 중의 머리와 똑같이 만들어 주었다.

　시시각각으로 위험이 절박해 오는 판이라, 무송은 두 말없이 보따리를 꾸려 가지고 즉각에 길을 떠나가려고 했다.

　이때, 장청이 또 잡았다.

　"자아, 아우님, 내 말을 또 한 번 들어 두시오. 내가 무슨 딴 생각이 있어서 하는 말은 아니지만, 아우님을 위해서 하는 말이니, 장도감 집에서 뺏어 온 주기 따위는 여기 버리고 떠나시오. 간편한 은전으로 바꾸어 줄 것이니 그것을 노자돈으로 쓰면 좋을 것이오. 만사에 조심해야 할 몸이니…."

　무송은 선뜻 응했다.

　"형님이 잘 알아차리셨소. 그렇게 해주시오!"

　무송은 주기 따위를 모조리 꺼내어 장청에게 주었다. 그리고 간편한 은전으로 바꾸어서 몸에 지녔다. 그것을 전대에 넣어서 질끈 동였다.

　만반 준비가 갖추어지자, 무송은 음식을 배불리 먹고 나서 장청 부부와 작별의 인사를 했다. 계도(戒刀) 두 자루를 허리춤에 감춰 넣고 나니, 손이랑이 통행증을 비단주머니 속에 넣고 꿰매어 무송의 가슴 앞에다 달아 주었다.

　무송은 몇 번이나 장청 부부에게 감사하다 절하고 길을 떠나려고 했다.

　이때 장청이 또 간곡히 부탁하고 권고하는 말이 있었다.

　"아우님! 길을 가는 도중에는 만사에 조심조심하시오. 무슨 일에나 공연히 뽐내거나 으쓱대는 버릇은 깨끗이 버리시오. 술은 아무리 좋아하더라도 삼가서 적당히 마시고 누구하고든지 공연히 옥신각신 말다툼 같은 것도 하지 말기로 명심해 두시오! 만사에 겸손하고 점잖게 대처하시고 정체가 탄로나지 않도록 정신을 바짝 차리시오! 그리고 이룡산에 도착하거든 즉시 편지를 주시오. 우리 부부도 여기 그리 오래 있지는 않을 것이오. 멀지 않아서 이 집을 팔아 치우고 산으로 올라가게 될 것이오. 부디 몸 조심하고 노두목(魯頭目), 양두목(楊頭目)에게 안부나 전해 주시오!"

무송의 표정은 평생에 보기 드물게 비장했다. 그러나 그는 역시 대장부요 호걸이었다. 팔짱을 끼더니 두 어깨를 으쓱으쓱하고 유유히 성큼성큼 걸어서 떠나갔다.

장청 부부가 떠나가는 무행자의 뒷모습을 언제까지고 바라다보고 서서 감탄하면서 지껄였다.

"과연 손색이 없는 당당한 행자의 모습이로군!"

장청 부부와 작별한 무송은 하룻밤 사이에 팔자에도 없는 행자의 몸이 되어서 숲이 무성한 십자파(十字坡)를 뒤로 하고 천연스럽게 탁발승의 길을 떠났다.

때는 10월.

해가 가장 짧은 무렵이어서 얼마 못 가서 날이 저물었다. 다시 50리쯤 앞으로 나아갔을 때, 한군데 높은 산이 바라다보였다. 무행자(武行者)는 달빛을 밟으면서 산 위로 올라간다.

벌써 밤이 초경(初更)이나 되었다.

산꼭대기에 올라가서 사방을 휘둘러보니 동녘 하늘에서는 달이 떠오르고 산꼭대기 초목이 밝은 달빛에 또렷하게 빛나고 있었다.

바로 이때였다.

눈앞으로 바라뵈는 숲속에서 사람의 웃음소리가 들려왔다.

'이상한 일인데! 이렇게 산꼭대기 숲에서 사람의 웃음소리가 들리다니? 뭣하는 놈일까?'

무송은 이런 생각을 하면서 가까이 다가들어 자세히 살펴보았다. 소나무 숲속 깊숙한 곳에 한 군데 분암(墳庵)이 있었다. 열 칸쯤 되는 초가집이었다.

자그마한 두짝 문이 활짝 열려 있는데 어떤 도사 한 사람이 한 여자를 꺼안고 문앞에서 달 구경을 하면서 희롱하고 있었다. 무행자는 그 꼴을 보자 불끈 치미는 분노를 참지 못하고 소리를 버럭 질렀다.

"산간임하(山間林下)에서 출가인(出家人)의 신분으로 이 무슨 추잡한 꼴이냐?"

허리춤에서 두 자루의 계도(戒刀)를 뽑아들었다. 시퍼런 서슬이 달빛을 받아 번쩍번쩍 빛났다.

"굉장한 칼이긴 하지만, 나의 수중에 들어온 후 한 번도 써보지 못했더니, 이제야 저 못된 놈에게 한 번 시험해 봐야겠다!"

칼 한 자루를 손에 잡고, 또 한 자루는 도로 칼집에 넣고, 뒷짐을 지고 불쑥 대들어서 문을 두드렸다.

도사는 그 소리를 듣더니 문을 닫아 버렸다.

무행자는 돌멩이를 집어 가지고 문짝을 더욱 힘차게 두드렸다. 그랬더니 삐걱하고 옆에 있는 다른 문이 열리고 동자(童子) 하나가 나왔다.

"대체, 네 놈은 뭣하는 놈이냐? 이 밤중에 이렇게 시끄럽게 굴다니? 왜 남의 문을 두들기고 야단이냔 말이다!"

무행자는 두 눈을 크게 부릅뜨고 호통을 쳤다.

"이놈! 네 녀석부터 먼저 요절을 내버려야겠다!"

그 호통소리가 끝나기도 전에, 무송의 손이 비호같이 움직였다.

쨍! 하는 칼소리가 한 번.

동자의 모가지가 한칼에 날아서 땅바닥에 나뒹굴었다.

안에 있던 도사가 대경실색하며 당황히 내달아서 소리를 질렀다.

"뭣하는 놈이냐? 어린아이에게 손을 대는 놈이?"

도사는 두 자루의 보검(寶劍)을 휘두르며 덤벼들었다.

그러나 무송은 태연자약하게 껄껄껄 웃어 젖혔다.

"네 따위 놈은 내 손끝의 재간만 가져도 해치우겠다! 잘 나왔다! 어디 덤벼 봐라!"

칼집에서 계도 한 자루를 더 뽑아 가지고 두 자루를 휘두르며 도사에게 대항했다.

이리하여 두 사람은 밝은 달빛 아래에서 몰고 쫓기고 하면서 맹렬한 싸움을 전개했다.

양편의 칼날은 싸늘한 광채를 발사하며 꽤 오랫동안 맞부딪치고 떨어져 나가곤 했다.

서릿발 같은 찬기운이 뼈라도 깎아낼 듯, 마치 수놈의 봉(鳳) 새가 암놈의 난(鸞) 새에게 덤벼드는 듯, 또 사나운 매가 연약한 토끼에게 덤벼드는 것같이 아슬아슬한 장면도 계속되었다.

두 사람이 싸우기를 10여 합.

마침내 산꼭대기에서 어떤 일도(一刀)가 쨍하고 요란스

럽고도 매서운 소리를 발사하는 순간, 두 사람 중에서 어떤 한 사람이 그 자리에 거꾸러지고 말았다.

이야말로 한광(寒光)의 그림자 속에서 사람의 머리가 떨어지고, 살기 가득한 숲속에 피비〔血雨〕가 뿌려진다는 장면이었다.

32 가마를 타고 온 여자

武 行 者 醉 打 孔 亮
錦 毛 皮 義 釋 宋 江

　도사 하나쯤 대적하지 못할 무행자(武行者)가 아니었다. 계도(戒刀)가 한 번 번쩍하는 찰나에 뎅겅 날아가 버린 것은 도사의 모가지였다.
　무행자는 호통을 쳐서 암자 안에 있는 여자를 불러냈다. 여자가 눈물을 흘리며 호소하는 말을 들어 보면, 이 고장은 오공령(蜈蚣嶺)이라 하는데 이 도사란 자가 굉장히 유명한 점쟁이 행세를 하고 이 고장에 사는 장태공(張太公)의 집에 나타나서 3,4개월 동안이나 돌아가지 않더니, 결국은 주인과 마누라, 아들, 며느리를 모조리 죽여 버리고 하나 남은 장태공의 딸—바로 자기를 유인해 가지고 이 암자로 끌고 왔으며, 동자(童子)도 어디에서 데리고 왔는지 정체를 알 수 없다는 것이고, 도사는 비천오공(飛天蜈蚣) 왕도인(王道人)이라고 자칭했다는 것이었다.
　무행자는 그 여자를 앞장세우고 암자 안으로 들어갔다. 여자는 그 속에 남아 있는 금은(金銀) 비단 등속을 수습해서 무송에게 주면서 목숨만 살려 달라고 애걸했다. 무송은 암자에 불을 지르고 여자는 살려서 내려보낸 뒤 다시 청주를 향하여 길을 떠났다.
　10여 일 동안이나 또 계속해서 길을 걸었다. 술 생각이

나서 견딜 수가 없었다. 어떤 언덕을 넘어선 곳에 술집이 한 군데 있었다. 무행자는 다짜고짜 술집으로 들어서서 단숨에 넉 되나 되는 술을 마셔 버리고도 더 내라고 생트집을 부렸다. 술집주인이 술을 팔지 않겠다고 완강히 거절하는 바람에 옥신각신 말다툼이 벌어졌다.

바로 이때, 거창한 체구의 장정 하나가 3,4명의 사나이들을 거느리고 이 술집으로 들어오자, 술집주인은 서슴지 않고 술독에서 맛좋은 술을 퍼내고, 닭고기며 쇠고기며 접시에 수북하게 담아서 공손히 대접하였다.

약이 잔뜩 오른 무행자는 일부러 시비를 걸어, 결국 그 거창한 체구의 장정과 싸움이 붙었다.

"이놈! 어디 이리 나와서 덤벼 봐라!"

술집 문밖 널찍한 곳으로 나선 무행자는 쫓아나오는 장정을 마치 어린아이 다루듯이 손을 움켜잡고 단숨에 훌쩍 저편으로 내동댕이쳐 버렸다. 다른 3,4명의 사나이들은 그 광경을 보더니 부들부들 떨고만 있었다. 무행자는 그 거창한 체구의 사나이에게 다시 주먹다짐을 2,30번이나 한 뒤 술집 문밖에 있는 산골 도랑물 속으로 집어던져 버렸다.

다른 3,4명의 사나이들은 일제히,

"아아앗!"

하고 비명을 지르며 냇물 속으로 뛰어들어서 그 거창한 체구의 사나이를 구해 올려 어깨에 떠메고 남쪽을 향하여 사라져 버렸다.

술집주인도 무행자에게 한 대 얻어맞고 뻗어 버렸다. 얼마 있다가 간신히 혼자서 슬금슬금 기어 일어나 안으로 뺑소니를 쳐버렸다.

"됐다! 됐어! 한 놈도 남지 않고 모두 달아나 버렸구나! 이 영감님이 한턱 잘 먹어야 되겠다!"

주발을 하나 집어들고 흰 양푼에 담긴 술을 그득 떠서 서슴지 않고 죽죽 들이켰다. 술상 위에는 통째로 삶은 두 마리의 닭과 큰 접시에 먹음직스럽게 담긴 쇠고기가 손도 대지 않은 채 그대로 놓여 있었다. 무행자는 그것마저 젓가락도 대지 않고 손으로 집어서 찢어 먹었다. 반시간도 못 되는 동안에 그것들을 거뜬히 먹어치웠다.

술을 잔뜩 마시고 음식도 배불리 먹은 무행자가 또 4,5리 길을 걸어갔을 때, 이번에는 어떤 담모퉁이에서 개 한 마리가 난데없이 짖으며 내닫더니 무행자의 뒤를 쫓아오며 떨어지지 않았다.

무행자는 계도(戒刀)를 선뜻 빼어들고 그 개를 단숨에 두 동강을 내버리려고 한 것이, 도리어 칼은 허공을 쳐버리고, 그 찰나에 술취한 몸이 힘없이 비틀비틀하다가 냇물 속에 거꾸로 처박히고 말았다.

무행자가 냇물 속에서 허우적거리고 있을 때, 2,30명의 장정들이 무더기로 달려들어서 손발을 마구 움켜잡고 끌어냈는데, 그들은 이 마을의 건달패들이었다. 무행자는 이 마을에서는 보기 드물게 큼직한 저택으로 납치되어 갔다. 흰 담이 높직하게 싸 올려졌고 그 주변으로는 버드나무, 소나무를 심어 놓은 훌륭한 집이었다.

장정 녀석들은 무송의 옷을 벗기고, 계도를 빼앗고, 질질 끌어다가 굵직한 버드나무에 꽁꽁 묶어 버렸다. 그러고는 등나무 줄기로 만든 채찍으로 네댓 번 마구 후려갈겼다.

바로 이때, 저택 안으로부터 어떤 사나이가 나오더니 소리를 질렀다.

"자네들, 누구를 이렇게 때리고 있는 건가?"

매를 때리던 두 장정이 손을 맞잡고 공손히 서서 아뢰었다.

"사부님께 여쭙니다. 저는 오늘 이웃 친구 서너너덧 명과 앞에 있는 술집으로 술을 몇 잔 마시러 갔었습니다. 그랬더니 이 도둑놈 같은 행자녀석이 달려들어서 생트집을 잡고 시끄럽게 굴면서, 저를 마구 때려서 냇물 속에다 던졌습니다. 저는 얼굴이며 머리며 모두 깨져서 하마터면 얼어죽을 뻔한 것을 아는 사람들이 구출해 주었습니다. 집에 돌아와서 의복을 갈아입고 여러 사람들을 데리고 이놈을 찾아가 봤더니, 저희들이 마련한 술이며 안주를 깡그리 먹어 버리고 엉망진창으로 취해서 문앞 냇물 속에 쓰러져 있었습니다. 그래서 이놈을 잡아다 놓고 혼을 내주려고 하는 판입니다. 보아 하니 이놈은 출가인(出家人) 같지도 않습니다. 얼굴에는 두 개나 금인(金印)이 찍혀 있는데 이 도둑놈은 머리를 늘어뜨려서 그것을 감추고 있습니다. 갈데없이 죄를 저지르고 피해 다니는 놈 같습니다. 정체를 밝혀 가지고 관청으로 끌고 갈 작정입니다!"

이렇게 말하면서 등나무 줄기 채찍으로 또 후려갈기려고 했다. 뒤늦게 나온 그 사나이가 말렸다.

"잠깐 가만 있게. 어디 좀 보세. 제법 호걸같이 생긴 남자인데."

무행자는 그때 술도 차차 깨고 맑은 정신이 들었지만, 눈을 딱 감은 채 때릴 테면 때려 보라는 배짱으로 잠자코 있었다. 그 사나이는 먼저 무행자의 등줄기에 있는 봉상(棒傷)의 흔적을 발견하고, 이상하다 생각했음인지 머리털을 움켜잡고 무송의 얼굴을 쳐들어서 유심히 들여다보더니 깜짝 놀라는 것이었다.

"아니, 이거! 무이랑(武二郞) 아닌가!"

무행자도 선뜻 두 눈을 뜨고 상대방의 얼굴을 뚫어지게 들여다봤다.

"아니, 이거! 형님이!"

상대방 사나이가 소리를 벌컥 질렀다.

"자아, 빨리 묶은 것을 풀어 드리게! 바로 나의 아우뻘 되는 사람일세!"

무송에게 매를 맞고 혼이 난 장정도, 그리고 그밖의 여러 건달패들도 깜짝 놀라면서 물었다.

"이 행자가 사부님의 아우뻘이 되신다니요! 그건 또 어찌된 까닭입니까?"

"이 사람이 바로 경양강에서 범을 때려잡은 무송일세!"

여러 사람들은 무송을 즉각에 풀어 주었다. 무송도 뜻밖에 여기서 이런 인물을 만나게 된 것이 꿈만 같이 기뻐서 술기운이 단번에 깨버리고 맑은 정신이 들어서 세수를 하고 음식을 먹었으며, 정중하게 인사를 하고 지난날의 이야기를 자세히 해주었다.

상대방은 다른 사람이 아니었다. 태어난 고장은 운성현으로 성은 송(宋)이요, 이름은 강(江), 별명을 공명(公明)이라고 하는 바로 그였다.

송강은 자기가 여태까지 지내 온 일을 무송에게 자세히 이야기해 주었다.

송강은 반년 동안이나 시대관인 집에 몸을 숨기고 있었다. 집안일이 걱정스러워서 송청(宋淸)을 보내어 탐지해 본 결과 주(朱)·뇌(雷) 두 도두의 힘으로 가족에게는 피해가 미치지 않게 되었다는 사실을 알고 안심하고 있었다.

오래 전부터 지금 몸을 담고 있는 집의 공태공(孔太公)이란 사람이 송청에게 송강을 자기 집으로 와 있게 해달라고 간곡히 부탁해 두었었는데, 송강이 시대관인 집에 있다는 소식을 듣고 사람을 보내어 이곳으로 송강을 데려온 것이었다.

알고 보니, 무송이 먼저 싸움을 한 장정은 바로 이 백호산(白虎山)이란 고장에 사는 집주인 공태공의 둘째 아들 독화성(獨火星) 공량(孔亮)이라는 젊은이였고, 또 한 사람은 맏아들 모두성(毛頭星) 공명(孔明)이었다. 형제는 창봉(鎗棒)을 좋아해서 송강을 스승으로 모시고 있다 하며, 근자에 송강은 청풍채(淸風寨—軍營)로 가고 싶은 생각이 들어서 2,3일 안으로 떠나 볼 작정이라고 했다.

무송이 사람을 열다섯 명이나 죽였다는 사실과 행자로 변장하게 된 경위를 자세히 송강에게 고백하자, 옆에서 듣고 있던 공량·공명 형제는 꿇어앉아서 저희들의 무례함을 용서해 달라고 사죄했다.

송강은 공태공을 불러내어 무송에게 인사를 시켰고, 공태공은 술상을 잘 차려내어 무송을 극진히 대접했다.

송강은 그날 밤 무송과 잠자리를 나란히 하고 지난날의 감구지회를 풀었다. 이튿날 아침이 되니 공량·공명 형제도 하인배들과 함께 술이며 안주며 음식이며 온갖 정성을 다해서 마련해 가지고 무송을 대접했다.

무송은 채마밭을 맡아 보던 장청(張靑)이 편지 한 통을 써주어서, 자기는 이룡산 보주사로 화화상(花和尙) 노지심(魯智深)을 찾아가는 길이라고 하자 송강이 이렇게 말했다.

"나는 며칠 전에 집에서 온 편지를 받고, 청풍채의 지채(智寨-寨長) 소리광(小李廣) 화영(花榮)이란 사람이, 내가 염파석을 죽였다는 사실을 알고 꼭 자기 집에 들러 달라고 수차 편지를 보냈더라는 소식을 알게 되었소. 여기서 청풍채까지는 그다지 먼길도 아니어서 나는 근일 중으로 그곳으로 떠나갈 작정인데, 나와 함께 가는 것이 어떻겠소?"

"나는 죽을 죄를 저지른 놈이오. 이제부터는 이룡산 깊숙한 곳에 틀어박혀서 여생을 살아가는 길밖에는 도리가 없게 되었소. 생사를 같이하기로 맹세한 나이지만, 내가 만약에 형을 따라서 청풍채로 갔다가 체포의 손길이 뻗쳐서 화영이라는 분에게까지 누가 미치게 된다면 미안한 노릇이니, 나는 역시 나의 갈 길로 가야겠소!"

송강도 그 이상 같이 가자고 강요할 수는 없었다. 그러나 어차피 이곳을 떠나게 될 두 사람이니 가는 데까지 동행을 하기로 하고 공태공과 공량·공명과 작별인사를 하고 길을 떠났다.

송강과 무송은 그 이튿날 50리 길이나 걸어서 서룡진(瑞龍鎭)이라는 고장에 다다랐는데, 여기서부터 길이 세 갈래로 갈라져 있었다. 지나가는 행인에게 물어 봤더니 이룡산은 서쪽으로 가야 하고, 청풍진(淸風鎭)은 동쪽으로 가야 된다고 했다.

송강과 무송은 눈물을 머금고 동서 양편으로 갈리는 수밖에 없었다.

송강이 무송에게 마지막으로 간곡히 부탁하는 말이 있었다.

"부디 몸조심하시고, 조정으로부터 귀순을 권고받을 때가 되거든 노지심, 양지와 함께 투항하시어 나라를 위하여 힘껏 일하시고 혁혁한 명성을 후세에까지 남겨 주시도록 빌어 마지않소!"

무송과 작별한 송강은 동쪽으로 동쪽으로 걸음을 빨리하고 있었다. 밤이었다.

앞으로 한 군데 무성한 숲이 닥쳐 왔다.

그 숲속으로부터 난데없이 방울소리가 짤랑짤랑 들려 오는가 했더니, 별안간 15,6명의 산적(山賊) 부하놈들이 우르르 몰려 나와서 송강을 꽁꽁 묶어 가지고 횃불을 앞장세우고 산꼭대기로 납치해 갔다. 큼직한 초가집이 있는데 안으로는 백여 칸이나 작은 방이 있고, 제일 큰 방 한복판에는 호피(虎皮)를 씌운 상이 세 채나 늘어 놓여 있었다.

산적들은 송강을 질질 끌어다가 굵직한 기둥에다 묶어 놓고 자기네들의 두목을 불러내는 모양이었다.

"두령님! 그만 주무시고 빨리 나와 보십쇼! 근사한 놈을 한 마리 잡아 왔습니다!"

부하의 고함소리를 듣고 제일 먼저 뛰어나온 장정은 산동(山東) 내주(萊州) 태생인 연순(燕順)으로 별명을 금모피(錦毛皮)라고 하는 자였다. 둘째로 뛰어나온 두령은 양회(兩淮) 태생인 왕영(王英)으로 별명을 왜각호(矮脚虎)라고 하는 자, 셋째로 뛰어나온 것은 절서(浙西) 태생 정천수(鄭天壽)로서 별명은 백면낭군(白面郎君)이라고 하는 자였다.

세 두목을 불러내 놓고 산적 부하들은 서슬이 시퍼런 단도를 번쩍번쩍 휘둘렀다. 생사람의 간(肝)을 빼먹는 것이 그들의 습성이었다. 그러기 위해서는 먼저 가슴팍에다가 냉수를 잔뜩 끼얹어 놓고 칼질을 하는 것이 또한 그들의 버릇이었다.

두령 왜각호가 호통을 쳤다.

"빨리 저놈의 간〔心肝〕을 뽑아 가지고, 얼큰한 국말국과 따끈한 술 석 잔만 준비해라!"

산적들은 송강의 가슴팍에 냉수를 마구 뿌리며 시퍼런 단도를 들고 덤벼들었다. 송강은 부지중 탄식을 했다.

"애처롭다! 이 송강이 여기서 죽어 버리다니!"

송강이라는 한 마디를 듣더니 연순이라는 두목이 소리를 벌컥 질렀다.

"잠깐! 물을 뿌리지 말고 중지해라!"

그리고 송강에게 물었다.

"네 놈은 지금 뭐라고 했느냐? 네 놈은 송강이란 사람을 안단 말이야?"

"내가 바로 송강이오! 제주 운성현에서 압사(押司) 노릇을 하던 바로 그 송강이오!"

"산동의 급시우(及時雨)라는 송공명(宋公明), 염파석(閻婆惜)을 죽이고 몸을 피해 다니는 바로 그 송강이란 말인가?"

"바로, 내가 그 송삼랑(宋三郎)이오!"

연순은 그 말을 듣더니 깜짝 놀라서 부하 산적의 손에서 칼을 가로채어 송강을 묶은 동아줄을 끊고 자기가 입고 있던 옷을 벗어서 송강에게 입혀 주었으며, 부축해 일으켜서 호피(虎皮)를 씌운 상 앞 의자에 앉혔다.

왜각호·정천수 두 두목도 자리에서 내려서서 허둥지둥, 세 두목은 일제히 송강에게 공손히 절하고 눈을 뜨고도 사람을 바로 보지 못한 죄를 너그러이 용서해 달라고 애원했다.

그들은 세상의 풍문을 듣고 오래 전부터 송강이 천하의 호걸임을 너무나 잘 알고 있었기 때문이었다.

세 두목은 송강더러 자기네와 같이 지내도록 하자고 간곡히 졸라대면서 양을 잡고 말을 잡아서 안주를 차리고 온갖 음식을 갖추어서 송강을 대접했으나, 송강은 이튿날 오경 때까지 그들과 술을 마시고 나서, 며칠 후에는 그들과 작별하지 않을 수 없다는 딱한 사정을 자세히 이야기해 주었다.

세 두목은 안타까워서 어쩔 줄 모르며 진종일 똑같은 말을 되풀이하고 있었다.

"모처럼 이 산속에서 천하의 영웅호걸을 만나뵙게 되어서, 오래오래 우리와 함께 지낼 수 있을 줄 알았더니 며칠 있으면 섭섭하게도 떠나가신다고 하시니…."

송강이 청풍산에 온 지도 그럭저럭 6,7일이 지났다.
12월 초순이었다.

산동 사람들의 연례(年例)로 이 달 초8일에는 성묘를 가기로 돼 있었다. 이날, 여색을 좋아하는 왜각호는 가마를 타고 산길을 지나쳐 가는 어떤 여자 하나를 납치해다가 자기 방에다 처박아 놓고 집적거리고 있었다.

이 소식을 알게 된 송강은,

"왕영(王英)이란 친구는 그렇게도 여자를 좋아하오? 대장부답지도 않게…."

하면서 연순과 정천수를 데리고, 왜각호의 방으로 그런 짓을 하지 말라고 권고를 하러 갔다.

여자를 부둥켜 안고 죽을등 살등, 말을 듣지 않는다고 안타깝게 옥신각신하고 있던 왜각호도 세 사람이 나타나는 것을 보자, 여자를 밀쳐 버리고 한편으로 물러섰다.

송강은 그 여자에게 물어 봤다.

"어디 사시는 분이시기에 이렇게 추운 날씨에 길을 떠나셨소? 무슨 급한 일이라도 있으신 거요?"

여자는 부끄러움을 억지로 참고 삼배의 절을 공손히 하고 나서 대답했다.

"저는 청풍채의 지채(知寨-寨長)의 아내입니다. 오늘이 마침 돌아가신 어머님의 1주기여서 성묘를 가는 길이었습니다. 산 구경을 나온 사람도 아니니 제발 살려 주시기 바랍니다."

송강은 깜짝 놀랐다. 내심 생각하기를,

'나는 지금부터 지채 화영을 찾아가는 몸인데, 바로 그 화영의 부인이 이런 봉변을 당하다니! 구출해 주어야지, 될 말이냐!'

송강이 또 물어 봤다.

"주인양반 화영과 함께 길을 나오시지 않으셨소?"

"아닙니다! 저는 화영이란 분의 아내는 아닙니다!"

"하지만 조금 전에 청풍채 지채의 부인이라고 하시지 않았소?"

"청풍채에는 지채가 두 분 계십니다. 한 분은 문관(文官)이고 한 분은 무관(武官)이신데 무관이 바로 화영이란 분이시고, 문관 유고(劉高)가 바로 저의 남편입니다."

송강이 그 말을 듣고 생각한다.

'어쨌든, 화영과 그만큼이나 가까운 사람의 부인이라면, 내가 구출하지 않을 도리가 없다!'

"대장부로서 색에 빠지면, 세상 사람의 웃음거리밖에 될 것이 없소. 내가 보건대 이 부인은 조정에서 명관(命官)한 분의 부인이신 모양이니, 나의 체면을 생각하고 또 천하의 대의(大義)라는 두 자를 생각하고 자기 주인에게 돌려보내도록 해주시오."

"형님, 제 말도 좀 들어 주시오. 저는 이 산속에서 한 번도 여자와 짝을 지어서 지내 보지 못했소. 또 지금 세상에서는 큰 두건〔大頭巾〕을 쓴 벼슬아치들이 온갖 나쁜 짓을 다하고 있는데, 이 아우의 이만 일이 용납되지 않는단 말씀이오?"

"그렇게도 여자가 탐난다면, 내가 서서히 좋은 여자를 구해 짝지어 줄 테니 그리 아시오. 또 이 부인은 내 절친한 친구와 같이 일을 보고 있는 분의 부인이니 내 말대로 용서해 드리시오!"

송강은 왜각호 앞에 꿇어앉아서 애걸하다시피 했다. 연순과 정천수는 당황하여 어쩔 줄 모르며 송강을 부축해 일으키며 말했다.

"어쨌든 일어나십시오! 이 일은 저희들이 책임지고 수습해 드릴 것이니…."

연순과 정천수는 송강이 이렇게까지 이 부인을 구출하려는 눈치를 알아채자, 왜각호가 말을 듣건 말건, 가마꾼에게 명령하여 태워 가지고 떠나가라고 했다.

여자는 공손히 절하고 산 아래로 내려갔고, 왜각호는 분해서 투덜투덜 불평을 했다.

"화낼 것 없소! 내, 꼭 좋은 여자를 구해 줄 터이니…."

송강의 말을 듣고 연순과 정천수는 웃음을 참지 못하고, 즉각에 송강과 함께 산채에서 굉장한 주연을 베풀었다.

한편, 청풍채에서는 부인이 없어졌대서 야단법석이 일어났다. 지채 유고(劉高)는 부하들의 보고를 접하고 노발대발하여 부인을 호위하고 가던 장정들을 호되게 꾸짖었다. 부하들은 입을 모아 변명했다.

"저희들은 불과 6,7명, 상대방은 3,40명이나 되니 도저히 감당할 수가 없었습니다!"

"듣기 싫다! 빨리 가 찾아 모시고 오너라! 그렇지 못하면 영창에 처박아 주리를 틀 테다!"

부하 사명들 7,80명이 동원되어서 각각 창봉을 움켜잡고 부인을 탈환하러 달려갔는데, 뜻밖에도 도중에서 이편으로 오는 부인의 가마와 마주치게 됐다.

"이게 어떻게 되신 일입니까?"

부하 사병들이 깜짝 놀라서 묻자 부인은 이렇게 대답했다.

"산채에 끌려가서 유지채의 아내라고 했더니, 놈들이 깜짝 놀라며 땅바닥에 엎드려서 나에게 사과하고 가마꾼더러 빨리 모시고 가라고 했소."

"제발, 저희들 목숨을 살려 주시는 셈치시고, 돌아가셔서는 저희들이 마님을 다시 모시고 온 것이라고 말씀드려 주십시오!"

"좋아요! 그렇게 말씀드려 드리리다."

여러 사병들은 기뻐서 어쩔 줄 모르며 가마를 포위하고 절을 꾸벅꾸벅했다.

가마를 포위하고 산채에 도착하니 유지채는 그걸 보고 크게 기뻐하며 자기 부인에게 물었다.

"누구에게 구함을 받았소? 천만다행하게 이렇게 무사히 돌아올 수 있게 됐으니…, 그 은인이 누구란 말이요?"

"누구 명령 때문인진 모르지만, 놈들은 저를 납치해다 놓고, 제가 놈들의 말을 고분고분 듣지 않으니까 저를 죽여 버리려고 했어요. 그때 제가 지채의 아내라고 큰 소릴 했더니 손을 대지 못하고 깜짝 놀라며 설설 기는 판인데, 이 사병들이 몰려들어서 데리고 온 거예요!"

유고는 그 말을 듣더니 술 열 병과 돼지 한 마리를 내오게 해서 사병들을 위로해 주었다.

송강은 여자를 구출해 보낸 후에도, 6,7일 동안 산채에 머물러 있었는데, 화영 지채를 찾아볼 생각이 불현듯이 나서 산을 내려가겠다고 두목들에게 말했다. 두목 세 사람은 막무가내 만류하려고 했으나, 마침내 송강의 의사를 꺾을 수 없어서, 작별의 주연을 성대히 베풀고 노자돈까지 보따리에 넣어 주었다.

어느 날 아침 일찌감치, 송강은 아침밥을 배불리 먹은 후 세 두목과 마지막 작별의 인사를 하고 산을 내려왔다. 세 두목은 음식과 안주를 마련해 가지고 20리 길까지 그를 전송했다.

"청풍채에서 돌아가시는 길에는 꼭 한 번 산채에 들러 주십시오. 며칠이고 천천히 묵어 가시면 더 없는 영광이겠습니다."

송강은 박도를 손에 들고, 보따리를 짊어지고 마지막 인사를 했다.

"그러면 일후에 또 반갑게 만납시다!"

서로 한참 동안이나 손을 꼭 쥔 채 놓아 줄 줄 모르며 작별을 서러워했다.

송강과 같은 시대의 사람으로 다소나마 앞을 내다볼 줄 아는 사람이었다면, 누구나 이 작별의 찰나에 그의 허리를 부둥켜 안든지, 무릎을 땅에 꿇고앉든지, 무슨 방법으로든지 송강을 떠나가지 못하게 했을 것이다.

그러나 연순도, 왜각호도, 정천수도 결국은 평범한 산채의 두목에 지나지 않았다. 작별하기 서운한 심정에 목이 메어서 말을 제대로 못하면서도 마침내 송강을 자기네 산채에 붙잡아 두지 못하고 또다시 기약 없는 먼 길을 떠나보내고야 말았다.

이리하여, 송강은 결국 지채 화영을 찾아가서 몸을 의탁하지 않을 수 없게 되었는데, 이런 인연 때문에 송강은 하마터면 죽어서도 몸을 묻을 곳이 없어질 뻔했으니, 이야말로 인간의 운명이 고르지 못한 것도 모두 천수(天數)가 있는 것이고, 풍운(風雲)을 예측치 못하고 만나게 되는 것도 결코 우연이 아닌 격이다.

33 문무(文武)가 으르렁거려서

宋 江 夜 看 小 鰲 山
花 榮 大 鬧 淸 風 寨

청풍채는 청주로 통하는 세 갈래길의 기점(基點)이 되는 곳으로서 청풍진(淸風鎭)이라는 땅에 주둔하는 군사기지라는 뜻이다.

또 이 세 갈래길은 흔히 악명(惡名)으로 이름이 높은 세 산, 곧 청풍산(淸風山)·이룡산(二龍山)·도화산(桃花山)으로 통하는 요로이기 때문에 4,5천 호의 사람들이 살고 있었고, 청풍산에서는 여인숙 하나를 지나면 다다를 수 있는 가까운 거리에 있었다.

송강은 혼자서 보따리를 등에 지고 청풍진에 도착해서 마을 북쪽에 있는 무관(武官) 화지채(花知寨)의 집을 쉽사리 찾았다. 그 고장 사람들의 말을 들어 보면 문관(文官) 유지채(劉知寨)의 집은 마을 남쪽에 있다고 했다.

집주인 소리광 화영은 반색을 하며 송강을 영접했고, 사배의 절을 정중하게 했다.

송강이 염파석을 죽이게 된 자초지종부터, 시대관 그리고 공태공의 집에 신세를 진 일과, 무송을 만나고 청풍산으로 끌려가게 된 사실과 연순(燕順)을 알게 된 이야기를 죽 하자, 화영은 탄복하여 마지않으며 자기 부인 최씨(崔氏)를 불러서 인사를 시키고 누이동생에게도 정중하게 절을 시켰다. 곧 후당(後堂)에 주연을 베풀고 먼 길의 피로를 풀게 해주었다.

이 자리에서 송강이 우연히 유지채(劉知寨)의 부인을 구출해 주었다는 이야기를 했더니, 화영은 깜짝 놀라며 여간 불쾌해 하지 않았다.

그의 말을 들어 보면, 문관인 유가는 이 고장의 정지채(正知寨)요, 무관인 자기는 부지채인데, 유지채는 무슨 일에나 부지채인 화영을 업신여기고 성가시게 굴며, 그의 부인 또한 남편의 세도만 믿고 온갖 나쁜 짓을 해서 백성을 괴롭히고 뇌물만 받아먹는 못된 여자라는 것이었다.

송강은 이런 내막을 알게 되자, 화영에게 유지채와는 같은 동료 사이이니 될 수 있는 데까지 서로 으르렁거리지 말고 화목하게 지내는 것이 좋겠다고 충고를 해주었다.

화영 부처와 가족들은 아침 저녁으로 송강을 극진히 대접했다. 4, 5일 동안은 쉴새없이 주연이 계속되었다.

송강은 청풍진 거리를 한가하게 산책하면서 희원(戲院)이며 다방(茶坊)이며 술집을 구경하는 것을 일과로 삼다시피 했다.

나갈 때마다 하인 하나씩을 거느리고 다녔다. 모든 용돈을 선선히 주었기 때문에 하인배들도 송강을 여간 좋아하지 않았다.

어느덧 12월도 지나갔고, 신춘을 맞이하여 청풍채 마을 사람들은 원소절(元宵節-정월 보름달 밤) 등불놀이를 벌였다. 오색이 찬란한 가지가지 등불이 토지대왕(土地大王)의 묘(廟) 앞에 찬란하게 밝혀졌다.

그날, 송강은 채 안에서 화영과 술을 마시고 있었다. 맑게 갠 날씨였다. 아침 열시쯤 되어서 화영은 아문에 나가서 사병 수백 명에게 명령하여 마을의 야간순찰을 엄중히 하라 하고, 오후 두시쯤 되어서 다시 채로 돌아와 송강과 점심을 같이했다. 이때 송강이 말하였다.

"오늘 밤, 마을에서는 등불놀이가 있다니 구경하고 싶소."

"제가 모시고 나갔으면 좋겠지만, 관직에 있는 몸이라서 마음대로 할 수가 없습니다. 유감스러운 일이지만 구경을 나가실 때에는 집안의 하인배 두서넛을 데리고 나가십시오. 저는 집 안에서 술상이나 차려 놓고 기다리겠습니다."

송강은 고맙다고 인사했다.

저녁때가 되어, 동녘 하늘에 둥근 보름달이 떠오르자 송강은 화영의 집 하인 두서넛을 거느리고 휘적휘적 걸어서 마을로 나갔다.

가가호호 등불을 대문 앞에 밝혔는데, 모란등롱(牡丹燈籠)·부용등롱(芙蓉燈籠)·연화등롱(蓮花燈籠) 등 찬란한 색채가 눈이 부실 지경이었다.

일행 4,5명은 대왕묘(大王廟) 앞까지 와서 등불 구경을 하고 있었다.

등불을 구경하다가 앞을 건너다보니, 큼직한 저택 문앞을 사람들이 포위하고 떠들썩한 품이 대단했다. 송강도 가까이 가서 기웃거려 보았다.

장돌뱅이 어릿광대가 재주를 부리고 있었다. 징소리가 울릴 때마다 박수갈채와 아우성 소리와 웃음소리가 천지를 뒤흔들 것 같았다. 송강도 구경꾼들과 같이 웃고 있었다.

바로 이때였다.

그 큼직한 저택 안에서는 유지채가 그의 부인과 하녀 몇 명을 거느리고 등불 구경을 하고 있었는데, 부인이 공교롭게도 송강의 웃음소리를 알아채고 등불을 높이 들어서 송강의 얼굴을 비추어 보더니, 손으로 가리키면서 남편에게 이렇게 말했다.

"저기, 바로 저놈예요. 얼마 전에 청풍산에서 저를 납치해다 놓고 성가시게 굴던 두목 녀석이, 바로 저 키가 작달막하고 거무튀튀한 녀석이 그놈예요!"

유지채는 깜짝 놀라서 당장에 부하에게 명령을 내렸다.

"저기 저 키가 작달막하고 거무튀튀한, 싱글벙글 웃고 있는 놈을 당장에 체포하여라!"

송강은 어두운 밤중의 홍두깨같이 영문도 모르고 꽁꽁 묶여서 유지채의 청전(廳前)으로 끌려갔다.

함께 따라갔던 하인배들은 이 놀라운 소식을 화영에게 보고하러 달려갔다.

유지채는 송강을 앞에 꿇어앉히고 호통을 치고 있었다.

"이놈! 청풍산의 강도놈아! 어디를 뻔뻔스럽게 등불 구경을 나왔더란 말이냐?"

"소인은 운성현에서 굴러들어 온 장돌뱅이 장사치, 장삼랑(張三郎)이라고 합니다. 청풍산의 강도라 하시니 그것은 사람을 잘못 보신 것입니다!"

유지채의 부인이 병풍 뒤에서 나타나더니 앙큼스런 소리를 했다.

"이런 뻔뻔스럽게 시치미를 뚝 떼려구? 네 놈은 날더러 두목이라고 하지 않았느냐?"

"마님! 그건 말씀이 다르십니다. 그때에도 소인은 운성현에서 온 장사치라고 분명히 여쭌 일이 있었는데요!"

"뭣이 어쩌구 어째! 네 놈은 산채에서 맨 가운데 의자에 떡 버티고 걸터앉지 않았어? 이 강도놈아!"

"천만에, 천만에. 소인이 그때, 마님을 구출해 드렸는데 소인을 강도라고 하시다니…."

그러나 무슨 말을 해도 통하지 않았다. 유지채는 송강에게 칼을 씌워 가지고, 운성호(鄆城虎) 장삼(張三)이라는 성명으로 내일 아침 주(州)의 아문으로 압송해 버리라는 명령을 내렸다.

한편, 송강이 납치되었다는 소식을 듣게 된 화영은 대경실색하여 한 통의 편지를 작성해 가지고 사람을 시켜서 유지채에게로 보냈다. 그 편지의 내용인즉,

"요형(僚兄) 상공(相公) 좌전(座前)에 올립니다. 먼촌 친척뻘 되는 유장(劉丈)이란 자가 있어, 근일 제주로부터 이곳에 왔다가 불놀이 구경을 나가 존위(尊威)를 오범(誤犯)했사오니 관대히 용서하시어 방면해주시기 비옵니다."

그러나 유지채는 이 편지를 읽어보고 발기발기 찢어서 땅바닥에 뿌리며 호통을 쳤다.

"화영이란 놈! 무례한 짓을 해도 분수가 있지! 네 놈은 조정의 명관(命官)으로서 어찌 강도와 정을 통하고 나를 속이려 드느냐? 그놈은 이미 운성현의 장삼이라고 자백했는데, 네 놈은 유장(劉丈)이라고 써보내다니…. 네 놈의

얕은 꾀에 넘어갈 내가 아니다. 성을 유(劉)라고만 하면 일가라고 인정하고 그놈을 놓아 줄 줄 알았단 말이냐!"

좌우의 부하들에게 명령하여 편지를 가지고 간 하인을 때려 내쫓아 버렸다.

매를 맞고 돌아온 하인은 허둥지둥 이런 사실을 화영에게 보고했다. 화영은 즉각에 명령을 내렸다.

"우리 형님이 큰일나셨다! 빨리 말을 준비해라!"

화영은 갑옷을 입고 화살을 차고 창을 손에 들고 창봉을 지닌 사병 4,50명을 거느리고 단숨에 그 집으로 달려갔다.

문지기 사병들은 화영의 만만치 않은 기세에 놀라서 막 아낼 생각도 없이 모조리 뺑소니를 쳐버렸다. 화영은 그대로 저택 안마당까지 말을 몰고 들어가서 손에 창을 들고 뛰어내렸다. 그리고 큰 소리로 호통을 쳤다.

"유고(劉高)! 나오시오! 말씀드리고 싶은 게 있소!"

유고는 화영이 놀라운 솜씨를 지닌 무인임을 잘 알고 있었기 때문에 겁을 집어먹고 감히 나올 용기가 없었다.

화영은 한참 동안이나 버티고 서 있다가, 유지채가 감히 나오지 못하는 것을 보고, 부하들에게 명령을 내려서 좌우 양편 회랑(迴廊)의 방을 모조리 수색하라고 했다.

사병들이 일제히 몰려 들어갔다. 찾을 것도 없이 쉽사리 송강을 발견해냈다. 송강은 동아줄로 높은 대들보에 매달려 있었고, 고랑쇠를 찼으며, 매를 맞아서 살점이 튀어나와 있었다.

사병들은 고랑쇠를 풀고 동아줄을 끊어 버리고 송강을 구출해냈다.

화영은 즉각에 사병들에게 명령하여 송강을 데리고 돌아가도록 하고, 자기는 말 위에 올라 창을 손에 잡고 큰 소리로 호통을 쳤다.

"유고! 그대는 분명히 정지채(正知寨)임에는 틀림없지만, 그렇다고 해서 이 화영을 어찌할 작정인가! 어느 누구나 친척은 가지고 있는 법인데, 어째서 나의 종형(從兄)을 집 안에 납치해다가 가둬 두고 까닭 없이 강도라고 뒤집어씌우는 것인가? 생사람을 잡는 것도 분수가 있는 법이다! 자세한 것은 내일 다시 따지기로 하자!"

화영은 병사들을 거느리고 송강의 신변이 격정스러워서 곧 채(寨)로 돌아왔다.

유지채는 화영이 송강을 구출해 가지고 돌아간 것을 보자, 즉각에 명령을 내려서 2백 명의 병사를 시켜 화영의 채(寨)를 습격하고 송강을 도로 잡아 오라고 했다. 그 2백 명 사병 가운데는 새로 그의 수하에 가담한 교두가 둘이나 섞여 있었다. 그러나 그들도 화영을 대적해낼 만한 인물은 아니었다.

때는 날이 아직 밝기 전이었다. 2백 명의 병사들은 화영의 집 문전으로 몰려들었지만 감히 앞장을 서서 뛰어들어가려는 자가 없었다. 그럭저럭하는 동안에 날이 훤히 밝았다. 열려진 채로 있는 두짝 대문만을 들여다보니 화지채(花知寨)가 청상(廳上)에 앉아 있는데, 왼편 손에 활을 잡고 오른편 손에 화살을 잡고 있었다. 화영은 활을 뻗쳐 들고 자리에서 일어서며 웅성거리는 유지채의 사병들에게 호통을 쳤다.

"유고를 위하여 충의심(忠義心)을 베푼다는 것은 걸어

치워라! 그대들은 아직도 이 화영의 솜씨를 보지 못했을 것이니 오늘 이 자리에서 똑똑히 보여 주마!"

화영의 화살은 제일 먼저 왼편 대문짝에 그려져 있는 문신(門神)의 영두(纓頭)를 정통으로 맞혔다. 미리 지적하고 쏘는 과녁에서 손톱만큼도 어긋나지 않고 화살이 적중하였다.

세 번째 화살을 꽂아 가지고 화영이 호통을 쳤다.

"이 세 번째 화살은 새로 왔다는 흰 옷 입은 교두의 가슴팍을 쏠 것이다!"

"아아앗!"

교두란 자는 비명을 지르고 훌쩍 돌아서서 뺑소니를 쳐 버렸다. 그리고 수많은 사병들도 그 뒤를 따라서 도주해 버렸다.

화영이 안으로 들어가자, 송강이 말하였다.

"그 여자의 앙큼스런 태도에는 정말 놀랐소. 내가 저를 구출해 줬는데 강도라고 우겨 대다니. 본명을 말하기 싫어서 운성(鄆城)의 장삼(張三)이라고 했더니 그대로 주(州)로 압송시켜 버리려고 했소. 만약에 청풍산의 도둑 괴수인 줄 알았으면 당장에 나를 찢어 죽이고 말았을 것이오!"

"저 역시 유고가 글자깨나 배웠다는 위인이기에 동성(同姓)이라면 다소 사정을 봐줄까 해서 편지에 유장(劉丈)이라는 친척이라고 했지만, 그렇게 인정사정 없는 놈은 처음 봤습니다. 이렇게 형님을 구출해낸 이상에는 그놈을 한 번 톡톡히 혼을 내서 처치해 버려야겠습니다!"

"아우님은 잘못 생각하셨소. 아우님이 호세(豪勢)의 힘으로 나를 구출해내시기는 했지만, 여기서 심사숙고하셔야 할 것이오. 자고로 '밥을 먹을 때는 목이 메이지 않도록 조심하라'는 말이 있소. 아우님이 공공연히 사람을 빼앗아 왔고 또 몰려든 그의 부하들까지 호통을 쳐서 쫓아 버렸으니 저편에서도 그대로 주저앉으려 들지는 않을 것이오. 반드시 아우님을 고소하고야 말 것이오. 나는 오늘 밤중에 청풍산으로 달아나도록 할 것이니, 아우님은 내일 유고에게 시치미를 떼시고 적당히 말씀하시오. 결국은 예전부터 내려오는 문관과 무관의 옥신각신하는 불화에서 빚어진 사건으로 돌리고 법정에 나서시면 그뿐일 것이오. 만약에 다시 한 번 내가 놈의 손아귀에 붙잡히게 되기라도 한다면, 그때 가서는 아우님은 변명하려 해도 변명할 여지가 없게 될 것이오!"

"이 아우는 불쑥 하는 용기뿐이었지, 형장(兄長)만큼 고명한 원견(遠見)이 없었습니다. 그러나 형장께서는 그렇게 중상을 입으셨으니 몸을 움직이실 수 있겠습니까?"

"상관없소! 사태가 급박했으니 망설이고 있을 수 없소. 어떻게든지 산 아래까지만 내려가면 그뿐일 것이오."

당일로 상처에다 고약을 붙이고, 술과 안주를 적당히 먹고, 보따리를 그대로 화영의 집에 맡겨 두고, 날이 어둑할 무렵에 두 군인 장성의 호송을 받으면서 채(寨) 밖으로 나와 밤길을 헤아리지 않고 걸음을 빨리 했다.

화영이 용맹이 대단하고 활을 무지무지하게 잘 쏘더라는 보고를 받고, .유지채는 문관으로서의 남다른 꾀를 냈다.

오늘 밤중으로 송강을 청풍산으로 도주시켜 놓고, 화영

이 시치미를 뚝 떼리라고 앞을 내다보고 있었다. 이렇게 되면 보통 문관과 무관의 옥신각신하는 분규로밖에 인정받지 못할 것이니, 상사에 대해서도 할 말이 없어진다는 점도 간파했다.

그는 그날 밤중으로 병사 2,30명을 파견하여 5리쯤 앞질러서 일리총(一里塚)이라는 지점에 대기시켰다가, 송강을 도로 잡아서 채(寨)로 납치해다 가둬 두고 동시에 주청(州廳)으로 밤중에 연락을 취해서 호송해 가도록 하고, 그와 동시에 화영마저 처치해 버리면, 청풍채는 자기 혼자만의 천하가 되리라는 엉뚱한 생각을 했다.

즉각에 병사 20명에게 무장을 든든히 준비시켜서 파견했더니 두 시간도 못 되어서 송강의 팔을 뒤로 젖혀서 묶어 가지고 돌아왔다. 유지채는 크게 기뻐하면서 호령을 했다.

"역시 내 추측이 틀림없었다! 그놈을 뒤로 끌고 가서 가둬 버려라! 또 이런 사실을 밖에 누설하면 안 된다."

한편, 당장에 문서를 작성하여 심복 부하 두 놈을 시켜서 청주부(靑州府)로 비보(飛報)를 전하게 했다.

그 이튿날 화영은 송강이 무사히 청풍산으로 간 줄로만 알고 집 안에 틀어박혀서 모른 체하고 있었고, 유고는 유고대로 시치미를 뚝 떼고 있었다.

청주부 부윤 모용언달(慕容彦達)은 휘종폐하(徽宗陛下)의 귀비(貴妃)의 오빠로 권세만 믿고 백성을 괴롭히는 위인이었다. 화영이 청풍산의 강도와 결탁했다는 문서를 받자 즉각 병마도감(兵馬都監) 황신(黃信)이란 자를 청풍채로 파견해서 유지채를 만나보게 했다.

황신은 유지채에게 한 가지 계교를 제공했다. 내일 아침에 술과 안주를 잘 차려 놓고 화영을 초청하면, 자기는 모용(慕容) 부윤의 명령을 받들고 두 지채의 사이를 원만히 타협하기 위해서 온 것이라 하고 그 술좌석에 참석할 것이며, 술을 마시는 도중에 자기가 술잔을 떨어뜨리는 것을 신호로 즉각 복병(伏兵) 4, 50명으로 하여금 화영을 결박해 가지고 주로 압송하도록 하자는 흉계였다.

유지채는 황신의 꾀에 감탄하여 마지않으며, 날이 밝자 우선 본채로 나가서 좌우 양편 장막 안에 사병을 매복시켜 놓고 넓은 대청에 주연을 마련했다.

한편, 황신은 말을 달려 화영의 채(寨)로 달려가서 능청을 떨었다.

"지부(知府-부윤)께서는 그대들 문무 양관이 화목치 못하다는 사실을 아시고 이 황신을 보내시어 자리를 같이하고 타협하라고 하셨소. 공사를 중히 여기시면 말을 타고 함께 가십시다!"

화영이 웃으며 대답하였다.

"화영이 어찌 감히 유고와 화목하지 못하겠습니까? 그러나 그분은 정지채(正知寨)의 몸으로서 무슨 일에나 이 화영의 과실만 들추어 내려고 합니다. 그런 일이 지부(知府)께까지 알려졌다는 것은 천만뜻밖입니다. 도감께서도 이런 곳에까지 내려오시게 됐으니 죄송하기 이를 데 없습니다!"

그러자 능청스런 황신은 화영의 귓전에 입을 대고, 조용조용히 말했다.

"지부께서는 그대의 신변을 걱정하시는 것이오. 국가에

일단 유사시에는 문관인 유지채야 아무 짝에도 쓸모 없는 사람이고, 역시 화지채를 소중히 여기심이니 이번 일만은 나의 지시대로 응해 주시오!"

"그렇게까지 번거롭게 해드려서 죄송합니다."

황신의 엉뚱한 계책에 넘어간 화영은 이렇게 그의 노고에 도리어 미안함을 느끼고 공손히 말했다.

자기의 계책이 척척 들어맞는 데 쾌재를 부른 황신은 천연스럽게 말했다.

"자, 대장부 한 번 마음먹은 일을 뭣을 망설이겠소? 어서 나를 따라서 가십시다!"

화영이 말하였다.

"우선 여기서 한 잔 드시고 함께 가시는 게 어떻겠습니까?"

황신은 여전히 능청스런 대답이었다.

"일이나 원만히 타협을 지어 놓고 나서 우리 서서히 마시도록 합시다!"

이리하여 화영은 마침내 부하에게 말을 준비하라고 명령했다.

두 사람은 말을 나란히 달려 본채까지 와서 내렸다.

황신은 화영의 손을 잡고 공청(公廳)으로 인도했다.

유고는 벌써 그 자리에 나와 있었다. 세 사람은 각각 인사를 마쳤다. 황신이 술상을 들여오라고 분부하기가 무섭게, 사병들은 벌써 화영의 말을 문밖으로 끌어내고 문을 굳게 잠가 버렸다.

어떤 계책을 쓰리라고는 추호도 생각지 못한 화영은, 황신을 같은 무관(武官)의 동료요 상사라고만 턱 믿고 있었으며, 그가 엉뚱한 배짱을 먹고 있으리라고는 꿈에도 생각지 못했다.

황신은 술을 한 잔 따라서 우선 유고에게 권하면서 말했다.

"지부(知府)께서는 그대들 문무 양관이 불화하다는 사실을 아시고 여간 심려하시는 게 아니오. 오늘, 특히 이 황신을 보내시어 두 분의 사이를 조정하고 타협을 짓도록 하라고 하셨소. 조정에 대한 충의(忠義)라는 것을 생각하시고 앞으로 두 분께서는 무슨 일에나 상부상조 협조해 나가시기를 바라는 바요!"

유고가 말하였다.

"유고, 이 부재(不才)의 몸이라고는 하지만 그다지 사리를 판단할 줄 모르는 바도 아닌데, 지부은상(知府恩相)께 그다지도 심려를 끼쳐 드렸으니 죄송하기 이를 데 없습니다. 우리 두 사람은 별로 말다툼을 한 일도 없었는데, 이것은 바깥 사람들이 함부로 전한 낭설인 줄 압니다!"

"그거 참 좋은 말이오!"

하면서 황신은 껄껄껄 웃어젖혔다.

유고가 술잔을 냈더니, 황신은 둘째 잔을 따라서 화영에게 권하면서 또 말했다.

"유지채의 말을 들어 보니 역시 중간 사람들이 함부로 만들어낸 낭설 같소. 우선 술잔이나 받으시오!"

화영은 술잔을 받아서 단숨에 마셨다.

유고는 술잔을 받아서 따르더니, 황신에게로 돌리며 말했다.

"먼 곳에서 이렇게 와주시느라고 수고가 대단하십니다!

술이나 한 잔 드십시오!"

황신은 술잔을 손에 잡은 채, 엉큼스런 눈초리로 사방을 휘둘러보았다. 20여 명의 사병들이 공청으로 몰려드는 기색을 알아채자, 황신은 술잔을 땅바닥으로 훌쩍 던졌다.

난데없이 안에서 고함소리가 일어나더니 양편 휘장 뒤로부터 4,50명의 억세게 생긴 사병들이 몰려나오더니, 일제히 덤벼들어서 화영을 그 자리에 때려눕혔다.

"결박을 해라!"

황신이 호통을 치니 화영도 소리를 질렀다.

"내가, 뭣을 어떻게 했다는 거요?"

황신이 껄껄껄 웃으면서 여전히 큰 소리로 호령을 했다.

"청풍산의 도둑놈과 정을 통한 놈! 조정을 배반한 놈이, 제가 한 짓을 모르느냐!"

화영이 무슨 말을 해도 통하지 않았다. 이 순간에 밖으로부터 압송차 한 채가 밀려 들어오는데 화영이 바라다보니 거기 타고 있는 것은 분명히 송강이었다.

서로 얼굴을 쳐다보며 눈동자와 눈동자끼리뿐, 입을 열거나 소리를 지를 수도 없었다.

황신이 또 호통을 쳤다.

"여기, 고소장을 제출한 유고가 버젓이 서 있다!"

화영은 그제야 격분을 참지 못하고 소리를 질렀다.

"그게 어쨌다는 거냐? 저 사람은 나의 친척으로 운성현에서 온 사람이다. 아무리 도둑이라는 억지의 누명을 뒤집어씌우려 해도 상사(上司)에 나가면 흑백이 가려질 것이다!"

"그렇다면 나는 그대들을 주로 압송해 가는 것뿐이다!

그곳에 가서 흑백을 가리자.”

황신은 즉각 유지채에게 명령하여 채병(寨兵) 1백여 명을 소집해서 호송하도록 했다.

이때, 화영이 황신에게 마지막으로 하는 말이 있었다.

“도감! 속임수를 써서 나를 묘하게 압송한다고는 하지만, 상사에 나서면 정정당당히 말을 할 수 있는 신분이오. 제발, 이 관복만은 벗기지 말고 그대로 압송차를 타고 갈 수 있도록 해주시오!”

“그것쯤은 쉬운 일이다. 좋다! 유지채도 함께 상사에 가서 흑백을 가려 보도록 하는 게 좋을 거요!”

이리하여 황신과 유고는 말을 타고 두 채의 압송차를 경호하면서 주병(州兵) 4,50명, 채병 1백 명을 거느리고 청주부로 몰려갔다. 마침내 화염 속에 수백 칸의 집을 태우고, 도부총중(刀斧叢中)에서 1,2천 명의 인명을 잃어버리는 결과를 가져오게 되는데, 이야말로 사건이 일어날 대로 일어나거라. 그대는 그것을 원망할 것이 없고, 남을 해치려면, 남이 또한 나를 해치는 것이니 화를 낼 것이 없다는 격이다.

34 아내를 잃은 장수

鎭 三 山 大 鬧 靑 州 道
霹 靂 火 夜 走 瓦 礫 場

　황신은 상문검(喪門劍)이라는 흉검(凶劍)을 손에 들고
말을 탔으며, 유지채 역시 유의(戎衣)에다 쇠갈퀴를 손에
들고 함께 말을 몰아 송강과 화영을 호송하고 청주(靑州)
로 향했다.
　청풍채를 떠나서 3,40리 길밖에 가지 못했을 때, 뜻밖
에도 돌발적인 사고가 일어났다.
　앞으로 깊숙한 숲이 나타나자, 1백4,50명이나 되는 주
병과 채병들이 걸음을 멈추고 전진하지 않는 것이었다.
　황신이 아무리 호통을 치고 질타해도 허사였다.
　깊은 숲 여기저기에서 질서정연하게 대오를 짜고 있는
산적들이 4,5백 명이나 몰려나와서 일행을 포위했기 때문
이었다. 또 그 수백 명 산적들 틈을 헤치며 세 사람의 호
걸들이 뛰어나왔는데, 그들은 다른 사람이 아니라, 바로
금모호(金毛虎) 연순(燕順), 왜각호(矮脚虎) 왕영(王英),
백면낭군(白面郎君) 정천수(鄭天壽)였다.
　“네 놈들은 이 무슨 무례한 짓이냐? 나를 몰라 보느냐?
내가 바로 진삼산(鎭三山)이다!”
　황신이 아무리 호통을 쳐도 세 호걸은 길을 딱 막고 틔
워 주지 않았다.

"시시한 소리 말아라! 어떤 상사건, 어떤 도감이건, 어떤 천자가 이곳을 지나간다 해도 우리는 통과세 3천 관은 받아야 한다. 돈이 없다면 그 죄수를 여기 맡겨 두고 돈을 마련해 가지고 오너라."

"이 강도놈들아! 어찌 감히 이다지 무례한 짓을 할 수 있단 말이냐?"

황신이 노발대발, 좌우의 부하들에게 명령하여 북을 울리고 징을 치게 하고 칼을 휘두르며 말을 몰아서 연순에게로 덤벼들었지만, 세 호걸을 도저히 당해낼 도리가 없었다.

문관인 유고는 싸움을 거들 생각은 전혀 없고 어떻게든지 해서 도주할 구멍만 노리고 있었다.

결국 황신은 단기(單騎)로 청풍채로 도주해 버렸고, 주병들도 형세가 불리함을 깨닫자 호송차를 버리고 저마다 뿔뿔이 흩어져 뺑소니를 쳤으며, 유고도 대경실색하여 말머리를 돌려서 도주하려고 했으나, 산적의 부하들이 던지는 동아줄에 말의 발목을 잡히고 마니, 꼼짝 못하고 말 위에서 땅바닥으로 나뒹굴어 떨어져 산적의 부하들에게 붙잡히고 말았다.

이때, 벌써 화영은 호송차를 부숴 버리고 밖으로 뛰쳐나와 또 한 채의 호송차마저 부수고 송강을 구출해냈으며, 재빨리 유고의 옷을 벗겨서 송강에게 입힌 다음 말을 태워서 먼저 산채로 올려 보냈다.

또, 세 호걸은 화영과 부하들과 힘을 합쳐서 유고를 벌거벗겨 가지고 꽁꽁 묶어서 산채로 끌고 갔다.

세 호걸은 송강의 소식이 궁금해서 부하 몇 명을 청풍

진으로 파견하여 정찰케 했다가, 뜻밖에도 도감 황신이 송강과 화영을 산 채로 잡아서 청주로 호송한다는 놀라운 정보를 접하자, 미리 앞질러 나와서 길을 가로막고 두 사람을 구출해낸 것이었다.

산채에 도착했을 때에는, 밤이 이경이나 넘어 있었다.

일동은 취의청에 자리잡고 앉아서 송강과 화영을 맨 가운데 좌석에 앉히고 세 호걸은 맞은편에 앉아서 술상을 베풀었다.

화영이 이 자리에서 세 호걸에게 사례하며 입을 열었다.

"나도, 또 우리 형님도, 당신네들의 힘으로 목숨을 건졌고 또 원수를 갚아 보게 됐으니 감사함을 이루 형언키 어렵소. 청풍채에는 아직도 나의 아내와 누이동생이 남아 있는데, 황신에게 붙잡히고 말 것이니 그것이 걱정스럽소. 어떻게 구출해낼 방법이 없겠소?"

연순이 받았다.

"지채님! 안심하십시오. 황신은 지금 당장에 부인을 체포하지 못할 것이며, 또 설사 체포한다손 치더라도 반드시 이곳을 통과해야 될 것이니 꼼짝할 수 없을 것입니다. 내일 저희들 셋이서 산을 내려가 부인과 매씨를 모셔오겠습니다."

즉각에 부하를 산 아래로 파견하여 형편을 탐지케 했다.

"여러 가지로 폐를 끼치게 했소."

화영이 감격하여 마지않는데, 송강이 대뜸 소리를 질렀다.

"유고란 놈을 이리 잡아 내주시오!"

연순이 대답한다.

"그놈은 큰 기둥에 꽁꽁 묶어 놓았는데, 배를 가르고 간을 꺼내서 형님의 술안주나 해드리겠습니다."

"그놈은 나에게 맡기시오! 그놈은 나에게 무슨 원한이 있기에 바보 같은 여자의 말을 곧이듣고 나를 죽이려고 했을까? 이제야 제 놈도 옴짝달싹도 못할 것이며, 나에게 할 말이 없을 테지!"

"형님, 어쩌니저쩌니 말씀하실 필요가 없습니다."

이렇게 말하면서 화영은 칼을 선뜻 들더니 유고의 가슴팍을 단숨에 푹 찔러 버리고 그 간을 꺼내어 송강 앞에 내놓았다. 시체는 부하들에게 명령하여 한편으로 끌어냈다.

송강이 말한다.

"오늘 이렇게 이 더러운 놈은 처치해 버렸지만, 그 음부(淫婦)는 아직도 죽이지 못했으니 내 원한을 풀 길이 없소!"

왜각호 왕영이 입을 모았다.

"형님! 걱정없습니다! 내일 이 아우가 산 아래로 내려가서 잡아올 테니 이번에는 저에게 맡기셔서 재미나 좀 보게 해주십시오."

모든 사람이 웃음을 금치 못했다.

그날 밤에는 술좌석이 끝난 다음에 제각기 처소로 돌아가서 쉬었다.

이튿날 아침에, 여러 사람들은 청풍채를 들이칠 상의를 했다.

먼저 연순이 입을 열었다.

"어제는 부하들도 수고가 많았으니, 오늘은 하루 더 쉬도록 해주고, 내일 아침 일찍이 산 아래로 내려가게 해도 늦지는 않을 것이오.”

송강이 말한다.

“나도 그렇게 생각하오. 사람도 말도 충분히 쉰 다음에
손을 대도 늦지 않으니까….”

이리하여 산채에서는 병마(兵馬)를 정비하여 떠날 채비
를 하고 있었다.

한편, 황신은 단기(單騎)로 청풍진으로 돌아가자 채병
(寨兵)을 소집하여 사방의 책문을 엄중히 경계하라 명령
하고, 신장(申狀)을 작성하여 모용지부(慕容知府)에게 급
히 전달했다.

그 신장에는 화영이 반란을 일으키고 청풍산의 산적과
결탁하여 청풍채가 풍전등화 같은 위기에 처했으니, 시급
히 양장(良將)을 파견하여 수호하도록 해달라고 적혀 있
었다.

놀라운 소식을 접한 모용지부는 즉각에 사람을 파견하
여 청주 지휘사에서 본주 병마(本州兵馬)를 총관(總管)하
는 진통제(秦統制)를 불러 올렸는데, 이 진통제는 벽력화
(霹靂火)라는 별명을 가진 진명(秦明)이란 사람으로 조상
때부터 무관 출신인 사람이며, 낭아봉(狼牙棒)을 잘 쓰기
로 유명해서 만부부당(萬夫不當)의 용맹을 지닌 장수였
다.

모용지부에게서 화영이 반란을 일으켰다는 자세한 정세
를 듣게 된 진통제 진명은, 바로 그날 아침 일찌감치 인마
(人馬)를 정비하여 성 밖에 집결시켜 가지고 선두에는 ‘병
마총관진통제(兵馬總管秦統制)’라고 대서특필한 붉은 깃발

을 휘날리면서 기고만장, 위풍당당하게 청풍채로 향했다.

한편, 청풍산의 산채에서는 정찰을 보냈던 부하들이 돌아와서, 진명이 병사를 거느리고 쳐들어온다는 정보를 제공하자 모든 사람이 대경실색했다.

그러나 화영에게도 이미 대적하고 싸울 만한 계책이 서 있었다. 부하들을 배불리 먹여 놓고 자기의 지시대로만 해 달라고 송강과 상의했으며, 송강도 화영의 계책에 심히 만족해서 부하들에게 무장을 든든히 갖추게 하고 만반준비를 소홀히 하지 않으며 대기하고 있었다.

진명이 산에서 10리쯤 떨어진 벌판에 진을 치고 군고(軍鼓)를 울렸더니, 산 위에서도 천지를 진동할 듯 요란한 징소리가 울리더니 소리광(小李廣) 화영이 부하 산적들을 거느리고 내려와서 말을 탄 채로 창을 휘두르며 진명에게 인사를 했다. 진명이 호통을 친다.

"네 놈은 국가의 녹(祿)을 먹고 있는 몸으로서 뭣이 못마땅해서 산적들과 결탁해서 못된 짓을 하고 있느냐? 당장 말을 내려 결박을 받아라!"

화영이 웃는 낯으로 대답한다.

"총관(總管)님! 이 화영은 조정에 배반한 일은 없습니다! 유고란 놈이 사사로운 감정으로 소생을 죽이려 들기 때문에 잠시 이곳에 몸을 피해 있을 뿐입니다. 흑백을 현찰(賢察)하시고 행동하시기 바랍니다!"

"이 못된 놈아! 무슨 엉뚱한 소리를 하느냐? 냉큼 말을 내려 결박을 받지 못할까?"

"뭐라구? 진명, 이놈아! 나는 상사(上司)로서의 너의 체면을 세워 주려고 한 말인데, 말귀도 못 알아듣는 바보 같은 놈아! 내 네 놈을 겁낼 줄 아느냐?"

이리하여 진명과 화영은 4,50합이나 결사적으로 싸웠지만 승부가 나지 않았다. 이때 화영은 꾀를 내어 싸움에 지는 체하고 말 머리를 돌려서 산기슭 좁은 길로 뺑소니를 쳤고, 진명은 격분해서 화영의 뒤를 추격했다. 그러자 앞서 달아나던 화영은 별안간 몸을 돌이키고 진명의 투구를 노리고 활을 쐈다. 화살은 진명의 말[斗]만큼이나 커다란 투구의 관영(冠纓)을 쏴서 떨어뜨리고 말았다.

진명은 겁을 집어먹고 그 이상 추격하지 못하고 말 머리를 돌려서 산적의 부하들을 무찌르려고 했으나, 그들은 모조리 고함을 지르며 산꼭대기로 뺑소니쳐 버렸고, 화영도 다른 길을 달려서 산채로 무사히 돌아가고 말았다.

성미 급한 진명이 격분을 참지 못하고 서쪽 산으로 쳐올라 가려고 하면 동쪽 산에서 징소리가 요란스럽게 울리고, 다시 동쪽 산으로 쳐올라 가려면 이번에는 서쪽 산에서 징소리가 울렸다. 이렇게 갈팡질팡하는 동안에 날이 저물고 보니, 진명은 극도로 피로한 인마(人馬)를 거느리고 산기슭에 진을 치고 저녁 준비를 할 수밖에 없었다.

이때 산꼭대기에서는 횃불이 훨훨 타오르며 징소리, 북소리가 또다시 요란하게 일어났다.

진명이 약이 올라서 말을 달려 올라가 보니, 산꼭대기에서는 횃불을 10여 자루나 밝혀 놓고 화영과 송강이 마주 앉아서 술을 마시고 있었다.

진명이 산 아래에서 산꼭대기를 쳐다보며 호통을 치고 매도하자 화영이 태연자약하게 대꾸한다.

"진통제님! 너무 격분하지 마시고 우선 돌아가십시오!

그리고 내일 다시 둘 중에 하나가 죽도록 승부를 결해 보
십시다!"

"이 역적놈아! 당장 내려와서 몇백 합이라도 싸워 보
자!"

호통을 치고 발을 둥둥 구르면서도 화영의 화살이 무서
워서 산꼭대기로 올라가지 못하는 진명이었다.

그는 어쩔 도리 없이 산기슭으로 도로 내려왔다. 이때
저편 산꼭대기에서는 화포(火砲)와 화전(火箭)이 불비를
퍼붓는 듯했고, 뒤에서는 2,30명의 부하들이 한데 어울려
서 어둠 속에서 마구 활을 쏘고 있었다.

진명 편의 병사들은 일제히 고함소리를 지르며 깊숙한
계곡 속으로 몸을 피했다. 그러나 어찌 뜻했으랴! 밤이 삼
경이나 되자, 난데없이 물이 밀려들어서 인마(人馬)가 모
조리 물 속에 빠져 버리고 말았다. 진명의 병사는 이렇게
물 속에서 헤어나지 못하고 몰살을 당하고 말았다.

진명은 노기충천하여 한 갈래 좁은 길을 찾아서 말을
채찍으로 맹렬히 후려갈기며 산을 향해 올라가고 있었다.
4,50보도 올라가기 전에, 그는 말을 탄 채 깊숙한 함정에
빠져 버렸다.

이때, 양편에 미리 숨어 있던 50명의 산적 부하들이 우
르르 몰려들어서 진명을 함정 속으로부터 끌어내 가지고,
갑옷이며 투구며 온갖 무기를 빼앗고 동아줄로 꽁꽁 묶어
서 청풍산으로 납치해 갔다.

이런 계책은 모두가 화영, 송강 두 사람이 꾸며낸 것이
었다. 먼저 부하들에게 명령하여 진명의 병사를 동으로 서
로 유인하여 극도로 피로하게 한 다음, 그들이 속수무책이

되기를 기다려서, 미리 막아 두었던 산곡간의 물을 일시에 터뜨려서 몰살시키고 만 것이었다.

진명이 거느렸던 5백의 인마는 그 절반이 물에 빠져서 없어졌고, 산 채로 잡힌 것이 1백5,60, 빼앗긴 마필(馬匹)이 6,70두, 도망친 병사는 하나도 없었다.

그리고 최후로, 진명이 말과 함께 함정에 빠져서 산 채로 납치당하고 만 것이었다.

산적의 부하들이 진명을 납치해 가지고 산채에 도착했을 때는 날이 활짝 밝았을 무렵이었고, 다섯 명의 호걸들은 취의청에 모여 있었다.

화영은 어디까지나 진명을 상사 대접을 해서 묶은 줄을 풀어 주었으며, 송강·연순·왕영·정천수를 소개하고 나서, 진명더러 모용지부에게 돌아가서 벌을 받느니보다는 산채에 같이 머물며 지내자고 권고했다. 그러나 진명은 막무가내, 청에서 내려앉으며 굽히지 않았다.

"이 진명은 살아도 송(宋)나라 백성이요, 죽더라도 송나라 귀신이 될 것이요. 조정이 나에게 병마총관통제사라는 중책을 맡겼는데, 내 어찌 이곳에서 조정을 배반하고 도둑질을 하며 살아가겠소?"

화영도 그 이상 강권할 수 없어서 그날은 주연을 성대히 베풀어 실컷 마시게 해주었다. 진명은 만취하여 남의 부축을 받고 간신히 침상에 올라 하룻밤을 지냈다.

이튿날, 화영은 진명에게 갑옷이며 투구며 그밖의 무기를 내주어서 돌려보냈다. 진명이 말을 타고 낭아봉(狼牙棒)을 휘두르며 성 밖에까지 와서 바라보니 불에 탄 허허

벌판에는 남녀의 시체가 무수히 뒹굴고 있었다. 진명은 성벽 밑까지 달려가서 성문을 열라고 호통을 쳤지만, 이미 구름다리까지 걷어 올려졌고 병사들의 경비가 엄중했으며, 성벽 위에서는 북을 울리고 함성이 천지를 진동하고 있었다.

진명은 또 한 번 호통을 쳤다.

"나는 진총관이다! 어째서 성 안으로 들어가지 못하게 하느냐?"

이때, 바로 모용지부가 성벽 위에 우뚝 서더니 소리를 질렀다.

"이 뻔뻔스런 역적놈아! 무수한 백성을 죽이고 민가(民家)를 불질러 버리고 무슨 면목으로 다시 돌아와서 성문을 열라고 하느냐? 나는 네 놈을 붙잡아서 육시처참하고 말 것이다!"

진명은 소리를 질러서 변명했다.

"공조(公祖)께서는 잘못 아셨습니다. 이 진명은 인마(人馬)를 상실하고 도둑의 무리에게 납치되어 산꼭대기까지 끌려갔다가 이제 간신히 돌아오는 길입니다. 어젯밤에 성(城)을 공격한 일은 절대로 없습니다!"

"이놈, 성벽 위에 있는 모든 사람들이 네 놈이 머리에 붉은 수건을 동인 무리들과 결탁하여 살인, 방화를 네 멋대로 하고 돌아다닌 것을 명백히 보았다. 그러고도 이제 와서 뻔뻔스럽게 시치미를 떼다니! 설사, 네 놈이 싸움에 패하고 돌아왔다손 치더라도 5백 명의 병사 중에서 단 한 명도 도주해 와서 보고하는 자가 없었으니 이는 무슨 까닭이냐? 성문을 열고 네 놈의 가족이나 끌어내자는 배짱을 잘 알고 있지만, 네 놈의 여편네는 벌써 오늘 아침에 목을 베어 버렸다. 내 말을 믿지 못하겠다면 그년의 모가지를 네 놈에게 보여 주마!"

군사(軍士)가 창끝에다가 진명 아내의 수급(首級)을 꽂아 가지고 높이 쳐들어서 진명에게 보여 주었다.

성미 급한 진명은 그 수급을 보자 숨이 막히고 가슴이 터질 것만 같아 말을 못하고 펄펄 뛸 뿐이었다. 성벽 위에서는 화살이 빗발치듯 날아들었다. 진명은 어쩔 수 없이 몸을 피했다.

불에 탄 허허벌판을 돌아본 진명은 차라리 죽어 없어지는 것이 낫겠다고 생각했지만, 한참 동안 곰곰 생각한 끝에 처음 오던 길로 되돌아서서 말을 몰았다.

10리 길쯤 갔을 때, 돌연 숲속으로부터 일군(一群)의 인마가 뛰어나왔다. 앞장을 서 있는 다섯 사람의 호걸은 바로 송강·화영·연순·왕영·정천수였고 1,2백 명의 부하를 뒤에 거느리고 있었다.

송강이 말 위에서 인사를 하며 입을 열었다.

"총관님, 어째서 청주로 돌아가시지 않고, 이렇게 혼자서 어디로 가시는 길입니까?"

진명이 격분하여 호통을 친다.

"어떤 놈인지는 몰라도 이 하늘 밑에 그대로 살려 둘 수 없는 놈이다! 어째서 나의 모습으로 변장하고 성을 공격하고 민가를 파괴하고 백성을 학살해서 나를 몸둘 곳을 모르게 만들었단 말이냐? 만약에 그놈을 찾아내기만 한다면 이 낭아봉으로 단숨에 때려죽이고 말겠다!"

"총관님, 진정하십시오! 부인께서 세상을 떠나셨다면 제

가 딴 여자를 중매 들어 드리죠. 좋은 생각이 있으니, 총
관님 저를 따라오십시오. 여기서는 말씀드릴 수 없으니 산
채로 같이 가십시다."

진명은 어찌할 도리가 없었다. 송강의 말대로 또다시
청풍산으로 따라갔다.

산이 있는 정자 근처까지 와서 말을 내린 일행은 함께
산채 안으로 들어갔다. 벌써 취의청에는 부하들이 술상을
차려 놓고 있었다.

다섯 사람의 호걸은 진명을 청상으로 받아들여서 맨 가
운데 자리에 앉혔다. 그리고 죽 그 앞에 엎드렸다. 진명은
당황해서 답례를 하면서 역시 땅에 엎드렸다. 송강이 말을
꺼냈다.

"총관님! 과히 언짢게 생각지 마십시오. 어제는 총관님
을 산속에 머무르시게 하려고 했으나 기어이 떠나겠다고
하시어 이 송강이 계책을 꾸며서 총관님과 외양이 흡사한
부하를 하나 골라, 총관님의 투구를 씌워서 말을 타고 낭
아봉을 휘두르며 청주성으로 보내서 부하들을 지휘하여
사람을 죽이도록 한 것입니다. 한편으로, 연순과 왕왜호는
부하 50여 명을 거느리고 싸움을 거들면서 총관님께서 가
족을 빼내려 가신 것처럼 꾸미고 살인, 방화로써 총관님이
내 고장이란 것을 단념하시도록 만든 것이니 이 점에 대
해서는 깊이 사과를 드립니다."

진명은 그 말을 듣자, 치밀어오르는 분노를 참지 못하
고 송강과 더불어 한바탕 싸워 볼까 하는 생각도 해봤지
만, 한편 곰곰 생각해 보니 그것은 피치 못할 운수같이 여
겨졌고, 또 송강 일당에게 붙잡히기는 했으나 그들이 깍듯

이 예의를 차리고 자기를 대해 준다는 점과 싸웠댔자 이겨낼 자신이 없는 점을 알아차리고 어쩔 수 없이 분노를 참으며 이렇게 말했다.

"당신네들이 이 진명을 잡아 두려는 것은 비록 어떤 호의에서 나온 일이라고 할지라도 너무나 지독한 방법을 쓰셨소. 덕분에 나는 일가가 몰살을 당한 셈이오!"

"지독한 방법일지는 모르지만, 그렇게 하지 않고는 총관님께서 내 고장 내 집안을 단념하실 수 없으실 것입니다. 부인을 잃으신 데 대해서는 마침 화지채님께 매우 현명한 매씨가 한 분 계시니 제가 중매를 서드려서 새부인으로 모시도록 해드리겠습니다. 의향이 어떠실지요?"

진명은 자기를 이다지도 존경하고 귀중히 대접해 주는 데 감격했다. 그제야 안심하고 일당의 틈에 끼게 되었다.

호걸들은 차례차례로 각각 자리잡고 앉아서, 피리를 불고 북을 울리며 성대한 주연을 베풀고 청풍채를 습격할 일을 서로 상의했다.

이때, 진명이 입을 열었다.

"그것은 쉬운 일이오. 걱정할 것이 없소. 첫째 황신이란 자는 나의 부하요, 둘째로 황신의 무예는 내가 가르쳐 준 것이오, 셋째로 그와 나는 아주 절친한 사이오. 내가 내일 나가서 책문을 열게 하고 잘 말해서 우리 편에 가담시키도록 하겠소. 그리고 화지채님의 가족을 모셔 오고 또 유고의 아내를 붙잡아서 당신의 원한을 풀어 드리겠소!"

송강도 크게 기뻐하였다.

"그렇게 책임을 지시고 일을 해주신다면 얼마나 다행한 일이겠습니까!"

그날은 주연이 끝나자 각자의 거처로 돌아가서 하룻밤을 쉬고, 이튿날 아침에 일어나서 식사를 마치자, 여러 사람들은 무장을 든든히 차렸다.

진명이 말을 타고 한걸음 앞서서 산을 내려가 낭아봉을 휘두르며 청풍진으로 향했다.

한편, 황신은 청풍진으로 돌아와서 민병을 징발하고 채병을 소집해서 책문을 굳게 지키고 있었다. 그러나 밖으로 나가서 싸울 생각은 하지 않았다. 가끔 사람을 내보내어 정세를 탐지하려고 했지만, 청주에서 원병이 오는 기색은 없었다.

어느 날 보고가 날아드는데, 책문 밖에 진통제가 단기(單騎)로 나타나서 문을 열라고 한다는 것이었다.

황신은 그 보고를 접하고 즉각 말을 타고 책문 앞으로 달려나왔다. 과연 진명이 일인일기(一人一騎)로 부하 하나도 거느리지 않고 나타나 있었다. 황신은 곧 책문을 열게 하고, 구름다리를 내려 진명을 영접해 들이고, 본채 대청 앞까지 와서 말을 내리어 안으로 인도한 다음 인사를 마치고 물어 봤다.

"총관님께서는 어찌하여 단신으로 이곳에 나타나셨습니까?"

진명은 우선 인마를 모조리 상실한 사실을 말하고, 산동의 급시우 송공명이 얼마나 호걸이라는 점과 그를 중심으로 하는 여러 호걸들이 청풍산에 모여 있으며, 자기도 그편에 가담했다는 사실을 솔직히 고백하고, 황신도 문관 밑에서 비위 거슬리는 생활을 할 것 없이 함께 산채로 가서 일해 보자고 권고했다.

황신도 쾌히 승낙했다.

"총관님께서 그곳에 계시다면, 이 황신도 두말없이 따라가겠습니다. 그러나 송공명이란 분이 산에 계시다는 사실은 정말 초문입니다. 도대체 그분은 어떻게 산으로 오시게 된 걸까요?"

진명이 웃으면서 말한다.

"그대가 전일에 호송하고 갔던 운성현의 장삼이란 사람이 바로 그분이었소. 본명을 밝히면 신분이 탄로날까 봐서 그렇게 변성명을 했던 것이었소."

황신이 그 말을 듣자 발을 구르며 탄식한다.

"그분이 송공명이란 분인 줄 진작에 알았더라면 도중에서 놓아 드렸을 것을! 그런 줄도 모르고 유고의 말만 듣다가, 하마터면 그분의 생명을 해칠 뻔했군요!"

진명과 황신이 공청(公廳) 안에서 떠나갈 상의를 하고 있노라니까, 채병(寨兵)이 와서 이렇게 보고했다.

"양로 군마(兩路軍馬)가 징과 북을 울리며 진(鎭)으로 쳐들어오고 있습니다!"

진명과 황신은 그 보고를 접하자, 즉각에 말을 타고 대적하여 싸우려고 달려나갔다. 군마가 책문 가에 이르러 바라보니, 흙먼지가 햇빛을 가리고 살기가 충천해 있었다.

양로의 군마가 진(鎭)으로 쳐들어오며, 네 사람의 호걸이 산에서 내려오는 판이었다.

35 아버지의 가짜 편지

石 將 軍 村 店 寄 書
小 李 廣 梁 山 射 鴈

　진명과 황신이 책문 밖에 나가서 바라보니, 두 갈래로 갈라져서 진격해 들어오는 군마는 적은 적이로되 이미 적군이 아니었다.

　일대(一隊)는 송강과 화영이 인솔하는 1백50여 명, 또 일대는 연순과 왕왜호가 인솔하는 1백50여 명.

　황신은 채병에게 명령하여 구름다리를 내려보내고 채문을 활짝 열어젖히게 해서 이대(二隊)의 군마를 영접해 들였다.

　송강은 즉각에 백성을 한 사람도 죽이지 말 것과 채병을 해치지 말라는 명령을 내리고, 우선 남채(南寨)로 쳐들어가서 유고(劉高)의 일가 족속을 몰살해 버렸다.

　여자밖에 탐나는 것이 없는 왕왜호는 제일 먼저 유고의 아내를 가로챘고, 여러 부하들은 금은재물·보화를 수레에 가득 싣고, 말·소·양까지 모조리 끌어냈다. 화영은 자기 집으로 달려가서 아내와 누이동생을 구출해냈고, 호걸 일행의 인마는 뒤를 깨끗이 수습하고 나서 청풍진을 떠나 일제히 산채로 향했다.

　차량과 인마가 산채에 도착하자, 정천수가 먼저 나와서 영접했다. 모든 사람들이 취의청에 집합했다. 황신은 여러 호걸들과 인사를 마치고 나서 화영의 다음 자리에 앉았다. 송강은 화영의 가족을 숙소에서 편히 쉬게 해놓고 유고의 재물을 부하들에게 분배해 주었으며, 왕왜호는 유고의 아내를 가로채 가지고 자기 방 속에다 가둬 버렸다.

송강과 연순이 유고의 아내를 불러내라고 하자 왕왜호가 애걸했다.

"이번에야말로 이 아우도 한 번 산채에 잡혀 온 여자를 여편네로 삼아 보게 해주시오!"

그러나 결국, 유고의 아내는 송강의 앞에 끌려 나왔으며, 목숨만은 살려 달라고 애걸했지만, 연순이 달려들어서 일도양단에 목을 베어 버렸다.

그 광경을 보고 있던 왕왜호는 격분을 참지 못하고 박도를 움켜잡으며 연순과 대결하겠다고 덤벼들었다. 송강이 중간에 들어서 뜯어말리었다.

"연순이 이 여자를 죽인 것은 당연한 일이오! 나는 천신만고해 가며 이 여자를 구출해서 산에서 도주하게 했고, 자기 남편에게로 돌려보내 주었는데도 이 여자는 도리어 자기 남편을 시켜서 나를 죽이려고 했으니 말이오!"

왕왜호도 이 말을 듣고는 어쩔 수 없었고, 여러 사람이 달래는 바람에 묵묵히 입을 다물어 버렸다.

이튿날, 송강과 황신이 일을 주선하고 연순·왕왜호·정천수가 중매를 서서 화영이 그의 누이동생을 진명에게 시집 보냈다. 그 축하의 잔치가 4,5일 동안 계속되고 있을 무렵, 난데없는 급보가 날아들었다. 청주에 있는 모용지부가 화영·진명·황신이 반란을 꾀한 것을 알아차리고 중서성(中書省)에 상소문을 보내어 일간 대군을 집결해서 청풍산을 소탕할 작정이라는 것이었다.

이런 사태에 대처하기 위해서 송강이 즉각에 계책을 세웠다.

남쪽으로 있는 양산박이란 곳은 주위가 8백여 리요, 그 가운데는 완자성(宛子城)과 요아와(蓼兒洼)가 있고, 조천왕(晁天往)이 4,5천의 인마(人馬)를 거느리고 호수를 지키고 있어서 어떤 포도관병도 얼씬하지 못하게 되어 있으니, 그곳으로 가서 그들에게 가담하자는 것이었다.

여러 호걸들의 의견이 일치해서 송강의 계책에 찬성하자, 곧 길을 떠나기로 했다.

총인원이 4,5백 명. 송강은 이것을 삼대(三隊)로 나누어서 양산박을 토벌하러 가는 관군처럼 차리고, '적도토벌군(賊徒討伐軍)'이라는 깃발을 앞장세우고 위풍당당히 진군을 개시했다.

선두에서 송강과 화영이 4,50명의 부하를 거느리고 나섰으며, 제2대에는 진명과 황신이 8,90필의 말을 거느리고 뒤따랐고, 후대(後隊)에는 연순·왕왜호·정천수 세 사람이 4,50필의 말과 부하 1,2백 명을 거느리고 일제히 양산박으로 향해서 진군하기 6,7일, 벌써 그들은 청주를 멀리멀리 뒤로 하고 있었다.

뒤따르는 인마(人馬)보다 20리를 앞서서 전진하던 송강과 화영은 대영산(對影山)이라는 곳에 이르렀는데, 양편으로 높은 산이 솟아 있고 그 가운데로 한 줄기 널찍한 역로(驛路)가 뻗어나간 곳이었다.

난데없이 산속에서 징소리, 북소리가 들려왔다. 화영은

앞길에 도적이 매복해 있는 줄 알고 뒤따르는 부대에 연락을 취하는 한편, 군마를 일단 정지시켜 놓고, 둘이서 20여 기(騎)를 거느리고 탐로(探路)를 하러 나섰다.

반리 길도 채 못 갔을 때, 이편 산에서 백여 명의 인마가 몰려 내려오는데 그 선두에 선 것은 백의(白衣)의 젊은 장사였다.

"오늘이야말로 생사를 결단하자!"

고 호통을 치니, 이번에는 저편 산에서 역시 백여 명의 인마를 거느린 홍의(紅衣)의 젊은 장사가 달려왔다.

두 젊은 장사는 홍백기(紅白旗)가 휘날리는 넓은 역로 한복판에서 똑같이 방천화극(方天畫戟)을 휘두르며 결투를 시작했다.

그들은 30여 합을 싸웠는데도 승부가 나지 않았다. 송강과 화영은 말 위에서 구경하면서 박수갈채를 보냈다. 화영이 앞으로 나서서 자세히 바라보니, 한편 장사의 방천화극에는 금전표자미(金錢豹子尾)가 달려 있고, 또 한편 장사의 화극에는 금전오색번(金錢五色旛)이 매달려 있는데 이것들이 한데 엉클어져 풀리지 않아 몹시 애를 쓰고 있었다.

화영은 선뜻 활에 화살을 먹여 가지고 쏘았다. 화살은 정통으로 그 헝클어진 매듭을 쏴서 끊어뜨리고 말았다. 두 자루의 화극이 동시에 양편으로 갈라지게 되자 2백여 명의 장정들이 일제히 환호성을 질렀다.

두 젊은 장사는 똑같이 말을 달려 송강과 화영 앞으로 오더니 말 위에서 몸을 구부려 인사를 하고,

"뉘신지는 몰라도 신전장군(神箭將軍)이라 일컫고 싶습

니다!"
고 말했다.

송강과 화영은 먼저 자기 소개를 하고 나서 그들 두 젊은 장사의 성명을 물었다. 그들의 말을 들어 보면, 홍의의 장사는 성이 여(呂), 이름이 방(方)으로 담주(潭州) 태생. 평소부터 동한(東漢) 사람 여포(呂布)의 화극술(畵戟術)에 심취해서 화극을 배우게 됐으며, 사람들은 그를 가리켜 소온후(小溫侯) 여방(呂方)이라고 부른다는 것이다.

그는 생약(生藥)장사를 하면서 산동(山東)에 왔다가 본전을 다 까먹고 고향으로 돌아갈 수 없어서 이 대영산을 잠시 점령하고 강도 노릇을 하고 지내는 중인데, 얼마 전부터 백의의 장사가 나타나서 산채를 빼앗으려고 매일같이 시끄럽게 굴어서 싸움이 벌어지곤 한다는 것이었다.

한편, 백의의 장사는 곽성(郭盛)이라고 하는 서천(西川) 가릉(嘉陵) 태생인데, 수은(水銀)장사를 하러 나왔다가 황하(黃河)에서 풍랑을 만나 배가 전복되어 고향엘 가지 못하고 있는데, 자기 고장에 있을 때부터 장제할(張提轄)이란 사람에게 화극을 배워, 사람들은 그를 새인귀(賽仁貴) 곽성(郭盛)이라고 부른다는 것이었다.

두 젊은 장사는 사이좋게 지내라는 송강의 권고를 감사하며 받아들였고, 뒤따라온 송강 일행의 인마가 도착하자, 우선 여방이 자기 산으로 초청해다가 성대한 주연을 베풀었으며, 이튿날은 또 곽성이 술상을 차려 놓고 한턱을 단단히 냈다.

송강이 두 장사에게 함께 양산박으로 가서 조개(晁蓋)의 일당에 가담하여 지내자고 권했더니 그들은 기뻐서 어쩔 줄 모르며 따라가겠다고 했다.

이리하여 4,5백 명의 인마가 양산박을 향하고 떠나가게 되었는데, 이때 송강이 여러 사람을 향해 말했다.

"저편에서도 삼엄한 경계를 하고 있을 것이니, 정말 관군(官軍)이 토벌을 나온 줄 안다면 큰 일이오. 나는 연순과 함께 한걸음 먼저 떠나서 저편에 연락을 취할 것이니, 나머지 사람들은 삼대(三隊)로 나누어서 뒤를 따라오도록 합시다."

화영도 진명도 송강의 의견에 찬성했고, 마침내 대영산의 인마는 질서정연하게 선후로 나누어져서 진군을 계속했다.

송강과 연순은 이틀 동안이나 쉬지 않고 길을 걸어가다가, 관도(官道) 옆에 있는 큼직한 술집을 발견하고, 10여 명의 부하들에게도 한잔 마시게 해서 피로를 풀어 줄 생각으로 술집 안으로 들어섰다.

술집 안에는 넓은 자리가 서너 군데, 좁은 자리는 몇 군데 있었다. 먼저 들어온 손님 하나가 넓은 좌석을 차지하고 술을 마시고 있었는데, 키가 8척이나 돼 보이고 누르통통하고 우락부락하게 생긴 장정이었다.

연순은 심부름꾼 녀석을 시켜서, 이편은 사람이 많으니 그 장정에게 좌석을 좀 양보하는 게 어떠냐고 말해 보라고 했다.

자리를 내라는 말을 듣자, 그 장정은 화를 벌컥 내며 소리를 질렀다.

"어떤 놈이냐, 내 자리를 내달라는 게! 내가 이 세상에서 머리를 수그려야 할 사람은 꼭 두 사람밖에 없다! 그밖에는 어떤 놈에게도 양보할 수 없다."

연순은 격분해서 걸상을 집어들고 후려갈기려고 했다. 송강이 그것을 말리며 그 장정의 말이 이상해서, 나서서 물어 보았다.

"당신이 이 세상에서 머리를 수그려야 할 두 사람이란 누구누구를 말하시는 거요?"

"창주 횡해군 시세종(柴世宗)의 손자 소선풍 시진 시대 관인과 또 한 사람은 운성현의 압사, 산동의 급시우라는 호보의(呼保義) 송공명이오."

송강은 연순을 흘끗 쳐다보며 빙그레 웃었다. 그리고 또 물어 봤다.

"나도 그분들을 잘 알고 있는데, 당신은 그분들을 만나 본 일이 있소?"

"잘 아신다니 말이지만, 시대관인께는 3년 전에 넉 달 동안이나 신세를 진 일이 있어서 잘 알고, 송공명이란 분 은 아직도 만나뵌 일이 없소."

"그러면 그 흑삼랑(黑三郎)을 한 번 만나보실 생각이 있 으시오?"

"그러지 않아도, 지금 그분을 찾아가는 길이오."

"무슨 일 때문에 그분을 찾아가시오?"

"그분의 아우 되는 철선자(鐵扇子) 송청(宋淸)의 부탁 을 받고 편지를 전하러 가는 길이오."

송강은 이 말을 듣자 기뻐서 어쩔 줄 모르고 장정을 덥 석 붙잡으며 입을 연다.

"인연이 있으면 천리를 떨어져 있어도 만날 수 있고, 인 연이 없으면 서로 얼굴을 마주 대하고도 만날 수 없다더니… 내가 바로 흑삼랑(黑三郎) 송강이오!"

장정은 한참 동안이나 송강의 얼굴을 물끄러미 쳐다보더니 감격하여 마지않으며 땅바닥에 넙죽 꿇어앉았다.

알고 보니 이 장정은 성이 석(石), 이름이 용(勇)이며, 대명부(大名府) 태생으로 도박을 업으로 삼고 살아가고 있는 사람으로 석장군(石將軍)이라는 별명을 갖고 있었다. 노름판에서 사람을 때려죽이고 시대관인 집에 숨어 있는 동안에 천하호걸 송강의 명성을 알게 되어 운성으로 송강을 만나볼까 하고 갔다가 송강의 아우인 송청과 알게 되었고, 그의 부탁을 받고 편지 한 통을 가지고 백호산 공태공에게로 송강을 찾아간다는 것이었으며, 천재일우의 기회로 송강을 만나게 되었으니 꼭 그를 따라서 행동을 같이하여 양산박까지 동행하게 해달라고 졸랐다.

송강은 장정이 품속에서 내주는 아우의 편지를 뜯어 봤다.

…부친께서는 금년 정초에 병환으로 세상을 떠나셨습니다. 현재 장사도 지내지 못하고 집에 모신 채로, 형님께서 돌아오시어 천장하시기만 기다리고 있을 뿐입니다. 절대로 시일을 놓치시지 않기만 천만 바랍니다. 아우 청이 피눈물로써 이 글월을 올립니다.

…父親於今年正月初頭, 因病身故, 見今停喪在家, 專等哥哥來家遷葬. 千萬千萬! 切不可誤! 弟淸泣血奉書

편지사연을 다 읽고 난 송강은 실신한 사람같이 소리를 질렀다.

"나는 불효역자(不孝逆子)다. 나쁜 짓을 하고 돌아다니며 아버님께서 돌아가셨는데도 자식된 도리를 다하지 못했으니 짐승과 뭣이 다르랴."

송강은 결국 급히 집으로 돌아갈 결심을 했다. 석용과 연순이 아무리 말려도 막무가내로 듣지 않았다.

"내가 편지를 한 통 써줄 것이니, 그것을 가지고 조개에게 먼저 가시면 아무 일도 없이 받아들여 줄 것이오. 석용, 자네도 나의 형편을 자세히 조씨에게 말해 주게. 아버님 장례를 치르지 않을 수 없는 내 심정을 양해해 주게!"

송강은 자기의 고향길을 향하여 비호같이 달려갔다.

송강이 자기 집으로 떠나간 뒤에, 연순·석용·진명 등 일행 아홉 명의 호걸들은 4,5백의 인마를 거느리고 송강의 편지를 소중히 간직하고 양산박 근처까지 당도했다. 일행이 갈대숲 근처를 지나가고 있을 때, 돌연 강물 위에서 징소리 북소리가 요란하게 울리더니 두 척의 쾌선이 달려들었다. 선두에 앉아 있는 것은 바로 표자두 임충이었고, 4,50명의 부하를 거느리고 배꼬리에 앉아 있는 것은 바로 적발귀 유당이었다.

임충이 배 위에서 호통을 쳤다.

"뭣하는 놈들이냐! 어디서 오는 관군이냐? 감히 우리를 잡으러 오다니! 한 놈도 남기지 않고 모조리 죽여 버리겠다!"

화영과 진명은 말을 내려서 정중히 인사하고 송강의 편지를 전달했다. 일행은 우선 한지홀률 주귀가 경영하는 술집으로 안내받았다. 이튿날 아침, 군사 오학구가 친히 배를 타고 일행을 영접하러 건너왔다.

오용과 주귀가 아홉 명의 호걸을 배에 태우고 금사탄(金沙灘)으로 들어가 언덕으로 올라서니, 저편에서는 두령 조개가 친히 부하를 거느리고 나와서 일행을 영접했다.

얼마 후 그들 천하의 영웅호걸들이 취의청에 모여서 서로 인사를 교환했다.

왼편으로는 조개·오용·공손승·임충·유당·원소이·원소오·원소칠·두천·송만·주귀·백승이 앉아 있었는데, 백일서(白日鼠) 백승은 몇 달 전에 제주에서 탈옥도주하여 양산박의 일당에 가담해 있었다.

오른편에는 화영·진명·황신·연순·왕영·정천수·여방·곽성·석용, 도합 21명의 호걸들이 자리잡고 앉아서 향로에 불을 피우면서 생사를 같이할 것을 맹세했다.

이튿날은 성대한 잔치가 벌어졌다.

석상에서 화영과 진명은 송강의 훌륭한 점을 칭찬하고, 청풍산에서 원수를 갚은 사건과 여방·곽성의 싸움에 화영이 얼마나 활을 잘 쐈다는 이야기를 했다. 그랬더니 조개가 크게 기뻐하며 이렇게 말했다.

"그렇게 활을 잘 쏘신다면 언제든지 한 번 그 놀라운 솜씨를 보여 주시오!"

여러 두령들은 술이 거나하게 취하자, 층계 아래로 거닐면서 산을 바라다보고 있었다. 이때 떼를 지어 하늘 높이 지나가는 기러기들이 있었다. 화영이 그것을 바라보자 아까 조개의 말이 생각났다.

'조개는 내가 여방과 곽성의 싸움에서 활을 쐈다는 솜씨를 믿을 수 없다는 눈치였다. 이 기회에 내 솜씨를 한 번

눈앞에 보여 주어서 탄복하게 해야겠다!'

같이 마당을 거닐고 있는 두령 가운데 마침 활을 메고 있는 사람이 있었다. 화영은 그것을 빌려서 손에 잡고 조개에게 말했다.

"아까 말씀드린 저의 활쏘는 솜씨를 믿지 못하시는 모양인데, 이제 저기 날아가는 기러기 중에서 맨 앞으로부터 셋째 놈의 대가리를 쏘아서 떨어뜨려 보겠습니다."

화살은 쑹 하고 하늘 높이 치솟았다.

그의 말대로 셋째 기러기가 깃털을 날리며 떨어지고 말았다.

조개가 부하를 시켜서 언덕 아래로 떨어진 기러기를 집어다 보니 과연 화살이 기러기의 대가리를 정통으로 꿰뚫고 있었다. 여러 사람들은 감탄하여 마지않았다. 화영을 신전장군(神箭將軍)이라고 칭찬했다.

한편, 송강은 시골 술집을 떠나서 밤을 새워 가며 걸음을 빨리 하여 이튿날 신패(申牌-오후 네시경) 때에는 자기 고향 마을 어귀에 있는 장사장(張社長)의 술집에 도착하여 잠시 쉬어서 가기로 했다.

이 장사장이란 사람은 송강의 집안과 친히 내왕이 있던 터였다. 송강이 근심스런 얼굴로 눈물까지 글썽이며 오는 것을 보자 이렇게 물었다.

"압사(押司), 웬일인가? 1년 반 동안이나 고향을 떠났다가 오늘 모처럼 돌아오면서 어째서 그렇게 안색이 좋지 않은가? 무슨 근심스러운 일이라도 있나? 관사에 관해서는 은사령이 내렸으니까 반드시 죄가 가벼워지실 것일세."

송강이 대답한다.

"아저씨 말씀이 옳기는 합니다만, 관사 같은 것은 뒤로 미뤄도 되지만 저를 낳아 주신 노부(老父)께서 세상을 떠나셨다니 어찌 근심걱정이 안 되겠습니까!"

장사장이 껄껄대고 웃었다.

"압사! 그게 무슨 농담인가? 자네 어르신네 송태공께서는 방금 여기서 술을 잡수시고 돌아가신 지 반시간도 안 되는데, 어째서 그런 말을 하는 건가?"

"아저씨야말로 이 젊은 조카를 데리시고 우스갯소리를 하시는군요!"

송강은 아우에게서 온 편지를 꺼내어 장사장에게 주었다.

"우리 아우의 편지를 보십시오. 아버님께서 금년 정초에 세상을 떠나셨으니, 장례를 치르러 돌아오기를 고대한다고 했습니다."

장사장이 그 편지를 읽어보고 나서 어이가 없다는 듯이 이렇게 말했다.

"헤! 될 법이나 한 소린가! 점심때 전후해서 동쪽 마을 왕태공과 같이 여기서 술을 자시고 돌아갔는데… 내가 그래 거짓말을 하겠나!"

송강은 이 말을 듣자 이상한 생각이 들었다. 도무지 까닭을 알 수 없었다.

잠시 동안 곰곰 이 생각 저 생각하다가 날이 저물어 장사장과 작별하고 급히 집으로 돌아왔다.

대문 안으로 들어서니 평소와 조금도 다른 점이 없었다. 하인배들이 송강을 보자 모두 달려나와서 인사를 했다. 송강이 다짜고짜로 물어 봤다.

"아버님께서도 집에 계시고 사랑(四郎-송청)도 집에 있느냐?"

"영감님께서는 큰서방님이 돌아오시기만 눈이 빠지시도록 고대하고 계셨는데, 이렇게 돌아오셨으니 얼마나 기뻐하시겠습니까? 조금 전에 동쪽 마을 왕사장(王社長)과 마을 어귀에 있는 장사장의 술집에서 술을 잡수시고 돌아오셔서 지금 방에서 쉬고 계십니다."

송강은 그 말을 듣자 대경실색, 손에 잡고 있던 단봉(短棒)을 동댕이쳐 버리고 곧장 안으로 달려 들어갔다.

송청이 내달으며 절을 했다.

송강은 아우가 거상을 입고 있지 않은 것을 보자 화가 불끈 치밀어서 아우를 손가락으로 가리키면서 악을 썼다.

"이 불효막대한 짐승 같은 놈아! 너는 어째서 아버님께서 살아 계신데 그 따위 편지질을 해서 나를 이렇게 죽을 둥 살둥 어쩔 줄 모르게 만드는 거냐? 나는 울다 울다가 정신을 잃을 지경이었다! 이 못된 불효자식아!"

송청이 뭐라고 변명의 말을 꺼내려고 했을 때, 병풍 뒤에서 아버지 송태공이 나오면서 입을 열었다.

"얘, 네 아우는 아무 잘못도 없다. 나는 허구한 날 너를 만나보고 싶은 생각에, 사랑(四郎)을 시켜서 내가 죽었다고 편지를 쓰게 했다. 그렇게 하면 너도 당장에 뛰어올 줄 알고서. 풍문을 듣자 하니 백호산에는 도둑놈들이 득실거린다기에 너도 그 틈에 휩쓸려 들어가서 못된 짓을 하게 되지나 않나 하고 여간 걱정한 게 아니다. 그래서 시급히 편지를 써서 너를 불러들이려고 하던 참에, 마침 시대관인 댁에서 왔다는 석용이란 자가 있기에 그자에게 편지를 전해 달라고 부탁했던 것이다. 사랑이 한 짓이 아니니 화낼 것은 없다."

송강은 아버지의 말을 다 듣고 나서 그 앞에 꿇어앉았다. 근심걱정과 기쁨이 서로 헝클어진 심정이었다. 송강이 대뜸 부친에게 묻는다.

"근자에 관사는 어찌됐습니까? 은사령이 내렸으니까 죄가 가벼워질 것이라고 아까 장사장도 말씀하시던데요."

"네 아우 송청도 채 집에 돌아오기 전의 일인데, 주동과 뇌횡의 힘으로 해포문서(海捕文書-외지에서 체포하라는 영장)만 나돌고 집에 와서 시끄럽게 구는 일은 없었다. 너를 이번에 불러들이게 된 것도, 근자에 조정에서 황태자를 책립하고 이미 사서(赦書)가 내려서 민간에서 큰 죄를 범한 자는 모두 일등과(一等科)를 감형한다는 실시령이 각지에 전달됐다는 것을 알았기 때문이다. 설사 네가 발각되어 체포당하더라도 고작해야 유도지죄(流徒之罪-유형)밖에 더 받지 않을 것이니, 생명에 관계되는 일은 없을 것이다. 될대로 되게 내버려 두려무나. 그때는 그때 가서 또 무슨 방법을 차리기로 하자."

"주·뇌 두 도두는 가끔 집에 들르느냐?"

송강이 송청에게 물었다.

"일전에 들리는 말에 의하면 이 두 도두님은 다른 지방으로 파견되었다고 합니다. 주동 도두는 동경으로 갔다 하며, 뇌횡 도두는 어디로 갔는지 알 수 없습니다. 요즘 현에는 두 사람의 조(趙)가라는 도두가 새로 부임해서 공무를 집행하고 있습니다."

송태공이 말한다.

"너는 원로풍진(遠路風塵)에 고단할 터이니 방으로 들어가서 쉬어라!"

온 집안이 기쁨에 싸인 것은 더 말할 것도 없다.

얼마 안 되어서 날이 저물고 동녘 하늘에 밝은 달이 솟아올랐다.

밤이 일경이나 되어서 온 집안식구들이 모조리 잠들었을 때에 난데없이 앞뒤 문에서 요란스런 고함소리가 들려왔다.

자세히 살펴보니, 사방에서 훨훨 타오르는 횃불이 송강의 집을 둘러싸고 야단법석이었다.

"송강을 놓치지 말아라!"

하는 소리가 유난히 크게 들렸다.

"아차! 큰일났구나!"

송태공은 허둥지둥 어쩔 줄 몰랐다.

이리하여, 대강(大江)기슭에는 영웅호걸이 집결하고 시끄러운 저자 속에 충간의담(忠肝義膽)이 나타나게 되는데, 과연 송공명은 자기 집에서 어떻게 몸을 뛰쳐날 것인지?

36 한 잔 술에 정신을 잃고

梁 山 泊 吳 用 拳 戴 宗
揭 陽 嶺 宋 江 逢 李 俊

송태공이 사닥다리를 놓고 담 위로 올라가 보자, 운성현에 새로 부임해 온 형제 도두(都頭) 조능(趙能)과 조득(趙得)이 횃불 속에 부하 백여 명을 거느리고 호통을 치고 있었다.

"송태공아! 세상 돌아가는 형편을 아는 놈이라면 아들 송강을 빨리 내놓아라! 그러면 우리도 잘 봐줄 터이니…. 만약에 네 아들을 출관(出官)케 하지 않는다면 늙은 놈마저 함께 잡아가겠다!"

"송강이 언제 집에 돌아왔단 말이오?"

송태공은 딱 잡아떼었다. 그러나 그냥 돌아갈 도두들이 아니었다. 옥신각신 말다툼이 계속되고 있을 때, 사닥다리 옆에 서 있던 송강이 대장부답게 태도를 표명했다.

"아버님, 그들과 따따부따하실 것이 없습니다. 제가 자진해서 관청으로 나가겠습니다! 관청에는 아는 친구들도 많이 있고, 또 은사령이 내려서 감형이 될 것이니 너무 걱정하지 마십시오!"

"이 아비가 너를 못살게 만들었구나!"

송태공은 북받쳐 오르는 눈물을 금치 못했다.

"아버지, 안심하십시오! 다른 고장으로 유형죄(流刑罪)

로 끌려 간다 해도, 그것은 일정한 기한이 있을 것이니, 살인, 방화를 일삼는 친구들과 천하를 몰려다니는 것보다 훨씬 나은 일입니다!"

"너의 생각이 정 그렇다면, 내 관리들에게 돈을 많이 써서 다소라도 편한 고장으로 귀양살이를 가도록 해주마!"

송강은 사닥다리 위에 올라서서 소리를 질렀다.

"시끄럽게 굴 것 없소! 은사령도 내려서 죽을 죄도 아닐 것이니, 우선 우리 집으로 들어와서 술이나 한잔 드시고 내일 아침 나와 같이 관청으로 갑시다!"

송강은 사닥다리를 내려와서 대문을 활짝 열고 두 도두를 모셔들여서 밤새도록 닭을 잡고 오리를 잡아 술대접을 톡톡히 했다. 부하들 백여 명에게도 술과 음식을 두둑이 먹이고, 화은(花銀-은화) 10냥씩을 두 도두에게 집어 주었다.

그날 밤, 두 도두는 송강의 집에서 쉬고 이튿날 새벽 오경에 날이 밝기를 기다려서 송강을 현 안으로 끌고 갔다.

지현 시문빈(時文彬)도 송강을 관대히 봐주려고 공장(供狀)을 적당히 쓰라고 했으며, 고랑쇠도 큰칼도 몸에 대지 않은 채 감옥에 넣어 두었다가, 60일이라는 취조기간이 다 되자 제주(濟州)로 보내서 판결을 받도록 해주었다.

제주의 부윤이 공장(供狀)을 접했을 때에는 이미 감형이 실행된 때였기 때문에 단지 매 20대를 때려서 강주(江州)라는 뇌성(牢城)으로 귀양살이를 떠나 보내라는 판결을 내렸다.

송강은 마침내 큰칼을 목에 쓰고 두 호송인을 따라 귀양살이를 떠나게 됐는데, 호송인이란 언제나 그렇듯이 장가〔張千〕·이가〔李萬〕 따위의 벼슬아치들이었다.

두 호송인이 송강을 압송하고 주아문(州衙門) 앞까지 왔을 때, 아버지 송태공과 아우 송청이 거기서 기다리고 있다가 술과 음식으로 호송인들을 대접하고 송강에게 의복을 갈아입히고 길 걷기 편한 짚신으로 바꾸어 신겼다.

송태공이 아들 송강을 넌지시 한편으로 불러서 분부한다.

"강주(江州)는 먹을 것도 풍부한 좋은 고장이다. 가는 도중에 양산박을 지나치게 되는데 산 속에서 사는 위인들이 너를 끌고 가려고 하더라도 절대로 놈들의 유혹에 빠져서는 안 된다!"

송강이 눈물에 젖어서 부친에게 작별인사를 하고 아우 송청에게 당부한다.

"늙으신 아버님을 고향에 두고 이 형은 떠나가는 몸이 되었으니, 제발 네가 내 대신 조석으로 아버님을 잘 모셔다오! 나는 세상에 친구들이 많이 있으니 어딜 가나 돈 걱정이나 음식 걱정은 하지 않아도 좋으니, 이 형에 대해서는 조금도 염려할 것이 없다!"

송강은 강주 뇌성을 향하여 귀양살이를 떠났다. 두 호송인은 용돈푼도 두둑이 받았고 또 송강이 천하의 호걸임을 잘 알므로 길가는 도중에 송강을 잘 돌봐 주었다.

첫날은 도중에서 하룻밤을 묵고, 이튿날은 양산박 산채의 호걸들이 내달을까 겁이 나서, 송강의 제의로 샛길을 찾아서 길을 계속했다.

그러나 약 30리 길쯤 앞으로 나갔을 때, 난데없이 앞으로 바라보이는 언덕길 양옆으로부터 일군의 장정들이 우르르 몰려나왔다.

송강은 깜짝 놀라서 어쩔 줄을 몰랐다.

앞장을 서서 내닫는 사람은 바로 적발귀 유당이었다. 그는 4,50명의 부하를 거느리고 호송인 이가와 장가에게로 달려들었다. 호송인들은 땅바닥에 주저앉아 넋을 잃었다. 송강이 소리를 질렀다.

"누구를 함부로 죽이려 드는 건가?"

"이 두 놈을 죽이지 않고 살려 두어서 뭣에 쓰겠소?"

"자네 손을 더럽힐 것까지 없네! 칼을 이리 주게! 내 손으로 죽일 터이니…."

송강은 유당에게서 칼을 들자 이렇게 물었다.

"무슨 까닭으로, 이 공인들을 죽이려 하는가?"

"우리는 운성현을 습격하여 감옥을 부숴 버리고 형을 구출하려고 했었소. 그러나 탐문해 보았더니 형께서 거기도 계시지 않고, 이번에는 강주로 귀양살이를 떠나신다기에 여러 두목들을 사방으로 매복시켜서 형이 지나가기만 하면 다시 산채로 모시고 올라가려는 판이었소!"

"그것은 아우님들이 이 송강을 구출해 주는 것이 아니고, 나를 죽이는 거나 다름없는 일이오! 그렇다면 나는 내 손으로 내 목숨을 끊어 버리겠소!"

송강이 칼을 목에다 대고 찌르려고 하자, 유당이 당황해서 송강의 팔목을 왈칵 잡아당겨 칼을 빼앗았다.

"어쨌든 이 아우 혼자서 작정할 수 없소. 길 저편에 군사 오학구와 화지채가 함께 형을 기다리고 있으니 만나서 상의해 주시오!"

송강은 화지채와 오학구를 만나보지 않을 도리가 없었다. 화지채는 두령 조개가 송강을 꼭 한 번 만나보고 싶다고 하니, 산채에 머물러 있지는 않는다 해도 만나보고 떠나도록 해달라고 애원했다.

송강은 두 공인과 함께 오학구·화지채를 따라서 배를 타고 물을 건너 단금정(斷金亭)에 도착하여 쉬고 있었다. 조개가 반색을 하며 달려나와서 송강을 영접하며 입을 열었다.

"운성에서 한 목숨을 건져 주시어 이 아우 일행은 이곳까지 오게 됐소. 하루도 그 은혜를 잊지 못하고 지내던 판에 일전에는 또 여러 호걸들을 보내 주시어 산채는 날이 갈수록 공고해지고 있소. 은혜를 보답할 길이 없어서 걱정이오!"

송강은 그 동안에 자기가 지낸 일을 상세히 말해 주었다. 음부를 죽인 일, 시골 술집에서 석용을 만났던 일, 아버지의 가짜 편지, 그래서 다시 붙잡혀서 귀양살이를 가게 되기까지의 사정을 솔직히 말하고, 도저히 산채에 머물러 있을 수 없고, 곧 길을 떠나야겠다고 완강히 고집했다.

조개가, 오학구·공손승·백승과 함께 술상을 차려서 송강을 대접하면서 만류했다.

"두 공인을 처리해 버리시기 싫다면 돈이나 두둑이 주어서 돌려보내시고, 양산박 사람들에게 빼앗겼다고 하라면 그만이 아니겠소?"

"그건 안 될 말이오. 그것은 나를 구해 주는 길이 아니고 나를 더욱 괴롭히는 길이오. 나는 고향에 계신 아버님 한 분도 봉양하지 못하고 이 길을 떠나가게 된 몸인데, 이

제 또다시 늙으신 아버님의 의사를 거역할 수는 없소. 떠나올 때도 아버님께서는 신신당부하셨소. 너 한 몸이 처신을 잘못해서 집안식구들에게까지 누가 미치도록 하지 말고, 제발 늙은 아비를 더 놀라게 하지 말아 달라고 얼마나 나를 타이르신지 모르오! 무슨 일이 있어도 나를 산에서 내려보내 줄 수 없다면 숫제 여러 아우님들의 손으로 나를 죽여 주시오!"

말을 마치자, 송강은 눈물을 비오듯 쏟으며 그 자리에 꿇어앉았다.

조개·오용·공손승은 일제히 송강을 부축해 일으키며 입을 모았다.

"무슨 일이 있더라도 꼭 강주(江州)로 가셔야겠다고 하신다면, 그야 어쩔 수 없는 일이니 오늘 하루만이라도 여기서 편히 쉬어서 가도록 해주시오. 내일 아침에 떠나가시도록 해드리겠습니다!"

산채에서는 그날 진종일 주연이 베풀어졌다. 여러 호걸들이 잠시나마 송강의 큰칼을 벗겨 놓으려고 했지만, 송강은 말을 듣지 않고 두 호송인의 옆에서 시종 떠나지 않았다.

하룻밤을 산채에서 쉬고, 이튿날 아침에는 무슨 일이 있어도 일찌감치 떠나겠다고 고집했다. 이때, 오학구가 입을 열었다.

"이 아우의 말을 잘 들으시고 떠나시기 바라오. 이 오용과 절친한 친구 한 사람이 현재 강주에서 양원압뢰절급(兩院押牢節級-간수장) 자리에 있는데 성은 대(戴), 이름은 종(宗)이라 하오. 그 고장 사람들은 대원장(戴院長)이라고 부르는데, 이 대종이란 사나이는 하루에도 8백리 길을 거침없이 달리는 술법을 몸에 지니고 있어서 사람들이 그에게 신행태보(神行太保)라는 별명을 지어 주었소. 또 지극히 욕심이 없고, 의리를 생명같이 여기는 쾌남아요. 어젯밤에 이 아우는 형께 드려서 그 친구에게 전달케 하려고 편지 한 통을 써놓았으니, 그 고장에 도착하시는 즉시 이 친구를 찾아서 가깝게 지내시는 게 좋을 것이고, 또 뭣이나 불편하신 점이 있으시면, 우리들에게 연락해 주시오!"

여러 호걸들은 송강을 더 잡아 둘 수 없다고 단념하고, 송별잔치까지 베풀고 또, 금은 한 쟁반을 송강에게, 두 공인에게는 20냥의 은전을 주었고, 오학구와 화영이 20리 길이나 먼 곳까지 나와서 송강을 전송해서 길을 떠나 보냈다.

송강과 두 호송인 일행은 반달 동안이나 계속해서 길을 걸었다. 어느 날, 앞으로 높직한 산이 닥쳐오는 지점에 도달했다.

그 산은 게양령(揭陽嶺)이었고, 이 산을 넘으면 바로 심양강(潯陽江)이며, 여기서 배를 타면 강주까지 그다지 먼 길이 아니었다.

세 사람은 언덕을 넘어서서 산기슭에 있는 어떤 술집으로 들어섰다.

"이 집에는 주인이 없소?"

송강이 소리를 지르자, 안으로부터 거창하게 생긴 사나이가 나왔다.

"우리 집에는 쇠고기 삶은 것과 막걸리밖에 없습니다."

"좋아! 쇠고기 삶은 것 두 근과 막걸리 일각(一角)만 가져오시오!"

"우리 집에서는 선금을 내셔야 술을 드리기로 돼 있습니다."

송강은 보따리를 풀어 은전 몇 닢을 꺼내 주었다. 그 건강하게 생긴 술집주인은 옆에서 서서 흘끔흘끔 보따리를 노려보면서 음흉한 생각을 하고 있었다.

'잘됐다! 보따리 속에는 돈이 두둑하게 들어 있는 모양이니 이 세 놈을 모조리 처치해 버리고….'

마취제를 술에 타서 손님들에게 먹여서 정신을 잃게 한 다음, 가죽을 벗기고 고기를 저며내서 살아가는 무시무시한 술집주인놈이었다.

세 사람은 멋도 모르고 술을 한 잔씩 들이켰다. 술잔을 놓자마자, 두 공인은 서로 부둥켜안고 두 눈을 까뒤집고 벌떡 나자빠졌으며, 그것을 부축해서 일으켜 보려고 하던 송강 역시 머릿속이 어찔어질, 눈앞이 아찔해져서 나자빠지고 말았다.

술집주인놈은 제일 먼저 송강을 질질 끌고 바윗돌 근처에 있는 인육작방(人肉作坊)으로 들어가서 가죽 벗기는 틀 위에 올려놓았다.

그러고 나서는, 송강의 보따리를 안으로 깊숙이 끌고 들어가서 풀어 본 다음 처음같이 도로 꾸려 놓고, 젊은 하인배들이 돌아오면 곧 가죽을 벗겨서 요리해 버릴 작정으로 문밖에 나서서 기다리고 있었다.

이때, 산기슭으로부터 언덕으로 올라오는 세 사람의 장

정들이 있었다.

술집주인이 그들을 보자 반색을 했다.

"형님들은 어디를 가시오?"

세 사람 중에서 키가 후리후리한 장정이 대답했다.

"어떤 분을 영접하려고 언덕 위로 올라가 보는 길일세! 이맘 때쯤 나타나실 것 같아서 매일 이렇게 언덕에 올라가서 기다려 보는데도 통 나타나질 않으시는걸!"

"대체, 누구를 그렇게 기다리시는 거요?"

"천하에 유명한 호걸, 제주 운성현 송압사 송강이란 분일세!"

"저 유명한 산동의 급시우 송공명이란 분 말씀이오?"

"바로 맞혔네!"

"그분이 어째서 이곳을 통과하신다는 거요?"

"나는 그분을 한 번 만나뵈었으면 하는 것이 평생 소원이었는데, 이번에 그분께서 강주로 귀양살이를 가신다는 소문을 듣고, 매일 이렇게 두 아우와 함께 언덕에 올라가서 기다리고 있는 걸세!"

"그런데, 우리 술집에는 오늘 근사한 놈들이 세 마리가 걸려들었단 말씀이오. 보따리도 두둑한 것을 가진 놈들이…."

"그 세 사람이란 어떤 사람들인가?"

"호송인이 두 사람, 그리고 죄수가 한 사람…."

키가 후리후리한 사나이가 깜짝 놀랐다.

"그 죄수란 사람은 얼굴빛이 거무튀튀하고 키가 작달막하고 살이 찐 사람이 아니던가?"

"글쎄, 키는 작달막한데 얼굴빛은 불그스레한 사람이

오."

키가 후리후리한 사나이가 대뜸 묻는다.

"아직 그 사람에게 손을 대지는 않았겠지?"

"방금 작방(作坊)으로 끌어다 놓고 하인녀석들이 돌아오기를 기다리고 있는 참이오. 아직 껍질을 벗기지는 않았소."

"어디, 그 사람이 누군지 좀 자세히 알아보도록 해주게!"

네 사람의 장정은 인육작방으로 들어갔다. 송강이 가죽 벗기는 틀 위에 누워 있고, 두 공인은 땅바닥에 나자빠져 있었다. 키가 후리후리한 사나이가 얼굴을 아무리 유심히 들여다보나, 일면식이 없는 터이니 누군지를 알아낼 수 없었다. 그는 번쩍 한 가지 일이 생각났다.

"공인의 보따리를 가져오게, 공문을 조사해 보면 누군지 확인할 수 있을 테니…."

술집주인이 안으로 들어가서 공인의 보따리를 가져왔다. 공문을 조사하던 네 장정은 깜짝 놀랐다.

"천하에 이런 부끄러운 일이?"

키가 후리후리한 사나이가 말했다.

"내가 오늘 언덕에 올라온 것은 정말 천우신조한 일일세 그려! 아직도 손을 대지 않았으니 얼마나 다행한 일인가? 하마터면 우리 형님의 목숨을 구해 드리지 못할 뻔했네! 빨리 나가서 해독약을 가져오게! 우선 우리 형님의 목숨을 건져 놓고 보세!"

술집주인도 당황하여 안으로 뛰어들어가 해독약을 만들

어 가지고 나와서, 우선 송강의 큰칼을 풀어 놓고 약을 먹인 다음, 네 사람이 떠메어다가 객방에 누워 있게 했다.

한참 만에 정신을 차린 송강은 사방을 휘둘러보고 깜짝 놀랐다.

"누구들이시오? 내가 꿈을 꾸고 있는 것은 아닐 테지…."

술집 주인과 키가 후리후리한 장정은 무릎을 꿇고앉아서 어쩔 줄을 몰라 했다. 송강이 물었다.

"두 분은 일어나시오. 여기는 어디요? 두 분의 성명은 뭐라고 하시오?"

키가 후리후리한 사나이가 대답한다.

"저는 이준(李俊)이라고 합니다. 여주(廬州) 태생으로 양자강(揚子江)에서 뱃사공 노릇을 하고 살아왔습니다. 헤엄을 잘 쳐서 사람들이 혼강룡(混江龍) 이준(李俊)이라고 부릅니다. 이 술집주인은 게양령 사람으로 살인을 업으로 삼고 있어서, 남들이 최명판관(催命判官) 이립(李立)이라고 부릅니다. 또 여기 있는 두 아우는 심양강(潯陽江) 근처에 살고 있으며 소금장수를 합니다. 장사를 하러 왔다가는 저의 집에 들르곤 하는데, 헤엄도 잘 치고 배도 제법 잘 젓습니다. 이들 둘이서는 친형제인데 하나는 출동교(出洞蛟) 동위(童威)라 하고, 또 하나는 번강신(翻江蜃) 동맹(童猛)이라고 합니다."

그들 형제는 송강에게 사배의 절을 했다.

그가 다시 말을 잇는다.

"제가 잘 아는 친구 한 사람이 얼마 전에 제주에서 장사를 하다가 돌아왔는데, 형님이 강주(江州) 뇌성으로 가시게 됐다구 하더군요. 이 이준은 늘 귀현(貴縣)으로 가서 형님을 한 번 찾아뵙고 싶은 생각을 하고 있었습니다만 단지 인연이 닿지 못해서 못 가 뵌 것뿐이죠. 며칠 전부터 형님께서 강주로 가시려면 반드시 이곳을 지니가시리라는 소문을 듣고 저는 6,7일 동안이나 매일같이 언덕 아래서 기다리고 있었지만 도무지 뵐 수가 없었습니다. 오늘은 무심코 이 두 형제를 데리고 언덕으로 올라와서 술이나 한 잔 마셔 볼까 했더니, 뜻밖에도 이립이란 자의 이야기를 듣고 깜짝 놀라서 작방으로 뛰어가 봤습니다. 그러나 형님을 알아뵐 수 없어서 퍼뜩 생각한 것이 공문이었습니다. 공문을 뒤져보고 나서야 형님이시라는 것을 확인했습니다. 형님께 여쭈어 보기도 죄송한 일이지만, 운성현에서 압사로 계실 형님께서 어째서 강주로 귀양살이를 가십니까?"

송강은 염파석을 죽인 사건과 석용과 시골 술집에서 만나게 된 사실, 그리고 그가 전한 부친의 가짜 편지를 보고 집으로 돌아갔던 일, 다시 붙잡혀서 강주로 귀양살이를 가게 된 자초지종을 자세히 이야기해 주었다.

네 장정은 탄식하여 마지않았다. 술집주인 이립이 입을 열었다.

"숫제, 여기 계시는 게 어떻겠습니까? 강주 뇌성으로 가셔서 고생을 하시느니보다는…."

송강이 거절했다.

"양산박에서도 나를 잡아 두려고 애썼지만 나는 뿌리쳐 버리고 떠나가는 길이오. 고향에 계신 부친께 누가 미치게 할 수 없기 때문이오. 여기 이대로 주저앉다니, 그건 도저히 될 수 없는 일이오!"

이준이 그 말을 듣자 이립에게 분부했다.

"우리 형님의 의사이시니, 그렇게 시시한 짓을 하시지는 않을 것일세! 빨리 저 공인들을 살려내도록 하게!"

이립은 당장에 젊은 하인배에게 명령하여 공인들을 객방으로 끌어들이게 하고 해독약을 먹였다. 되살아난 두 사람의 공인은 서로 얼굴을 바라보며 열쩍은 표정을 지었다.

"우리가 먼 길에 어지간히 피로했던 모양이지! 이렇게 쉽게 술이 취해서 곯아떨어지다니!"

여러 사람이 그 말을 듣자, 모두 터져나오는 웃음을 참지 못했다.

그날 밤에, 이립은 술상을 차려내서 일행을 대접하고 자기 집에서 하룻밤을 쉬도록 했다. 이튿날 보따리를 꺼내어 송강과 공인들에게 돌려 주고 작별의 인사를 했다. 송강은 이준·동위·동맹과 함께 언덕을 내려와 이준의 집에 가서 쉬기로 했다.

이준은 또 술상을 차려 놓고 정중히 대접했으며, 송강을 형님으로 모시기로 하고 의형제를 맺었다. 송강이 드디어 떠나게 되니 이준은 만류할 수 없어서 얼마간의 돈을 주선해서 두 공인에게 주었다.

송강은 다시 큰칼을 목에 쓰고 보따리를 수습해 가지고 이준·동위·동맹과 작별한 다음 게양령을 뒤로 하고 강주로 향했다.

세 사람은 잠시 걸어가다 점심때쯤 되어 어느 곳에 이르렀다. 인가가 빽빽이 들어찬 마을이었다.

거리로 들어서서 바라보니 사람들이 산더미처럼 몰려서

뭔지 둘러싸고 구경하고 있었다.

알고 보니, 그것은 창봉의 재간을 부리면서 고약을 파는 장돌뱅이였다.

송강과 두 공인은 잠시 걸음을 멈추고 구경을 하고 있었다.

"잘 한다, 잘 한다!"

송강도 감탄하여 마지않았다.

그 장돌뱅이는 이번에는 큼직한 접시 한 개를 손에 들고 이런 말을 했다.

"소생은 먼 곳으로부터 귀지(貴地)에 떠들어온 사람입니다. 이렇다 할 대단한 재간도 없이 여러분을 모시게 되어서 죄송하기 이를 데 없습니다. 만약에 고약이 필요하신 분이 계시다면 지금 곧 사주시기 바라며, 고약이 필요없으신 분께서는 몇 닢의 동전·은전이라도 동정해 주시어서 이 접시가 빈 채로 돌아다니지 않게 해주시기 바랍니다!"

장돌뱅이는 접시를 군중 앞으로 한 바퀴 빙 돌렸다. 한 사람도 돈을 내는 사람이 없었다. 그는 또 한 번 같은 말을 하고 애걸했다.

"여러 손님들! 제발 조금씩이라도 동정해 주시기 바랍니다!"

다시 한 번 접시를 손님 앞으로 돌렸다. 여러 사람들은 거들떠보지도 않았고, 돈을 주는 사람은 하나도 없었다.

송강은 장돌뱅이가 두 번씩이나 머리를 수그리고 애걸하는 꼴을 보자, 측은한 생각이 들어 공인들에게 은전 5냥을 꺼내어 그에게 주라 하고 이렇게 말했다.

"나는 죄수의 몸이라, 이 이상 더 봐드릴 수가 없소. 대단치 않은 돈 닷 냥이지만 언짢게 생각지 마시고 받아 주시오!"

장돌뱅이는 그 돈을 받아들더니 이렇게 말했다.

"천하에 유명한 게양진이란 고장에서 단 한 사람도 소인을 도와줄 만한 인물이 없다니! 황송하게도 이분은 잡혀가시는 몸으로 이 고장을 지나쳐 가실 뿐인데, 이처럼 동정을 해주셨으니 성함이라도 알아서 천하에 널리 알려 드려야겠습니다!"

"여보시오! 그까짓 대단치도 않은 돈을 받고 그다지 사례할 것까지야 없지 않겠소!"

송강이 이렇게 대답하고 있을 때, 난데없이 사람들 틈을 헤치고 불쑥 내달으며 호통을 치는 거창하게 생긴 사나이가 하나 있었다.

"이런 돼먹지 못한 자식! 네 놈이 대체 뭐라는 거냐? 어디서 튀어 나온 죄수인지 알 수도 없는 자식이, 감히 우리 게양진의 위풍(威風)을 망쳐 놓다니!"

두 주먹을 불끈 쥐고 송강을 때리려고 덤벼들었다.

도대체, 이 사나이는 무슨 까닭으로 송강을 때리려고 하는 것인가?

37 엉뚱한 뱃사공

沒 遮 欄 追 趕 及 時 雨
船 火 兒 夜 鬧 潯 陽 江

군중을 헤치고 뛰어 내달은 그 키가 후리후리한 장정은
여전히 호통을 쳤다.

"어디서 굴러 들어온 장돌뱅이냐? 감히 우리 게양진에
와서 시끄럽게 굴다니. 나는 마을 사람들한테 저놈을 통
아는 체하지 말라고 일러 두었는데, 어떤 놈이 또 저놈에
게 돈을 주어서 우리 고장의 체면을 더럽힌단 말이냐?"

송강도 잠자코 있을 수 없었다.

"내가 내 돈을 주는데, 당신이 무슨 상관이란 말이오?"

장정은 송강의 멱살을 붙잡고 주먹을 휘두르며 때리려
고 했다. 장돌뱅이 사나이가 옆에서 보다 못해 왈칵 덤벼
들더니 그 장정의 두건을 한 손으로 움켜잡고 옆구리를
발길로 호되게 내질러 버렸다. 땅바닥에 나뒹굴며 버둥거
리는 것을 장돌뱅이 사나이가 연거푸 몇 번인지 발길로
걷어차자, 장정은 엉금엉금 기어 일어나서 남쪽으로 뺑소
니를 치면서 중얼중얼 뇌까렸다.

"이놈! 어디 두고 보자! 이대로 무사할 줄 아느냐!"

송강과 장돌뱅이는 서로 통성명을 했다. 알고 보니 이
장돌뱅이는 하남(河南) 낙양(洛陽) 사람으로 성명을 설영
(薛永)이라 하며, 그의 조부는 종경략상공(種經略相公)의

장전(帳前)에서 군관(軍官)을 지낸 사람인데, 동료들의 모함에 빠져서 승진을 못하고 그 자손들은 이렇게 창봉(鎗棒)의 재간을 부리며 약장사를 한다는 것이었다.

장돌뱅이 설영은 송강이 산동의 급시우 송공명이라는 것을 알자, 그러지 않아도 한 번 만나뵙고 싶던 참이라고 반색을 하며, 근처에 있는 술집으로 모시고 들어갔다.

그러나 술집에서는 술을 팔지 않았다. 그 까닭은 매를 맞고 달아난 그 키가 후리후리한 장정이 미리 사람을 시켜서 송강과 설영에게 절대로 술을 팔지 말라고 분부했다는 것이며, 이 장정은 게양진을 주름잡는 위인으로 누구나 그의 말을 거역하지 못한다는 것이었다.

할 수 없이 그대로 나와서 몇 군데 술집을 돌아다녀 봤지만 역시 술을 팔지 않았고, 그 이유는 모두 똑같았다.

송강은 설영과 작별하고 20냥의 은전까지 주었으며, 설영은 2,3일 내로 강주로 가서 송강을 다시 찾겠다고 했다.

송강과 두 호송인은 다시 길을 걷기 시작했다. 2,3리쯤 앞으로 나갔을 때, 날은 이미 저물어 있었다. 다행히 앞으로 바라보이는 숲속 저편으로 큼직한 시골집 한 채가 있었다.

일행 세 사람은 그 집을 찾아가서 하룻밤의 잠자리를 청했다. 주인 노인은 쾌히 승낙하고 하인배를 시켜서 저녁상까지 차려 내고 문방(門房)에서 편히 쉬도록 해주었다.

세 사람이 막 잠을 자려고 하는 판인데 난데없이 밖에서 대문을 두드리는 소리가 들렸다.

"문을 열어라!"

하인이 급히 달려나가서 대문을 열었다. 7,8명의 장정들이 우르르 몰려들었다.

앞장을 선 두목쯤 되어 보이는 장정은 박도를 손에 들고 있었으며, 나머지 장정들도 저마다 곤봉을 손에 들고 있었다. 송강이 문틈으로 살며시 내다보니 훨훨 타오르는 횃불 밑에서 또렷이 알아볼 수 있는 얼굴은 바로 앞장 서 있는 키가 후리후리한 장정인데, 그는 다른 사람이 아니라 장돌뱅이한테 매를 맞고 도주했던 장정이었다.

이 집 주인 노인이 얼굴을 내밀자, 장정은 분을 참지 못하는 듯 소리를 질렀다.

"아버지! 형님은 집에 있소?"

"술이 취해서 뒤 정자에서 자고 있다!"

"형님을 깨워 가지고 같이 가서, 그 자식을 잡아야만…."

"누구하고 또 싸움을 한 거냐? 네 형 녀석을 깨워 놓으면 일이 점점 더 시끄러워질 터인데."

장정은 장돌뱅이에게 매를 맞은 자초지종을 자기 아버지에게 상세히 설명하고, 그 장돌뱅이는 이미 붙잡아서 강물 속에 처박아 버렸지만, 송강과 두 공인은 놓쳐 버려서 자기 형과 힘을 합쳐 가지고 붙잡아야겠다는 것이었다.

노인이 아들을 타일렀다.

"애, 그 따위 섣부른 짓은 하지 말아라! 그 사람이 자기 돈을 그 약장수에게 주었기로서니 너하고 무슨 상관이란 말이냐? 네가 그 사람을 때려야만 될 게 뭐란 말이냐? 매를 맞았다고는 하지만 대단치도 않은 모양이니 내 말을 잘 듣고 그런 짓은 하지 말아라! 네 형 녀석이 네가 남에게 매를 맞은 줄 안다면 그대로 있겠니? 또 사람의 목숨을 해치고야 말 것이니 어서 방에 들어가 잠이나 자거라!
반야삼경(半夜三更)에 동네방네 문을 두드리고 돌아다녀
서 이웃과 마을을 시끄럽게 굴지 말구. 너도 좀 음덕(陰
德)을 쌓을 생각을 해라!"

장정은 아버지가 무슨 소리를 해도 듣지 않고 박도를
움켜잡은 채 대문 안으로 뛰어들었다.

"이건, 일이 아주 운수 사납게 되었는걸! 하필이면 바로
그 장정의 집에 와서 잠을 자게 되다니! 주인 노인은 감싸
주려 들어도 하인배들이 가만히 있지 않을 것이오! 어서
도망칩시다!"

송강은 이렇게 공인들과 귓속말을 하고, 벗은 큰칼을
한편 손에 든 채 방안에서 벽을 뚫고, 세 사람이 살짝 뛰
쳐나와서 숲속으로 샛길을 찾아 뺑소니를 쳤다.

이야말로 당황할 때는 길을 가릴 겨를이 없다는 격이다.

일경(一更) 동안이나 줄달음질을 친 셈이었다.

앞으로 바라보이는 것은 온통 무성한 갈대밭, 그리고
그 건너로는 도도히 굽이쳐 흐르는 큰 강물 줄기. 바로 심
양 강변에 다다른 것이었다.

돌연, 뒤에서 고함소리가 일어났다.

횃불이 어른거리며 뒤쫓는 자들이 휘파람을 불며 몰려
들었다.

송강은 어쩔 줄 모르며 소리를 질렀다.

"하느님! 한 번만 살려 주십시오!"

일행 세 사람은 갈대숲 속에 몸을 숨기고 뒤를 돌아보
았다. 횃불이 점점 더 가까이 다가들었다.

세 사람은 극도로 당황하여 갈대숲을 헤치며 무작정 달아났다. 그러나 큰 강물이 앞을 딱 가로막고 흘렀다. 송강은 하늘을 우러러보며 탄식했다.

"이럴 줄 알았더라면 잠시 양산박에 그대로 머물러 있었을 것을! 여기서 오도 가도 못하고 목숨을 빼앗길 줄 뉘 알았으랴!"

이때 갈대숲을 헤치며 천천히 노를 저어 나오는 한 척의 배가 있었다. 송강은 그것을 보자 대뜸 소리를 질렀다.

"사공님! 우리 세 사람을 좀 태워 주시오! 돈은 얼마든지 드릴 터이니…."

뱃사공은 웬일인지 쾌히 승낙하고, 일행 세 사람을 태워 가지고 강 한복판으로 저어 나갔다. 공인 한 사람이 보따리를 선창 속으로 집어 던지고 배에 올랐을 때, 보따리 속에서 철썩 하는 묵직한 금붙이 은붙이 소리를 재빨리 알아챈 뱃사공은, 한밑천 단단히 벌어 볼 생각으로 회심의 미소를 지었다.

세 사람을 태운 배가 강기슭을 떠난 지 얼마 안 되어서, 횃불을 밝히며 20여 명의 장정을 거느리고 앞장을 서서 강변으로 달려드는 괴상한 자가 있었다.

그는 뱃사공을 부르며 호통을 쳤다.

"네 놈은 어디서 온 뱃사공이냐? 그 배를 빨리 돌려보내지 못할까?"

"흥, 나는 장소공(張梢公)이다! 왜 배를 도로 돌리라고 하느냐? 네 놈이 내 밥벌이 줄을 끊어 놓겠다는 거냐? 나는 돈을 벌려고 이 세 손님을 태운 것이다!"

배는 그대로 저편을 향해서 달렸다. 세 사람이 선창 속에서 밖을 내다보니 이편 강변에는 갈대숲 속에서 횃불이 훤하게 타오르고 있었다.

그런데 놀라운 일이 일어났다.

배를 한참 저어 가던 뱃사공은 별안간 엉뚱하고 놀라운 소리를 하였다.

"나는 한동안 돈벌이가 없어서 쩔쩔매던 판에, 네 놈들 셋이 참 잘 걸렸다! 네 놈들은 혼돈면(餛飩麵)을 먹을 작정이냐? 판도면(板刀麵)을 먹을 작정이냐?"

송강은 영문을 알 수 없어 깜짝 놀라 물었다.

"판도면을 먹는 것은 뭐고, 혼돈면을 먹는 것은 뭐요?"

"네 놈들이 판도면을 먹고 싶다면 이 배 밑바닥에 있는 큰 칼로 네 놈들을 썩썩 베어서 강물 속으로 집어던질 것이고, 혼돈면을 먹고 싶다면 옷을 훌훌 벗어 버리고 강 속으로 뛰어들어 죽어 버려라! 나는 구검(狗臉) 장영감〔張爺爺〕이라는 사람이다! 어떤 놈도 내 손아귀에서 빠져 나가지는 못할 것이다!"

송강이 보따리를 송두리째 드릴 것이니 목숨만은 살려 달라고 아무리 애걸해도 뱃사공은 막무가내, 배 밑바닥에서 서슬이 시퍼런 판도(板刀)를 꺼내 들고 죽이려고 덤벼들었다.

이 아슬아슬한 순간에, 송강이 문득 저편을 바라보니 난데없이 한 척의 쾌선이 이편으로 달려왔다. 그 쾌선 위에는 세 사람의 장정이 타고 있었는데 뱃머리에 서 있던 장정이 이쪽을 보고 아는 체를 했다.

"누군가 했더니 장(張)가네 아우였군! 자네 여기서 또 돈벌이를 하구 있군 그래? 뱃속에 있는 물건은 뭔가? 한

밑천 될 만한 건가?"

"이야기를 들으시면 우습다고 하실 거요. 나는 요즘 며칠 동안 통 일거리라곤 없구, 노름에는 잃기만 하구 수중무일푼이라 따분하게 강가에 앉아 있었더니, 난데없이 몇 놈이 뱃속으로 저절로 덤벼들었단 말이오. 모두 세 놈인데, 두 놈은 호송인으로 키가 작달막하고 가무잡잡한 죄수를 강주(江州)까지 압송해 간다나! 그런데 배가 떠나려는데 목(穆)가네 형제가 달려들어서 뱃머리를 도로 돌려달라구 하지 않겠소! 나는 한밑천 될 것 같아서 뱃머리를 돌리지 않고 그대로 끌고 나온 거요!"

"뭐라구? 그게 바로 우리 형님 송공명이 아닐까?"

송강은 그 음성이 심히 귀에 익어 선창 속에서 소리를 질렀다.

"배 위에 계신 쾌남아! 이 송강을 좀 살려 주시오!"

그 장정이 깜짝 놀랐다.

"이거, 정말 우리 형님이었구나! 빨리 나오시오!"

송강이 선창으로부터 뛰어나와 보니 저편 뱃머리에 서 있는 장정은 다른 사람이 아니라 혼강룡 이준이었고, 그 뒤 배꼬리에서 노를 젓고 있는 것은 출동교 동위와 번강신 동맹이었다.

이준의 놀라움은 이만저만이 아니었다. 이편 배 위로 훌쩍 뛰어 넘어왔다.

"이건 정말, 하느님이 가르쳐 주셨습니다. 소금장사나 나가 볼까 하고 배를 타고 나섰더니 이렇게 형님을 만나 뵙게 될 줄이야!"

뱃사공은 어리둥절해서 두 눈이 휘둥그레졌다.

"이형(李兄)! 이분이 바로 산동의 급시우 송공명이란 분이시오?"

"바로 맞았네!"

뱃사공은 선뜻 꿇어 엎드려 빌었다.

"왜, 진작 누구란 말씀을 안 해주셨습니까? 하마터면 큰 잘못을 저지를 뻔했습니다!"

송강이 이준에게 뱃사공이 누구냐고 물었다. 이준이 대답한다.

"저와 의형제를 맺은 아우인데 소고산(小孤山) 태생으로 장횡(張橫)이라고 하며 별명이 선화아(船火兒)입니다. 이 심양강에서 이런 짓을 해먹고 살아가는 자죠."

두 척의 배가 마을을 향해서 떠났다.

장횡은 죽을 죄를 졌다고 송강에게 사죄하며 그의 아우 낭리백도(浪裏白跳) 장순(張順)의 이야기를 했는데, 헤엄을 잘 치기로 천하에 유명한 아우와 강물 위에서 이런 못된 일을 해오던 중, 현재 아우는 강주에서 생선장수를 하고 있으니 송강이 그곳으로 가는 길에 편지나 한 통 전해주면 감사하겠다고 하였다.

동위·동맹 형제를 강변에 남겨 두어 배를 지키게 하고 송강 일행 세 사람과 이준·장횡이 뒤따라서 등불을 밝히고 마을로 향했다.

강변에는 아직도 횃불이 훨훨 밝게 타오르고 있었다.

장횡이 입을 열었다.

"저 친구 형제들이 아직도 돌아가지 않고 버티고 있는 걸!"

이준이 묻는다.

"형제라니, 누구 말인가?"

"우리 마을 목(穆)가네 형제 말이오."

"그러면 그들 형제를 불러서 우리 형님께 인사나 여쭙도록 하게!"

송강이 당황해서 손을 내저었다.

"그건 안 되오. 저 두 사람은 나를 붙잡으려고 쫓아오던 사람들이오!"

"아무 걱정 마십시오. 저 두 친구도 우리 형님이란 것을 알지 못했기 때문에 그런 짓을 한 것이지, 역시 저희들과 같은 패거리들입니다."

이준이 이렇게 말하면서 손을 번쩍 쳐들고 휘파람을 신바람나게 불었다. 그러자 횃불을 밝히고 있던 친구들이 일제히 달음질을 쳐서 달려들었다. 이준과 장횡이 송강 앞에서 정중하게 이야기를 하는 광경을 보던 그들 형제가 깜짝 놀라며 물었다.

"형님들은 어떻게 해서 이 세 사람을 아시오!"

이준은 껄껄껄 호탕하게 웃으며 송강이 누구라는 것을 그들에게 설명해 주었다. 그들 형제는 박도를 팽개쳐 버리고 땅에 엎드려서 사죄했다. 송강이 그들 형제의 성명을 묻자, 이준이 대신 대답했다.

"이들 형제는 이 고장 부잣집 아들들로서 형은 목홍(穆弘)으로 별명을 몰차란(沒遮欄)이라 하고, 아우는 목춘(穆春)으로 별명을 소차란(小遮欄)이라고 합니다. 우리 고장을 주름잡는 '삼패(三覇)'라는 게 바로 이 친구들을 가리키는 말입니다. 게양진 언덕으로부터 산기슭에까지 이

르는 일대는 이 아우 이준과 이립이 주름잡고, 게양진은
이들 형제가 주름잡고 있으며, 심양강은 장횡과 장순 둘이
서 판을 치고 있습니다."

송강이 장돌뱅이 설영(薛永)을 살려 주라고 하자, 목홍
이 웃으면서 입을 열었다.

"안심하십시오. 지금 곧 아우 목춘을 보내어 데려다 드
리겠습니다. 어쨌든 저의 집으로 모시고 가서 사과를 드리
고 싶습니다."

이준도 그 말에 찬성하였다. 목홍은 하인 두 사람을 보
내어 배를 지키고 있도록 하고, 동위와 동맹을 불러들여서
다 같이 목홍의 집에 모이기로 하고 미리 사람을 보내서
술과 안주를 마련케 해서 굉장한 잔치를 베풀기로 했다.

새벽 오경이나 되었을 무렵에 일행은 목홍의 집에 도착
했다. 주인 목태공(穆太公)도 나와서 송강에게 인사를 했
다.

송강은 목태공과 마주 자리잡고 앉았다. 이야기를 하고
있는 동안에 날이 밝았다. 목춘도 병든 호랑이 설영을 데
리고 와서 함께 자리에 앉았다.

목홍은 친히 술을 따라 가면서 송강 일행을 정중히 대
접했고, 그날 밤에는 그들을 자기 집에서 묵도록 했다.

이튿날, 송강은 길을 떠나겠다고 했지만 목홍은 막무가
내로 만류하면서 다른 친구들까지 자기 집에 잡아 두고,
송강 일행을 모시고 거리로 나가서 게양진의 여러 군데
풍경을 구경시켜 주었다.

이리하여 사흘 동안이나 이곳에 머무른 다음, 송강은
약속한 기일이 늦으면 안 되니 꼭 떠나야겠다고 고집했다.

목홍과 그밖의 여러 사람들도 그 이상 송강 일행을 잡아
둘 수 없었다. 또다시 송별의 주연을 베풀었다.

이튿날, 송강은 일찌감치 일어나서 목태공과 여러 친구
에게 작별의 인사를 하고, 떠날 때가 임박하자 설영에게
이렇게 말했다.

"잠시 이 목홍의 집에 머물러 계시오. 어떻게 해서든지
강주로 오시게 되는 날에는 또 반가이 만나볼 수 있을 줄
아오!"

목홍이 그 말을 듣자,

"형님, 아무 걱정 마십시오. 이 친구는 우리들이 잘 돌
봐 주겠습니다."
하면서 쟁반에 가득히 금붙이 은붙이를 담아다가 송강에
게 선사했고, 두 공인에게도 용돈을 두둑이 주었다.

작별하게 됐을 때, 장횡은 목홍의 집에서 남에게 부탁
해서 쓴 편지를 장순에게 전해 달라고 송강에게 부탁했다.
송강은 즉석에서 그 편지를 보따리 속에 잘 간직해 넣었
다.

여러 사람들은 심양강 강변까지 나와서 송강 일행을 전
송했고, 목홍은 배를 불러서 짐짝을 모조리 실어 주었다.

송강은 다시 큰칼을 목에 쓰고 배 위에 올라 여러 친구
들과 술잔을 나누면서 눈물로 작별했다. 이준·장횡·목
홍·목춘·설영·동위·동맹은 각각 집으로 돌아갔다.

송강은 두 호송인과 함께 배를 타고 강주로 향했다. 이
번 뱃사공은 지난번과는 달리 성심성의껏 배를 저어서 순
식간에 강주에 도착하게 해주었다.

송강은 처음과 같이 큰칼을 목에 쓰고, 공인들은 문서를 꺼내 들고 보따리를 짊어지고 곧장 강주부전(江州府前)으로 나갔다.

강주부윤은 채득장(蔡得章)이라고 하는 사람인데, 채태사(蔡太師) 채경(蔡京)의 아홉째 아들이어서 강주 사람들은 채구지부(蔡九知府)라고 불렀다.

이 채득장이란 위인은 자기 세력만 믿고 오만불손하기 짝이 없었다. 강주란 고장은 본디가 세금이 많이 걷히기로 유명한 곳이고, 인구도 많으며 산물(産物)도 풍부한 지방이므로 태사가 특히 그 아들을 지부로 임명한 것이었다.

채구지부는 송강의 인물이 비범함을 알아차리고 첫마디부터 까탈을 부렸다.

"그대의 큰칼에는 주의 봉인이 찍혀 있지 않으니 무슨 까닭인고?"

두 호송인이 선뜻 대답했다.

"오는 도중에 비를 맞아서 떨어져 버렸습니다."

"곧 문서를 정리해 가지고 성 밖에 있는 뇌성(牢城)으로 호송하도록 하라! 본부에서도 따로 공인을 파견하여 호송토록 할 것이니…."

두 공인은 송강을 뇌성까지 호송하고 가서 저편으로 넘겨주게 되었다. 강주부에서 파견한 공인들도 문서를 가지고 먼저 온 두 공인과 함께 송강을 호송하게 되었는데, 부(府)에서 떠나자마자 우선 술집에 들러서 한 잔씩 마시게 됐다.

송강은 은전 3,4냥씩을 강주부 공인들에게 주어서 모든 일을 순조롭게 진행되도록 해달라고 부탁했다. 그랬더니 그 공인들은 우선 송강을 독방에 넣어 놓고, 전옥과 간수에게 가서 송강을 위해서 편리를 도모해 달라고 간곡히 부탁했다. 먼저 따라온 두 공인도 송강의 보따리를 깨끗이 넘겨주고 감사하다는 인사말을 몇 번이고 거듭하면서 성 안으로 돌아갔다.

"아슬아슬한 일이 많았지만, 그 대신 돈도 두둑이 생겼군!"

그들은 이렇게 기뻐하면서 주아부(州衙府)로 떠나갔다.

송강은 여기서도 돈을 뿌리다시피 했다. 간수가 독방으로 들어왔을 때 우선 은전 10냥을 집어 주었고, 전옥에게도 10냥 외에 용돈푼까지 덧붙여 주었으며, 영(營)에서 일을 보는 사람, 사환으로 있는 군인들에 이르기까지 은전을 주어서 차값이라도 하라고 했다.

그래서 누구나 송강을 좋아하지 않는 사람이 없었고, 점시청(點視廳)에 끌려 나가서 전옥과 대면하게 됐을 때에도 매를 안 맞고 무사히 넘길 수 있었다.

뇌물을 받아먹은 전옥은 그래도 처음에는 위신을 갖추느라 다음과 같이 점잖게 말했다.

"새로 들어온 죄수 송강! 똑똑히 들거라! 전조(前朝)의 태조 무덕황제(武德皇帝)님의 성지(聖旨)에 의하여 유형수는 감옥에 들어가기 전에 우선 살위봉 백 대를 때리기로 돼 있으니, 거기 꿇어 엎드리도록 해라!"

송강은 엄살을 부렸다.

"소생은 오는 도중에 감기가 걸려서 신음하다가 지금도 완쾌치 못합니다!"

그러자 전옥이 인심을 베풀었다.

"이놈이 정말 몸이 편치 않은 모양인데! 안색이 누르퉁퉁하고 비쩍 마른 품이 병색이 확실하다. 살위봉을 때릴 것을 당분간 보류하고, 이놈이 본래 현리 출신이라고 하니, 본영의 초사방(抄事房-서기실)에서 일이나 보고 있도록 해주어라!"

즉각에 문서를 작성하여 초사(抄事)라는 직책을 주었다.

송강은 감사하다 절하고 즉각에 독방으로 물러나와 보따리를 꾸려 가지고 초사방으로 옮아 갔다. 다른 여러 죄수들도 송강이 그들의 체면을 잘 생각해 주었기 때문에 저마다 술을 사다 놓고 축하해 주었다.

이튿날, 송강도 술과 안주를 잘 차려 그들에게 답례했다.

이리하여 송강은 몸에 금은재백(金銀財帛)을 많이 지니고 있었던 탓으로 감옥 안의 여러 죄수들과도 쉽사리 친해질 수 있었고, 반달도 못 되어서 한 사람도 그를 좋아하지 않는 사람이 없게 되었다.

이야말로, 자고로 말하듯 '세상의 인정이란 차고 더운 눈치를 보고 달라지는 것이며(世情看冷暖), 사람의 체면이란 것도 높고 낮은 것을 따라서 달라진다(人面逐高低)'는 격이다.

어느 날, 송강이 초하방에서 간수와 술을 마시고 있는데 간수가 이렇게 말하였다.

"전에도 말씀드린 바와 같이, 절급(節級)이란 분에게 으레 드리기로 되어 있는 돈을 왜 여태까지 드리지 않고 계십니까? 벌써 10여 일이나 지났는데, 그 사람이 내일이라도 나타나게 되면 시끄럽게 될 겁니다."

"상관없소! 그 사람이 돈을 달라고 한대도 나는 주지 않겠소. 만약에 당신이 필요하다면 얼마든지 드리겠지만 절급에게는 한 푼도 쓰기 싫소. 그가 나타나면 나로서도 할 말이 있으니까."

"압사님, 그 사람은 지독한 사람입니다. 또 힘깨나 쓰는 사람이구. 대단치도 않은 일에 옥신각신하게 되면 망신을 당하십니다. 나더러 어째서 이런 일을 알려 드리지 않았느냐고 야단을 칠 겁니다!"

"내버려 두시오! 내게도 생각이 있으니까. 다소 돈을 줘야 할지도 모르지만, 상대방이 받지 않을지도 모르는 일이오."

이런 이야기를 주고 받고 있을 때 패두(牌頭-獄中下役)가 달려오더니 절급이 새로 들어온 죄수에게서 돈을 못 받았다고 화를 내고 잔뜩 벼르고 있다는 말을 전했다.

그런데도 송강은 태연자약하게 웃으면서 말했다.

"간수형, 그만 실례하겠소. 다음날 다시 마시기로 합시다. 내가 먼저 그 절급과 이야기를 해보겠소!"

송강은 간수와 헤어져서 초사방을 나와 점시청으로 그 절급을 만나러 갔다.

송강과 절급이 대면하는 데서 또 어떠한 사태가 벌어질 것인지?

38 생선 두 마리 때문에

及 時 雨 會 神 行 太 保
黑 旋 風 鬪 浪 裏 白 條

송강이 간수와 작별하고 초사방을 나와서 점시청으로 건너가 보니, 그 절급은 청전에 있는 걸상에 앉아서 호통을 치고 있었다.

"새로 들어온 죄수놈아! 도대체 네 놈은 누구의 세도를 믿고 바쳐야 할 돈을 내게 주지 않는 거냐?"

"인정이란 사람의 정(情)이고 보니 이편에서 할 탓이지, 어째서 남의 재물을 억지로 받으려고 하시오? 그건 너무나 얌체요!"

"이런 괘씸한 놈 봤나! 날더러 얌체라니! 여봐라! 이놈에게 몽둥이찜질을 1백 대만 해라!"

영(營) 안의 여러 사람들은 모두 송강과 친히 지내는 사이였다. 송강에게 매를 때리기는커녕, 모조리 그 자리를 피하여 뺑소니를 쳐버렸다.

점점 더 약이 오른 절급은 친히 몽둥이를 집어들고 송강을 때리려고 덤벼들었다. 송강이 항거했다.

"당신이 아무리 나를 때리려 해도 죽을 죄로 몰기야 하겠소? 돈을 바치지 않는 것이 죽을 죄라고 한다면 양산박의 군사 오학구와 결탁하고 있는 사람은 응당 무슨 죄에 처해야 옳겠소?"

그 말을 듣자, 절급은 당황했다. 몽둥이를 내동댕이치고 송강에게 달려들어 물었다.

"당신은 대체 누구시기에 그런 말을 하시는 거요?"

"나는 산동 운성현의 송강이오!"

"네? 바로 급시우 송공명이시군요? 여기서는 자세한 말씀을 여쭐 수도 없으니 수고스럽지만 거리로 함께 나가 주십시오."

송강은 급히 자기 거처로 돌아가서 오용(吳用)의 편지와 은전을 두둑이 몸에 지니고 절급을 따라나섰다. 송강은 그제야 절급에게 실토를 했다.

"결코 다섯 냥의 은전이 아까워서가 아니었고, 당신이 날 먼저 찾을 날이 있으리라 생각하고 기다리기만 하고 있었소!"

절급도 자기가 너무나 무례했음을 사죄했다. 이 절급이야말로 바로 오학구가 추천한, 강주 양원압뢰절급(兩院押牢節級) 대원장(戴院長) 대종(戴宗)이었다. 그는 남보다 뛰어난 도술을 몸에 지니고 있었다. 소위 신행법(神行法)이라는 경신술(經身術)을 잘 써서 하루에 5백리에서 8백리 길을 훌훌 날아다니는 사람이었다. 그래서 사람들은 그를 신행태보(神行太保) 대종이라고 불렀다.

신행태보 대원장(戴院長)과 송강은 술집 이층에서 흉금을 털어놓고 술을 마시고 있었다. 술이 서너 잔씩 돌아가고 있을 때, 별안간 아래층에서 요란스런 소리가 들리더니 심부름꾼 하나가 올라오며 대종에게 알렸다.

"원장님과 노상 같이 다니시는 철우(鐵牛)라고 하는 이형(李兄)이 아래층에서 주인보고 돈을 꿔달라고 따따부따 시끄럽게 굴고 있습니다!"

"누군가 했더니 바로 그놈이 또 아래서 시끄럽게 굴고 있단 말이지? 형님, 잠깐만 기다리십쇼. 제가 내려가 보고 곧 돌아오겠습니다!"

대종은 이렇게 말하고 아래층으로 내려가더니, 얼마 안 되어서 거무튀튀하게 생긴 장정 하나를 끌고 올라와서 송강에게 소개했다.

"이놈은 이 아우의 신변에 있는 영(營)의 말단직원입니다. 이규(李逵)라는 놈인데 기주(沂州) 기수현(沂水縣) 백장촌(百丈村) 태생으로 흑선풍(黑旋風) 이규라고 부릅니다. 사람을 때려죽이고 도주해 왔는데, 은사의 특전을 입고 강주에까지 흘러와서 고향에 돌아가지 않고 있는 자입니다. 술버릇이 고약해서 누구에게나 미움을 받지만 도끼〔板斧〕 두 자루를 한꺼번에 잘 쓰고, 권술(拳術)·봉술(棒術) 모두 제법 할 줄 압니다."

흑선풍 이규는 송강의 정체를 알게 되자 손뼉을 치면서 기뻐 어쩔 줄 몰라 했다. 그의 말을 들어 보면, 큼직한 은붙이 한 덩어리를 전당에 잡히고 은전 열 냥을 얻어 썼는데, 그것을 찾아내기 위해서 이 술집주인더러 열 냥만 꿔 달랬더니 응하지 않아서 옥신각신 싸움이 벌어진 것이라고 했다.

송강은 그에게 선선히 은전 열 냥을 내주었다. 그는 기뻐서 어쩔 줄 몰라 했다.

"참말 고마운 일인걸! 내 얼른 나가서 전당 잡힌 것을 찾아가지고 올 테니 두 분 형님, 잠깐만 기다리고 계시오. 우리 성 밖으로 나가서 한잔 톡톡히 마셔 봅시다!"

하고는 아래층으로 내려가 버렸다.

대종이 입을 열었다.

"저놈에게는 돈을 꿔주시면 안 됩니다. 말리려고 했지만, 벌써 그놈이 재빨리 돈을 움켜쥔 뒤라서…."

"어째서 그러시오!"

"저놈은 성미가 꼬장꼬장한 놈이기는 하지만 술과 노름에 미친 놈입니다. 전당을 잡힐 만한 은붙이가 있다는 것도 거짓말일 것이구, 멀쩡한 소리를 해가지고 형님의 돈을 울거 낸 것입니다. 노름판으로 달려갔을 게 뻔한 노릇인데, 형님의 돈을 열 냥이나 몽땅 잃어버린다면 제가 정말 면목없게 될 판입니다!"

송강이 웃으며 대답한다.

"내버려 두시오. 얼마 되지도 않는 돈인데, 무슨 대단한 일이 있겠소? 내가 보기에는 꽤 마음이 강직한 녀석 같은데."

"저놈은 술이 취해도 죄수들에게는 손을 대는 법이 없고, 꼭 말썽꾸러기 간수들만 후려갈깁니다. 저놈 덕분에 제가 난처할 때가 많습니다. 약한 사람이 괴로움을 받는 것을 그대로 보지 못하는 버릇이 있어서 언제나 강한 놈을 두들겨 패기 때문에 강주 사람이 모두 저놈을 무서워합니다."

"술이나 좀더 마시고 나서, 우리 성 밖으로 구경이나 나갑시다."

"참, 깜빡 잊었군요! 제가 형장을 모시고 강 경치〔江景〕나 구경하시도록 해드리죠."

"나도 평소부터 강주의 경치를 한 번 구경해 보고 싶었소. 참 잘 됐소. 함께 가도록 해주시오.”

이규는 신바람이 나서 당장에 성 밖으로 뛰어나가서 소장을(小張乙)의 노름판으로 달려갔다. 은전 열 냥을 땅에 던지면서 소리를 질렀다.

“나도 한 판 끼여야겠다!”

“이 판에는 쉬시고 다음 판에 하도록 하시오!”

소장을이 말렸지만 이규는 막무가내, 꼭 그 판에 끼여 달라고 떼를 썼다.

“닷 냥을 한꺼번에 걸겠다! 누구든지 덤벼라!”

“그럼, 내가 닷 냥을 걸고 하겠소!”

이래서 이규와 소장을의 노름판이 벌어졌는데, 결국 이규가 잃게 되었다. 두 번째도 역시 소장을이 이겼다. 이규는 생판 억지를 썼다.

“내가 잃은 돈은 내 돈이 아니다! 남의 돈이니 도로 내놓아라!”

“미친 소리! 노름판에서 잃은 돈을 누가 도로 준단 말인가?”

약이 바짝 오른 이규는 노름판에 놓여 있는 돈을 열 냥이나 더 되게 거둬 채서 가지고 품속에 쑤셔 넣으면서 호통을 쳤다.

“나는 언제나 노름돈에 깨끗했지만, 오늘만은 그렇게 할 수가 없다!”

소장을이 왈칵 덤벼들며 돈을 빼앗으려고 했다. 이규는 단숨에 벌컥 내질러 버렸다. 2,3명의 노름꾼들이 돈을 찾으려고 일제히 덤벼드는 것을 모조리 때려눕히고 문밖으로 뺑소니쳤다.

"형님, 어디로 달아나시오?"

하면서 덤벼드는 문지기마저 발길질을 해서 걷어차 버리고 줄달음질을 쳐서 달아났다.

이때, 별안간 이규의 등덜미에서 그의 한편 어깨를 덥석 움켜잡으며 소리를 지르는 사람이 있었다.

"이놈! 어째서 남의 돈을 몰아채는 거냐?"

"네 놈이 누구기에 무슨 상관이냐?"

이규도 소리를 지르며 뒤를 돌아보았다. 다른 사람이 아니라 바로 대종이었다.

"형님! 미안하게 됐소! 오늘은 형님들을 위해서 돈을 따 가지고 술을 한잔 내려고 했더니, 재수가 없어서…."

이규는 이렇게 말하면서 품속에서 돈을 꺼내더니 몽땅 옆에 있는 송강에게 주었다. 송강은 웃음을 참지 못하며 소장을을 불러오게 해서 그 돈을 도로 그에게 돌려 주었다.

소장을이 돈을 받아 가지고 돌아간 다음 세 사람은 당조(唐朝)의 시인 백낙천(白樂天)의 고적(古跡)으로 이름이 높다는 비파정(琵琶亭)을 찾아가서 술을 마시기로 했다.

옥호춘(玉壺春)이라는 명주를 가져오게 하고 세 사람이 정자에 자리잡고 앉았을 때 이규가 선뜻 이렇게 말했다.

"술을 큰 잔에다 따라 주시오! 작은 잔으로 마시기는 귀찮소!"

대종이 꾸짖는다.

"시골뜨기처럼 놀지 말고, 잠자코 마시기나 하면 그만

아닌가?"

송강이 술집 심부름꾼에게 분부했다.

"우리 두 사람 앞에는 술잔을 놓고, 저분 앞에는 큼직한 사발을 하나 놓아 드리게!"

이규가 싱글벙글 좋아 어쩔 줄 몰라 했다.

"정말 좋은 송형님이시어! 사람들이 전하던 말이 틀림없어! 이 아우의 성미를 잘 알아 주시거든! 형님으로 모시게 됐으니 참 기쁜 일이야!"

송강도 이 두 친구를 알게 된 것이 대견해서 몇 잔인지 술을 연거푸 마시었다. 문득 생선매운탕이 먹고 싶은 생각이 나서 대종에게 물었다.

"여기서는 싱싱한 생선을 구할 수 없소?"

"있구말구요. 강에 가득 차 있는 게 모두 고기잡이배인데요. 싱싱한 생선쯤야 얼마든지 구할 수 있습죠!"

대종은 대뜸 술집 심부름꾼을 불러서 생선매운탕 세 그릇을 시켰다.

매운탕이 술상 위에 오르자, 이규는 젓가락으로 먹지 않고 손가락을 넣어서 생선을 집어내 가지고 가시건 뼈건 상관없이 으적으적 씹어먹었다.

송강은 그 꼴을 보자 웃음을 참지 못하면서 매운탕을 서너 모금 떠 마셔 보고 그 이상 숟갈을 대지 않았다. 그 생선 매운탕은 싱싱한 물고기를 넣지 않고 소금에 절인 자반 생선을 넣어서 끓인 매운탕이었기 때문이다.

그런데도 이규는 송강과 대종이 맛이 없어서 먹지 않는 매운탕을 깡그리 먹어 버렸다.

송강은 이규가 시장해서 그러나 보다 하고 심부름꾼을

불러서 고기를 큼직하게 썰어서 두어 근 가져오라고 했다. 심부름꾼이 난처한 표정을 지었다.

"저희 집에서는 양고기는 팔아도 쇠고기는 팔지 않습니다."

이규는 그 말을 듣더니 매운탕 그릇을 집어서 심부름꾼에게 흠뻑 뒤집어씌우고 소리를 꽥 질렀다.

"이놈이! 나는 쇠고기나 먹는 사람이라고 깔보고 그 따위 소릴 하는 거지!"

심부름꾼은 약이 오르지만 억지로 참고 양고기를 썰어서 큼직한 접시에 세 근이나 담아다 내놓았다. 이규는 그것도 눈 깜짝할 사이에 몽땅 먹어치웠다.

송강은 그 꼴을 보자 입이 벌어졌다.

"장한데! 정말 호걸인걸!"

이규가 눈치도 모르고 맞장구를 쳤다.

"송형님은 정말 내 마음을 잘 아시거든! 고기를 생선보다 즐겨 한다는 것도 다 알고 계시니…."

대종이 심부름꾼을 불러서 분부한다.

"방금 먹던 매운탕은 자반생선으로 끓인 모양이어서 맛이 없으니, 다른 매운탕을 한 가지 더 해다가 이 손님께 잡수시도록 해주게!"

"솔직히 말씀드리겠습니다. 원장님! 조금 전 그 생선은 어젯밤 치입니다. 오늘 아침에 잡은 싱싱한 생선은 아직도 뱃속에 그대로 있는데, 생선주인이 아직 나타나지 않아서 팔지 못하고 있습니다. 그래서 싱싱한 생선을 쓰지 못했습니다."

이규가 그 말을 듣더니 자리에서 벌떡 일어섰다.

"내가 강가로 가서 싱싱한 생선 두 마리만 가져다가 우리 형님께 대접해야겠군!"

"자네가 가면 안 되네. 심부름꾼에게 부탁해서 두서너 마리 뽑아 내오라고 하면 될 게 아닌가."

대종이 말렸지만 이규는 막무가내로,

"배에 있는 고기잡이들이 생선 두 마리쯤 안 줄 까닭이 없소!"

하고는 후닥닥 뛰어나갔다. 대종이 송강에게 대신 사과한다.

"형장께서는 언짢게 생각지 마십시오. 이 아우가 저 따위 녀석을 만나게 해드려서 체면을 손상케 했으니 부끄러워서 견딜 수 없습니다!"

"천성이 그런 것을 어떻게 고치라고 하겠소! 나는 도리어 저 친구의 솔직하고 거짓을 모르는 점을 존경하오."

두 사람은 비파정에서 웃고 즐기며 언제까지고 이야기를 주고받고 있었다.

이규는 쏜살같이 강가로 달려갔다.

8,90척의 고기잡이배들이 버드나무 그늘에 줄을 짓고 매여 있는데, 고기잡이들은 낮잠도 자고 그물도 고치며 한가하게 쉬고 있었다. 때는 5월 중순. 머지않아 해가 서녘으로 기울려고 하는 무렵이었다.

이규는 생선을 내라고 생떼를 썼다.

"뱃속에 있는 싱싱한 생선을 두 마리만 내놓아라!"

고기잡이 한 사람이 고개를 저으며 말했다.

"생선임자가 나타나기 전에는 선창을 열 수 없소. 생선을 받아다 파는 여러 장사치들도 저기 앉아서 저렇게 생선주인이 오기만을 기다리고 있는 것을 보시오!"

이규는 아무도 생선 두 마리를 주려고 하는 눈치가 보이지 않자, 다짜고짜 배 위로 뛰어 올라갔다. 뱃속 형편에 밝지 못한 그는 덮어놓고 선창을 가로질러 놓은 대나무울타리를 뽑아 버렸다.

강가에서는 여러 고기잡이들이 소리를 질렀다.

"저것! 큰일났구나!"

이규는 손을 휘저어서 선창 밑바닥을 더듬어 보았으나, 그 속에는 물고기라고는 한 마리도 있을 까닭이 없었다.

알고 보면, 이 강에 떠 있는 여러 고기잡이배들은 배꼬리에다 큼직한 구멍을 뚫어서 강물이 드나들게 해놓고 물고기를 산 채로 키우고 있었다. 그리고 그것을 대나무울타리로 가로막아 놓아서 선창 안에까지 강물이 드나들게 하고 그 속에 물고기를 산 채로 넣어 두는 것인데, 그 울타리를 뽑아 버렸으니 물고기가 그대로 남아 있을 리 없었다.

이규는 또 다른 배로 뛰어 넘어가서 역시 대나무울타리를 뽑아 버렸다. 7,80명의 고기잡이들이 배 위로 몰려들어서 대나무 몽둥이를 휘두르며 이규에게 덤벼들었다.

이규는 약이 올라서 웃통을 벗어 젖히고, 덤벼드는 대나무 몽둥이를 마치 파줄기라도 비틀어 버리듯이 순식간에 대여섯 개나 딱딱 꺾어 버렸다.

고기잡이들이 놀라 자빠지며 강가로 도망질을 치자, 이규는 부러진 대나무 몽둥이 두 개를 움켜쥐고 생선을 받으러 온 장사치들에게로 덤벼들었다. 그들도 겁에 질려 저울대를 어깨에 메고 모조리 도망쳐 버렸다.

바로 이 소란통에 저편 좁은 길에서 어떤 사람이 하나 나타났다. 여러 사람은 그를 보더니 일제히 소리쳤다.

"생선주인, 어서 오시오! 저 시커멓게 생긴 녀석이 여기 와서 생선을 내놓라고 시비를 걸더니, 고기며 고기잡이배 며 모조리 쫓아 버렸소!"

강가에서 아직도 생선장사치들을 쫓아 버리며 심통을 부리고 있는 이규 앞으로 성큼성큼 대드는 사나이는, 나이 서른두서너 살쯤 돼 보이는 아주 우락부락하게 생긴 장정 이었다.

그는 손에 들고 있던 저울대를 생선장수들에게 동댕이 쳐 주면서 호통을 쳤다.

"이놈아! 너는 누구를 때리고 있느냐?"

이규는 대답도 하지 않고 대나무 몽둥이를 휘두르며 그 장정에게 덤벼들었다. 장정이 마주 덤벼들며 이규의 대나 무 몽둥이를 빼앗아 버리자, 이규는 그 장정의 머리채를 덥석 움켜잡았다.

장정은 이규의 사타구니 사이로 기어들어서 넘어뜨려 보려고 했지만, 이규의 황소 같은 기운을 당해낼 도리가 없어서 꼼짝도 못하고 억눌리게 되었다. 주먹을 휘둘러 이 규의 옆구리를 내질러 보았지만 끄떡도 하지 않았다.

장정은 다시 발길질을 해서 걷어질러 보려고 했다. 이 규는 머리를 움켜잡은 채 내리누르며 쇠뭉치같이 큼직한 주먹으로 북이나 두들기듯이 장정의 등줄기를 마구 후려 갈겼다.

장정은 몸부림도 칠 수 없게 됐고, 이규는 그대로 쉴새

없이 후려갈기고 있을 때, 누군지 뒤에서 이규의 허리를
껴안고, 또 다른 한 사람이 손을 꽉 움켜잡으며 소리를 질
렀다.

"안 돼! 이러면 안 돼!"

이규가 홀쩍 돌아보니 그것은 바로 대종과 송강이었다.
이규가 손을 놓으니 그 장정은 그 틈을 타서 쏜살같이 도
망쳐 버렸다.

"이 사람아! 그렇게 싸움만 하지 말고 웃저고리나 찾아
서 입고 우리 어디 가서 술이나 한잔 하세!"

송강이 이규를 이렇게 구슬리자, 그도 버드나무 그늘에
집어던졌던 저고리를 다시 찾아 걸치고 두 사람의 뒤를
어슬렁어슬렁 따라왔다.

채 열 발자국도 못 갔을 때 누군지 뒤에서 호통을 치는
소리가 들렸다.

"이 까무잡잡한 못된 놈아! 이번에야말로 사생결단을 해
보자!"

이규가 홀쩍 돌아다보니 바로 조금 전에 도망쳤던 그
장정이 온통 옷을 벗어서 벌거숭이가 돼 가지고, 잠방이
하나만 아랫도리에 가리고 허여멀쑥한 살결을 통째로 드
러내고 대나무 몽둥이로 고기잡이배를 강기슭으로 몰면서
쫓아오는 것이었다.

이규는 약이 올라서 대뜸 웃통을 또 벗어부치고 비호같
이 그 장정의 뱃전으로 달려들며 욕설을 퍼부었다. 그 장
정도 지지 않겠다는 듯이 욕지거리를 했다. 이규가 울화통
이 터질 듯 배 위로 뛰어 올라가자 그 장정은 이규를 뱃속
으로 유인해 놓고 대나무 몽둥이로 강기슭을 쿡 찌르면서

두 다리를 힘있게 버티었다. 그 바람에 배는 낙엽이 바람에 미끄러지듯 재빠르게 강물 한복판으로 미끄러져 들어가고 말았다.

물에 과히 정통하지 못한 이규는 약간 당황하지 않을 수 없었다. 장정은 대나무 몽둥이를 집어던지고 이규의 팔을 덥석 움켜잡았다.

"이놈! 우선 물이나 실컷 마셔 봐라!"

장정이 두 발로 뱃바닥을 힘있게 흔들자 배는 홀딱 뒤집혔고, 두 사람은 똑같이 강물 속으로 텀벙 빠져 버렸다.

송강과 대종은 강기슭으로 빨리 달려갔으나 속수무책이었고, 4,5백 명의 군중은 버드나무 그늘에서 자못 신바람 난다는 듯이 구경만 하고 있었다.

한참 만에 장정은 이규를 움켜잡고 강물 위로 불끈 솟더니 금방 또 가라앉아 버렸다. 시퍼런 강물 한복판에서 하나는 까무잡잡한 살결, 또 하나 허여멀쑥한 살결이 엎치락뒤치락 떴다 가라앉았다 하면서 몸부림을 치고 있었다.

강기슭에서 구경하는 4,5백 명의 군중은 일제히 박수갈채를 보냈다.

송강은 이규가 물을 먹고 쩔쩔매는 꼴을 보자, 사람을 시켜서 구출해내자고 대종과 상의했다. 대종이 옆에 있는 사람들보고 허여멀쑥한 살결의 장정이 누구냐고 물어 봤다. 바로 생선주인 장순(張順)이라는 것이었다.

송강은 두 눈이 휘둥그레졌다.

"그러면 저 친구가 바로 낭리백조(浪裏白條)라는 별명을 가진 장순이란 말이오? 나는 저 친구의 형 장횡에게서 편지 한 통을 전해 달라는 부탁을 받고 와서 그 편지를 지금 뇌성(牢城)에 둬두고 나온 길인데!"

대종은 그 말을 듣자, 강기슭에서 고함을 질러 장순을 불러냈다.

"내 체면을 생각하고 저 친구를 용서해 주게! 나중에 내가 자네한테 소개해 줄 분이 한 분 계시니…."

장순도 대종의 말은 거역할 수 없었다. 다시 강물 한복판으로 들어가서 떠올랐다 가라앉았다 하는 이규를 질질 끌고 강기슭으로 올라왔다.

숨이 끊어질 것만 같은 이규는 쉴새없이 물을 토하면서 한편으로 나자빠졌다.

대종은 그들을 데리고 비파정으로 되돌아와서 마주 세워 놓았다.

이규가 장순을 보고 식식거렸다.

"자네는 나를 이렇게 실컷 물을 먹여 놓았으니 인제 속이 시원하겠네!"

장순이 대꾸했다.

"자네는 나를 실컷 두들겨 팼으니 인제는 속이 시원하겠네!"

대종이 가로막았다.

"때리지 않으면 친해질 수 없다(不打不成相識)는 속담도 있듯이 두 친구는 이제부터 형제같이 친해질 수 있을걸세!"

이규가 장순에게 엄포를 놓았다.

"자네는 일후에 길가에서 나와 맞닥뜨리지 않는 게 좋을걸세!"

장순도 이규에게 지지 않았다.

"나는 자네를 물속에서 기다리고 있겠네!"

여러 사람이 웃음을 터뜨렸다.

대종은 장순에게 송강을 소개했고, 송강이 그의 형 장횡의 편지를 부탁받아 가지고 오게 된 경위를 자세히 설명하자, 장순은 감사해서 어쩔 줄 모르며 술안주할 싱싱한 생선을 가져오겠다고 강가로 다시 달려갔다. 이규도 정말 형제처럼 싱글벙글하면서 장순과 함께 생선을 가지러 강가로 뛰어갔다.

장순이 강기슭에서 휘파람을 한 번 휙 불자 수많은 고기잡이배들이 일제히 몰려들었다.

"어떤 배에 금빛 잉어가 있느냐."

"우리 배로 오시오!"

"우리 배에 있소!"

아우성을 치는 고기잡이배 속에서 장순은 큼직한 금빛 잉어 네 마리를 구해서 버드나무 가지에 꿰어 가지고 돌아와서 매운탕도 만들고 회도 만들게 했다.

네 사람은 맛있게 안주를 만들어 놓고 옥호춘 명주를 마셔 가면서 흉금을 털어 놓고 이야기에 열중했다.

바로 이때 난데없이 나이 겨우 이팔(二八)밖에 안 돼 뵈는 계집아이 하나가 불쑥 나타나더니, 네 사람에게 정중하게 절을 하고 노래를 부르기 시작했다.

이규는 마침 자기의 가지가지 무용담(武勇談)을 공개하려고 하는 판이었는데 노랫소리 때문에 이야기를 중단하게 된 것이 못마땅해서, 불끈 치밀어오르는 화를 참지 못하고 벌떡 일어서서 벽력같이 소리를 질렀다.

"어디서 이 따위 방정맞은 계집아이가 여기가 어떤 좌석인지도 모르고 함부로 까부느냐?”

　이규는 그래도 성미가 풀리지 않아 두 손가락을 쳐들어 그 계집애의 이마빼기를 찔러 버렸다.

　“아야얏!”

　계집아이는 비명을 지르며 그 자리에 쓰러져 버렸다.

　여러 사람이 당황하여 덤벼들어 보니, 그 계집아이는 두 볼이 백지장처럼 창백해졌으며 입을 꼭 다문 채 죽어 넘어진 사람같이 말도 제대로 못하였다.

　술집주인이 네 사람 앞으로 달려 나오며 관가(官家)에 고소하겠다고 야단을 쳤다.

39 아차! 한 가지 실수

潯陽樓宋江吟反詩
梁山泊戴宗傳假信

계집아이는 이마빼기에 허물이 벗겨진 채 땅에 나자빠져서 인사불성이었다.

주점 주인도 어쩔 줄 모르며 허둥거렸다.

"네 분 관인께서는 이 일을 어찌하실 작정입니까?"

하인배들이 몰려들어서 계집아이를 부축해 일으키고 얼굴에 물을 뿜자 다행히 깨어나 맑은 정신을 돌렸다. 계집아이의 부모네들은, 상대방이 흑선풍임을 알자, 대경실색하며 어리둥절할 뿐이었다. 송강이 계집아이의 모친 되는 노파에게 성명을 묻자, 노파는 이렇게 대답했다.

"저희들 부부는 성이 송(宋)이고, 딸년의 애명은 옥련(玉蓮)이라고 합니다. 변변치 못한 노래 몇 곡조를 가르쳐 가지고 이 비파정에서 부르게 하여 간신히 호구지책을 삼고 있는 터인데, 철없는 계집아이가 손님들이 들어서자마자 노래를 불러서 여러분들의 비위를 거슬리게 한 모양입니다. 허물이 좀 벗겨졌다고는 하지만 대단치도 않으니, 여러분 손님을 관가에 고소해서 일을 시끄럽게 만드는 짓은 결코 하지 않겠습니다."

노파의 말투가 겸손하기 이를 데 없어서 송강은 선뜻 그 치료비로 은전 20냥을 주기로 약속하고 노파더러 뇌성까지 자기를 따라오라고 했다.

가는 곳마다 말썽만 일으키는 이규.

대종이 꾸짖자, 이규의 발명이 걸작이었다.

"나는 손끝으로 슬쩍 건드리기만 했는데 제년이 제멋대로 나자빠진 것이오! 이렇게 허깨비같이 약한 계집아이는 처음 보겠는걸! 나 같으면 뺨을 백 대쯤 맞아도 끄덕 없을 터인데…."

여러 사람들은 일제히 폭소를 금치 못했다.

장순은 술안주를 하고 남은 금빛 잉어 두 마리를 손에 들고, 대종과 이규 그리고 송씨 노파와 함께 송강을 따라서 뇌성에 도착했다.

다섯 사람은 우선 초사방으로 들어갔고, 잠시 쉬면서 송강은 송씨 노파에게 약속대로 20냥을 주어서 돌려보냈고 이규에게도 50냥을 용돈으로 쓰라고 주어서 돌려보냈다.

장순도 생선 두 마리를 선물로 송강에게 주고 대종과 이규와 함께 돌아갔다.

송강은 생선 한 마리를 관영에게 선사하고 한 마리는 자기가 먹었는데, 그날 밤 설사를 스무 번이나 하고 배탈이 나서 약 6,7일 동안이나 자리에 누워서 신음했다.

가까스로 배탈이 가라앉은 어느 날, 송강은 거리로 나왔다. 대종을 만나보고 싶어서 그의 집을 찾아다녔다. 성 안으로 들어가서 주청(州廳) 근처에서 물어 봤더니, 대종은 가족도 없는 사람으로 성황묘(城隍廟) 옆에 있는 관음암(觀音庵)을 잠자리로 삼고 있기 때문에 도저히 찾을 수 없다는 것이었다.

흑선풍 이규의 집을 찾아서 돌아다녔으나 그 역시 일정한 거처가 없는 인물이니 찾을 길이 없었고, 생선장수 장순의 집을 찾았으나 역시 마찬가지였다.

마을 사람들은 이렇게 말했다.

"장순은 성 밖 시골에 살고 있소. 생선장수를 해도 성 밖 강가에서 할 뿐이고, 성 안에 별로 들어오는 일이 없으니, 집이 어딘지 알 도리가 없소!"

송강은 발길 내키는 대로 휘적휘적 걸어서 성 밖으로 나왔다.

얼마를 걸었는지 문득 앞을 바라보니 시원스럽게 흐르는 강줄기 옆으로 주점이 한 군데 눈에 들어왔다. '심양강정고(潯陽江正庫)'라고 쓴 청포주패(靑布酒旆)가 휘날리며, 처마 밑으로는 액자가 하나 큼직하게 걸려 있는데, 소동파(蘇東坡)의 필적으로 '심양루(潯陽樓)'라고 적혀 있었다.

강주는 본래가 부귀(富貴)의 땅이요, 명승고적이 많고 풍경이 아름다운 고장이었다.

무심코 누각으로 올라선 송강은 옆에 있는 조그마한 방에 자리잡고 앉아서 불현듯 술을 마시고 싶은 생각이 들었다. 왜 그런지 감상에 젖어서 신세한탄까지 하게 되었다.

"나는 산동에서 태어나서 운성에서 자라나며, 대단치도 않은 말단의 벼슬아치 노릇을 하면서 수많은 호걸들을 사귀게 되어서 어느 정도의 허명(虛名)을 날리기는 했지만, 죄수라는 낙인이 찍혀서 이런 곳에까지 귀양살이를 왔으니 고향의 부모형제를 다시 만날 면목도 없구나!"

한잔 두잔 마시는 술이 거나하게 취했고, 고달픈 신세 한탄에 두 눈에서는 눈물이 뚝뚝 떨어졌다. 아름다운 산수(山水)를 휘둘러 보자니 가슴에 솟구쳐 오르는 슬픔을 금할 길이 없어서 벌떡 자리에서 일어서며 〈서강월사(西江月詞)〉라는 시 한 수를 읊게 되었다.

사방 흰 벽에는 이미 먼저 다녀간 다른 사람들의 시구도 많이 적혀 있었기 때문에, 송강은 선뜻 술집 심부름꾼을 불러 벼루와 먹을 가져오게 하여 흰 벽에 시구를 적어 놓았다.

어렸을 적부터 일찍이 경사를 공부했고,
장성하자 또한 권모가 있었다.
마치 맹호가 거친 언덕에 누워 있듯이
발톱과 이빨을 감추고 괴로움을 참고 견디었다.
불행히도 두 볼에 뜸을 떠서 낙인을 찍히게 됐으니
강주로 흘러온 귀양살이를 어찌 참고만 있으랴!
앞으로 만약에 이 억울한 원수를 갚게 되는 날이 있다면,
심양강 어귀를 피로써 물들이리라!
白幼曾攻經史　長成亦有權謀
恰如猛虎臥荒邱　潛伏爪牙忍受
不幸刺文雙頰　那堪配在江州
他年若得報寃讐　血染潯陽江口

그리고 〈서강월사〉의 끝에 다음과 같은 넉 줄의 시구를 덧붙여 놓고 서명까지 해놓았다.

마음은 산동에 있으면서 몸은 오나라에 있어,
강해를 떠돌아다니며 헛되이 탄식만 하고 있을 뿐.
앞날에 만약 능운의 뜻을 이룩하게 된다면
감히 황소의 대장부답지 못함을 비웃으리!

운성 송강작

心在山東身在吳　飄蓬江海漫嗟吁
他時若遂凌雲志，敢笑黃巢不丈夫！

鄆城　宋江作

(황소-당(唐)나라 조주(曹州), 원구인(宛句人). 격검기사(擊劍騎射)를 잘했고 서기(書記)에도 능통했다. 희종황제(僖宗皇帝) 때 왕선지(王仙芝)가 반란(反亂)을 일으키자 이에 가담하였고, 왕선지가 패망하자 친히 당(黨)을 수습하여 왕에 추대되었다. 호를 충천대장군(衝天大將軍)이라 일컬었으며, 양주군(掠州郡)을 공격하여 낙양을 점령했고, 동관(潼關)을 격파하여 경사를 함락시켰다. 전후 십년 간의 반란의 지도자였으나 최후에는 패하여 양호곡(狼虎谷)에서 자문(自刎)해 버렸다.)

강주강 건너편에 무위군(無爲軍)이라는 대단치도 않은 마을이 있었다. 이곳에 일찍이 통판(通判-부윤과 동등한 권력자로 중앙에서 파견한 고문관격) 벼슬을 지내며 한가하게 세월을 보내는 황문병(黃文炳)이란 자가 있었다.

그는 아유첨망지도(阿諛諂侫之徒)로서 마음이 옹졸하고 시기질투가 대단하며, 자기보다 나은 사람은 해치려 들고 자기만 못한 사람은 조롱하려 드는 위인이었는데, 채구지부(蔡九知府)가 당시에 세도가 등등한 채태사(蔡太師)의 아들임을 알고 기회만 있으면 지부를 찾아가서 온갖 아양을 떨어서 비위를 맞추며, 다시 벼슬자리라도 얻어 볼까 군침을 흘리고 있었다.

어느 날, 황문병은 쾌선을 타고 하인배 두 사람과 더불어 강을 건너와서 채구지부를 찾아갔으나 마침 공적인 연회가 벌어진 듯하여, 스스로 사양하고 물러나와 심양루 밑에 매여 있는 배 위로 돌아왔다. 날씨가 무척 더워 그는 무심코 심양루에 올라가 바람이라도 쐴 생각을 했다.

누각에 올라간 황문병은 흰 벽에 적혀 있는 무수한 시구를 코웃음치며 읽어 내려가다가 송강의 〈서강월사〉를 한줄 한줄 유심히 읽어봤다.

그는 깜짝 놀라면서 기뻐했다. 채구지부에게 아첨할 수 있는 미끼가 생겼기 때문이었다. 송강의 '서강월사'를 반역의 시라 인정하고, 대뜸 붓과 먹을 빌려서 한 장 종이에 모조리 베낀 다음 술집 심부름꾼을 불러서 그 시구를 절대로 지워 버리지 말라고 당부하고 돌아왔다.

"천하에 이런 괘씸한 반역자가 있습니까? 이 시구를 좀 자세히 읽어보십시오!"

황문병은 채구지부에게 달려가서 이렇게 충동을 시키고 송강의 시구를 그의 눈앞에 내밀었다. 채구지부가 깜짝 놀라며 물었다.

"흐음! 이는 틀림없이 반역의 시요! 대체 송강이란 뭣하는 놈이란 말이오?"

"아무래도 시구를 더듬어 보면 귀양살이를 온 죄수 같습니다. 뇌성으로부터 죄수의 명단을 가져오게 하시어 조사해 보시면 명확히 아실 수 있을 것입니다."

송강의 정체가 드러나지 않을 도리가 없었다. 죄수 명

단에서 '운성현 송강'이라는 다섯 자를 발견한 채구지부는 즉각에 등청하여 양원압뢰절급(兩院押牢節級)을 불러들였다. 나타난 사람은 다른 사람이 아닌 바로 대종이었다.

"그대는 공인을 대동하고 뇌성 영안으로 가서 심양루에서 반역의 시를 읊은 범인, 운성현의 송강이란 자를 체포해 오라! 경각을 지체치 말고…."

지부의 명령을 받은 대종은 대경실색. 부에서 나오는 길로 우선 여러 절급들과 감옥의 직원들을 성황묘에 집결시켜 놓고, 신행술을 써서 비호처럼 뇌성으로 달려가 초사방으로 뛰어들어 마침 거기 있는 송강을 붙잡았다.

"형님. 어제 심양루 벽에다 뭣을 써놓으셨습니까?"

"술이 취해서 횡설수설 입에서 나오는 것을 적었으니 뭐가 뭔지 잘 모르겠소!"

"방금 채구지부께서 심양루에 반역의 시구를 적어 놓은 운성현의 송강을 채포해 오라는 명령을 내렸습니다. 이 아우는 하도 당황하여 부하들을 우선 성황묘에 집결시켜 놓고 형님께 알려 드리려고 달려온 길입니다!"

"인제는 나도 막다른 골목에 들어선 것 같소!"

"뚫고 나가실 방법이 단지 한 가지 있을 뿐입니다. 이 아우는 이 이상 우물쭈물하고 여기 있을 수 없으니 곧 돌아가 봐야겠습니다. 부하들을 거느리고 형님을 체포하러 올 것이니, 그때 형님은 머리를 풀어 흐트리시고 똥오줌을 사방에 뿌려 놓고 그 한복판에 자빠져서 미친 체해 주십시오. 이 아우가 달려들거든, 덮어놓고 된 소리 안 된 소리 떠들어대서 맑은 정신이 없는 사람처럼 보이게 해주십시오. 그러면 저는 지부에게 적당히 꾸며서 보고할 수 있습니다."

대종은 허둥지둥 송강과 작별하고 성황묘로 달려가서 부하들을 거느리고 다시 뇌성으로 달려갔다.

일부러 언성을 높여서 호통을 쳤다.

"근자에 이곳으로 귀양살이를 왔다는 송강이란 어떤 놈이냐!"

감옥의 직원 패두가 일행을 초사방으로 안내했다. 거기에는 머리를 풀어 흐트린 송강이 똥통에 빠져서 허우적거리고 있었으며, 일행을 보자마자 미친 사람처럼 소리를 질렀다.

"네 놈들은 뭣하는 놈들이냐?"

대종도 모른 체하고 호통을 쳤다.

"이놈을 당장에 결박해라!"

송강은 두 눈을 허여멀겋게 부릅뜬 채 이리 뛰고 저리 뛰면서 소리를 질렀다.

"나는 옥황대제(玉皇大帝)의 사위 되는 사람이다. 대제께서는 나에게 10만 명의 천병(天兵)을 주시고 네 놈들 강주 놈들을 모조리 잡아 죽이라고 명령하셨다. 선봉은 염라대왕이고 후군(後軍)은 오도장군(五道將軍)이 서 있다. 나에게 물려주신 금인(金印)은 중량이 8백 근, 네 놈들을 죽여 버리라는 명령이시다!"

대종의 부하들은 코를 잡고 돌아섰다.

"이건, 미친 놈이군! 미친 놈을 잡아갔댔자 무슨 소용이 있담!"

"그 말이 맞았다! 우선 이런 사실을 돌아가서 보고나 해 두고 꼭 붙잡아야 한다면 그때 다시 오기로 하자!"

대종도 이렇게 말하고 부하 일행을 거느리고 부로 되돌아오고 말았다.

송강이 미쳤다는 사실을 채구지부는 그럴싸하게 생각하려고 했으나, 항시 옆에서 꾀를 내어 지부를 충동시키는 것은 황문병이었다.

"절대로 안 됩니다. 미친 놈이건 뭐건 들것에 담아서라도 잡아들이십시오! 심양루 벽에 적힌 시구는 결코 미친 놈의 필적이 아니었습니다!"

채구지부는 결국 재차 체포령을 내렸다. 대종도 이에 거역할 수 없어 마침내 송강은 지부 앞에 잡혀 나와 솔직히 고백했다.

"술이 취하여 정신없이 끄적거린 글씨 몇 자, 별로 깊은 뜻이 있는 것은 아닙니다!"

그러나 이런 변명이 통할 리 없었다.

채구지부는 즉각에 25근이나 되는 무거운 사형수의 큰 칼을 송강에게 씌워서 투옥해 버리고 말았다. 대종은 백방으로 동분서주해 보았으나 송강을 구출할 만한 묘책이 서지 않아서 여러 감옥 직원들에게 송강을 잘 보살펴 달라는 부탁을 간곡히 해두었을 뿐이었다.

황문병은 또 꾀를 내어 채구지부를 충동시켰다.

"송강이란 놈을 시급히 처치해 버리셔야 합니다. 이곳에서 놈의 목을 쳐서 대해(大害)를 뿌리뽑으실 수 없으시다면 서울 태사님께 편지를 보내시어 선후책을 상의해 보심이 좋겠습니다."

"참 좋은 의견이오. 편지에는 통판(通判)의 공적을 상세히 기록하여 아버님께서 폐하께 상주하시어 그대를 좋은 고장으로 발탁하여 영화를 누리도록 해드리겠소!"

채구지부는 당장에 서울에 있는 부친 채태사에게 보내는 편지 한 통을 작성했다.

'반역의 시를 쓴 산동 송강을 투옥시킨 건에 관하여 지시를 기다려 처리를 하겠습니다.'
라는 말이 적혀 있었다.

이 편지를 서울 채태사에게 전달할 만한 인물로 신행술을 써서 걸음이 빠른 대종이 뽑힌 것은 이상한 일이 아니었다.

대종은 채구지부의 편지를 몸에 지니고 하루에 2,3백리 길을 달렸다. 날이 저물었다. 6월 초순의 더운 날씨였다. 대종은 어떤 주막집에 들어서 쉬어 갈 작정으로 깨와 겨자로 빚은 두부를 사먹고 술을 서너 사발 마셨는데, 웬일인지 그 자리에 졸도해 버리고 말았다.

그것을 보자 술집 하인배들은,

"이놈 쉽사리 뻗어 버렸구나!"
하고 살인작방으로 끌고 가서 껍질을 벗기려고 했다. 이때 주막집 안으로부터 주인이 나왔다. 다른 사람이 아니라 바로 주귀였다.

"우선 그놈의 몸을 뒤져서 소지품을 검사해라!"

하인배들에게 이렇게 명령한 주귀는 대종의 품속에서 나온 한 통의 편지를 발견하고 대경실색했다.

"송강 형님이 붙잡혀서 옥중에 있다니!"

시급히 해약을 먹여서 대종을 다시 정신 차리게 해놓고 서로 통성명을 했다. 둘이 똑같이 놀랍기도 했고 반갑기도

했다.

"알고 보니, 바로 강주의 신행태보 대원장이셨구려!"

"양산박의 호걸 한지홀률 주귀시라면 반드시 오학구 선생을 아실 터인데!"

이리하여 대종은 송강이 체포당한 자초지종을 상세히 이야기하고, 주귀를 따라 산채로 가서 오용을 만났으며, 다시 조개까지 만나보고 송강을 구출할 대책을 강구하게 됐다. 군사 오학구가 묘계(妙計)를 생각해냈다. 그것은 채구지부 편지의 답장을 위조해서 송강을 처벌해서는 안 될 것, 적당한 사람을 딸려서 동경으로 압송할 것이라 해놓고, 압송하는 도중에서 송강을 가로채 버리자는 계책이었다.

그러나 답장을 위조하는 데는 필적과 도장이 문제였다. 이 점에 관해서 오학구는 다음과 같은 묘안을 이야기했다.

"지금 천하에서 흔히 쓰고 있는 사가(四家)의 서체(書體)란 것이 바로 소동파·황노직(黃魯直)·미원장(米元章)·채경(蔡京)의 서체를 말하는 것이고, 이것을 소·황·미·채, 송조(宋朝)의 사절(四絶)이라 일컫는 것이오. 그런데 나는 예전에 제주에서 소양(蕭讓)이라는 서생 한 사람을 알게 됐는데, 이 사람은 제가(諸家)의 서체를 어찌나 묘하게 모방하는지, 성수서생(聖手書生)이라는 별명을 듣고 있소. 대원장이 수고스럽지만 이 사람을 찾아가셔서, 태안주(泰安州) 악묘(嶽廟)에 비문(碑文)을 부탁하러 왔다고 속이시고 은전 50냥을 주고 가용에 써달라고 하며 그를 유인해내고, 가족도 나중에 산채로 데려오도록 해서 모두 우리 편 사람을 만들어 버리면 될 것이오. 그리고 인감에 관해서는 김대견(金大堅)이라는 중원(中原)의 대가 한 사람을 알고 있소. 이 사람은 비문을 새기고 옥석(玉石)에 도장을 파는 데 명수이며, 무예에도 조예가 깊어서 사람들은 그를 옥비장(玉臂匠)이라는 별명으로 부르고 있소. 이 사람한테도 은전 50냥을 가지고 가서 돌비를 새겨 달라고 속여서 유인해내면 될 것이오. 이 두 사람을 산채에 둬도 쓸모가 많을 줄 아오."

"실로 묘계요."

조개도 탄복하면서 그날은 주연을 베풀어 대종을 대접하고 날이 저물자 함께 쉬었다.

이튿날 새벽 오경 때쯤.

길을 떠난 대종은 군사 오학구의 계책대로 소양과 김대견을 유인해내는 데 성공했다.

세 사람이 제주의 마을을 뒤로 하고 10여 리나 걸어갔을 때 대종은,

"두 분께서는 천천히 뒤로 오십시오. 나는 한 걸음 앞서서 저편에 연락을 취해서 두 분을 영접해 들이도록 하겠습니다."

하고 걸음을 빨리 하여 앞서서 달아나 버렸다.

두 사람은 보따리를 짊어지고 천천히 걸어서 7,80리 길이나 왔다. 이때 앞에서 난데없이 휘파람 소리가 요란스럽게 들려오더니 약 4,50명이나 되는 장정들이 언덕 위로부터 몰려 내려왔다.

앞장을 선 사람은 바로 청풍산에 있던 왕왜호였다.

"네 놈들 둘은 뭣하는 놈들이냐? 어디를 가는 거냐? 얘들아, 이놈들의 간을 잘라 내어 술안주나 하자!"

소양은 간이 콩알만 해졌다.

"우리들은 태안주로 비석을 새기러 가는 사람입니다. 돈이라곤 한 푼도 몸에 지닌 게 없습니다."

왕왜호가 또 호통을 쳤다.

"우리는 네 놈들의 돈을 달라는 게 아니다. 간을 뽑아서 술안주를 하겠다는 거다!"

소양과 김대견은 죽을 힘을 다해 몽둥이를 휘두르며 왕왜호에게 덤벼들었다. 왕왜호는 훌쩍 몸을 날려 뺑소니를 쳤고 두 사람은 그를 추격했다. 그런데 산 위에서 별안간 징소리가 울리더니 왼편으로부터 운리금강 송만, 오른편으로부터 모착천 두천, 뒤로부터 백면낭군 정천수가 각각 30여 명의 장정들을 거느리고 뛰어 내닫더니 일제히 소양과 김대견에게 덤벼들어서 손발을 꼼짝 못하게 움켜잡고 숲속으로 끌고 갔다.

산채에서는 조개와 오용, 그밖의 여러 두목들이 술상을 미리 준비해 놓고 있다가 소양과 김대견을 맞이하여 초대면 인사를 하고 답장을 위조해야 하는 사건을 자세히 설명해 주었다.

"이런 까닭으로 두 분을 산채로 모셔 왔으니 우리의 뜻을 깊이 이해하시고 이번 일에 가담해 주시기 바랍니다."

이 말을 듣자, 두 사람은 오용을 덥석 붙잡으면서 하소연을 늘어놨다.

"우리들이 이곳에서 일을 보게 된 것은 상관없지만, 뒤에 남아 있는 가족들이 걱정스럽습니다. 만약에 관가에서 이런 사실을 알게 된다면 우리들의 가족은 몰살당하고 말 것입니다."

오용이 태연하게 웃었다.

"그런 걱정은 하지 마십시오. 날이 밝으면 자연 아시게 될 것입니다."

그날 밤에는 술잔치로 밝혔다. 이튿날 아침이 되자 부하들이 달려들며,

"모두들 도착하시게 됐습니다!"

하고 보고했다. 오학구가 또 두 사람을 돌아보며 입을 열었다.

"당신네들께서 친히 내려가셔서 가족들을 영접해 들이시오."

소양과 김대견은 그 말을 듣자 반신반의하면서 산을 내려가 중턱에 이르렀더니, 몇 채의 교자가 두 집안의 가족을 태우고 산으로 올라오고 있었다.

두 사람은 깜짝 놀라며 그 까닭을 물었다. 두 집안식구들은 똑같이 다음과 같은 대답을 했다.

"어제 당신네들께서 집을 떠나신 후 이 사람들이 교자를 가지고 와서, 당신네들이 성 밖 여인숙에서 더위를 잡수시고 쓰러져 있으니 빨리 가족들이 간호를 하러 가셔야겠다고 하더군요. 그래서 교자에 탔더니 성 밖에 나와서도 내려 놓아 주지 않고 그대로 여기까지 끌고 왔지요."

소양도 김대견도 이 말을 듣고는 어안이 벙벙하여 더할 말이 없었다.

사태가 여기에 이르렀으니 태도를 결정하는 도리밖에 없었다. 산채로 되돌아가서 호걸들의 일에 가담했으며, 가족들을 안심시켜서 자리잡도록 했다.

오학구가 두 사람을 초청하여, 즉각에 소양에게 채경

(蔡京)의 서체를 모방해서 송강을 구출할 수 있는 답장을 위조하게 했고, 채경의 인감을 여러 번 새겨 본 일이 있는 김대견을 시켜서 똑같은 인감을 위조하게 했다.

일이 끝난 다음에 산채에서는 주연을 성대히 베풀고 대종의 출발을 환송해 주었으며, 답장의 내용도 자세히 설명해 주었다. 대종은 주귀와 작별하고 급한 걸음으로 길을 떠났다. 오용은 대종을 전송하고 산채로 돌아와서 다시 술자리에 참석했다. 술잔이 돌아가고 있을 때 오용이 별안간 소리를 질렀다.

"아차! 한 가지 실수를 했구나! 큰일났다! 저 답장은 도리어 대종과 송공명의 생명을 해치게 되고 말 것이다."

일동이 깜짝 놀라며 물었다.

"군사! 그 답장에 어디 실수가 있었단 말이오."

"나는 하나만 생각하고 둘을 생각지 못했소!"

소양도 김대견도 서체나 인감을 감쪽같이 위조해 놓았으며 티끌만한 실수도 없는데 이상한 일이라 하며, 두 눈이 휘둥그레졌다.

오학구는 손가락 두 개를 뻗쳐 내밀면서 자기가 실수했다는 점을 설명하기 시작했다. 대체 오학구가 말하는 실수란 무엇일까?

40 사형수를 구출했지만

梁 山 泊 好 漢 劫 法 場
白 龍 廟 英 雄 小 聚 義

조개와 그밖의 여러 사람들이 군사 오용에게 물었다.
"그 편지에 어째서 실수가 있단 말씀이오?"
오용이 대답한다.
"오늘 아침 대원장이 가지고 간 그 답장에는 내가 깜빡
실수를 해서 전서체(篆書體)의 '한림채경(翰林蔡京)'이라
는 넉 자의 인감을 찍었소. 그 인감 때문에 대종은 붙잡혀
서 벌을 받게 될 것이오."
이 말을 듣더니 김대견이 선뜻 말했다.
"채태사의 편지나 글은 소생이 여러 번 보았는데 모두
그 인감을 사용하고 있으며, 이번에 소생이 새긴 인감은
그것과 추호도 틀림이 없는 것이니 탄로날 까닭이 없습니
다."
오학구가 설명한다.
"내 말을 좀 들어 보시오. 강주의 채구지부는 여러분이
아시다시피 채태사의 아들이오. 아버지가 아들에게 편지
를 할 때에는 본명으로 된 인감을 사용하지 않을 것이오.
이 점이 바로 나의 실수였소. 대종은 강주에 도착하면 반
드시 심문을 당하고 자백하지 않을 수 없을 것이니 큰일
났소!"

"곧 누구를 시켜서 뒤를 쫓아가 불러다가 다시 한 번 작성하도록 하면 어떻겠소."

조개가 말하자 오용이 대답했다.

"이미 그를 쫓아갈 수 없소. 그는 신행술을 써서 지금쯤은 5백 리 길이나 달렸을 것이오. 어쨌든 우물쭈물하고 있을 때가 아니오. 우리 이런 계책이라도 써서 그를 구출하도록 합시다."

"어떻게 구출하겠다는 거요? 무슨 묘책이 있소?"

조개의 묻는 말에 오용이 가까이 와서 귓속말을 했다.

"여차여차하게, 비밀리에 명령을 내려서 여러 사람에게 전달케 하고, 또 이렇게 이렇게 출발해서 기일을 어기지 않도록 하시오!"

이리하여 여러 호걸들은 명령을 받고 장사치처럼 변장을 하고 밤을 새워서 강주로 달려갔다.

한편, 대종은 기일을 어기지 않고 강주로 돌아가서 즉시 답장을 올렸다. 채구지부는 대종이 기일을 어기지 않고 돌아왔다고 대단히 기뻐하면서, 우선 술상을 차려서 위로해 주고 답장을 손에 받아들었다.

"우리 태사님을 만나뵈었나?"

"소인은 겨우 하룻밤을 묵었다가 돌아왔기 때문에 은상(恩相)을 뵙지 못했습니다."

지부는 답장을 뜯어 봤다.

편지 맨 처음에는 '신롱(信籠) 안의 여러 가지 물건을 모두 잘 받았다…'고 했으며, 중간에는 요인(妖人) 송강은 금상(今上)께서 친히 뵙겠다 하시니 견고한 함거(檻車-호송차)에 단단히 잡아 넣어 가지고 적당한 인원(人員)을 파견하여 시급히 경사로 압송하되 연도(沿道)에서 놓치지 않도록 조심하라고 적혀 있었고, 맨 끝으로 '황문병(黃文炳)에 관해서는 조만간 천자께 상주하여 반드시 좋은 자리를 마련해 주도록 할 것'이라고 씌어 있었다.

채구지부는 이 답장을 다 읽고 나더니 자못 기뻐하면서 화은(花銀) 25냥을 가져오게 하여 대종에게 상을 주었다.

동시에 시급히 함거를 마련하도록 명령하고 송강을 압송하여 갈 만한 인물을 물색하도록 했다. 대종은 감사하다 절하고 자기 거처로 돌아와서 우선 술이며 고기를 잔뜩 사가지고 감옥에 있는 송강을 위문했다.

채구지부는 2,3일 안으로 함거를 떠나 보낼 작정을 하고 있었는데 난데없이 문지기가 들어오며 아뢰었다.

"무위군(無爲軍)의 황통판(黃通判)께서 찾아오셨습니다."

채구지부는 후당으로 황문병을 청해 들여 만나보았다. 황문병은 계절에 맞는 술과 과일을 예물로 가지고 왔다.

"늘 후의를 베풀어 주시니 죄송할 뿐이오."

지부의 감사하다는 말에, 황문병은 송구해 할 따름이다.

"시골의 보잘것없는 물건들입니다. 그렇게까지 말씀해 주실 것이 못 됩니다."

"축하하오. 조만간 좋은 벼슬자리를 맡게 되실 것 같소!"

"상공께서는 어떻게 그것을 아십니까?"

"어제, 편지를 보냈던 사람이 답장을 가지고 돌아왔소. 요인 송강은 경사로 압송하라 하셨고, 황통판에 관해서는 금상께 상주하여 높은 벼슬자리에 발탁되도록 하시겠다고 가친의 답장에 적혀 있었소."

"답장을 받아 온 사람은 정말 신행인(神行人)같이 빨리 돌아왔군요!"

"통판이 나의 말을 믿지 못한다면 가친의 편지를 한 번 보시오. 내가 잘못 보지 않았다는 것을 명백히 아실 수 있을 것이오."

"남의 가서(家書)를 함부로 볼 수야 있겠습니까만, 봐도 괜찮다고 하신다면 한 번 읽어보겠습니다."

"통판은 나와 심복지교(心腹之交)인데 편지를 보신들 무슨 상관 있겠소."

지부는 이렇게 말하면서 종인(從人)에게 명령하여 자기 부친의 편지를 가져다가 황문병에게 주었다.

황문병은 편지를 받아들더니 끝까지 읽어보고 처음같이 둘둘 말면서 겉봉까지 유심히 살펴보고 똑똑하게 찍힌 인감까지 들여다보았다. 그러더니 머리를 흔들며 말하였다.

"이 편지는 가짜입니다."

"그게 무슨 말씀이시오? 이것은 우리 가친의 친필이시고, 글씨체도 틀림없소. 어째서 가짜 편지라 하시오?"

"대단히 죄송한 말씀을 여쭙니다만, 평소의 편지에도 언제나 이런 인감이 찍혀 있었습니까?"

"평소의 편지에는 이런 인감은 찍히지 않았고, 그냥 손으로 쓰시기만 하셨소. 이번에는 아마 도서갑(圖書匣)이 손쉽게 집히셔서 그냥 피봉에다 찍으신 것 같소."

"상공께서는 소생이 말이 많다고 언짢게 생각지는 마십시오. 이 편지는 누군가가 상공을 속이려고 만든 것입니

다. 천하에는 소(蘇)·황(黃)·미(米)·채(蔡), 사가(四
家)의 자체(字體)가 성행하고 있으니, 누가 그것을 쓸 줄
모르겠습니까? 또 이 도장은 춘부장 은상께서 한림학사로
계실 때 사용하시던 것으로 법첩(法帖)의 문자상에서만
흔히 볼 수 있었던 것입니다. 현재, 태사승상(太師丞相)이
되신 몸으로 어찌하여 한림학사의 도장을 사용하시겠습니
까? 더군다나 부자지간의 서신에 휘자도장은 결코 사용치
않으실 것입니다. 춘부장 태사 은상께서는 천하의 고명원
견(高明遠見)을 알 대로 아시는 분이시니 절대로 도장 같
은 것을 잘못 사용하실 리가 없습니다. 상공께서 만약에
소생의 말을 믿지 못하시겠다면 편지를 가지고 온 자에게
자세히 물어 보십시오. 부에서 누구를 만나보고 돌아왔느
냐고. 그 말이 어긋나면 이 편지는 갈 데 없이 가짜편지입
니다. 소생이 수다스럽다고 꾸지람하실지 모르나 소생을
극진히 아껴 주시는 상공이시기에 이런 말씀을 기탄 없이
드리는 것입니다."
  채구지부는 그 말을 듣고 나자,
  "그건 어렵지 않은 일이오. 그자는 동경에 가본 일이 한
번도 없었으니까. 한 번 물어 보면 당장에 거짓말인지 참
말인지 탄로날 것이오."
하면서, 황문병을 병풍 뒤에 앉혀 두고 즉각에 등청하여
급한 일이 있으니 대종을 불러들이라고 분부했다.
  명령을 받은 공인은 사방으로 대종을 찾아나섰다.

  한편, 감옥으로 송강을 찾아간 대종이 귓전에다 대고
그 동안의 경과를 넌지시 이야기해 주었더니, 송강은 내심

기뻐서 어쩔 줄 몰라 했다.

그 이튿날, 대종이 아는 사람의 초대를 받고 주점에서 술을 마시고 있노라니, 이리저리 찾아다니던 공인이 드디어 나타났다. 다짜고짜로 대종을 청(廳)으로 끌고 갔다. 채구지부가 물었다.

"자네, 일전에 경사에 갔을 적에는 어느 쪽 성문으로 들어갔나."

"소인이 동경에 도착했을 때에는 날이 이미 저물어서 무슨 성문이라고 부르는지 잘 몰랐습니다."

"우리 가부(家府) 문전에서는 누가 자네를 맞아들였나? 그리고 어디서 쉬도록 해주던가?"

"소인은 부전(府前)에 도착하자 문지기 한 사람을 만났습니다. 그 사람이 곧 편지를 받아 가지고 안으로 들어가더니, 얼마 안 있다가 밖으로 나와서 신롱(信籠)을 받아 들여 가고 소인더러 아무 데나 여인숙을 찾아가서 쉬라고 했습니다. 이튿날 새벽 오경쯤 되어서 부문(府門) 앞에 가서 기다리고 있었더니 그 문지기가 답장을 가지고 나왔습니다. 소인은 기한을 지키지 못할까 걱정스러워서 감히 자세한 말을 물어 보지도 못하고 황망히 돌아왔습니다."

지부가 또 물었다.

"자네는 우리 부중에서 어떤 문지기를 만났나? 몇 살이나 되어 보이던가? 까무잡잡하고 몸집이 호리호리한 사람이던가? 그렇지 않으면 허여멀쑥하고 투실투실 살이 찐 사람이던가? 키가 크던가, 작던가? 수염이 있던가, 없던가?"

"소인이 부중에 도착했을 때에는 날이 이미 저물었고,

또 이튿날은 새벽 오경때라 날이 어두워서 자세히 보지 못했습니다. 키도 과히 크지 않고 알맞은 몸집으로 수염을 얼마간 기르고 있는 사람 같았습니다."

지부가 대로하여 호통을 쳤다.

"이놈을 청 밖으로 끌어내라!"

옆에 있던 10여 명의 옥졸뇌자(獄卒牢子)들이 당장에 대종을 덮쳐서 땅바닥에 꿇려 버렸다. 대종이 말하였다.

"소인은 아무 죄도 없습니다!"

지부가 또 호통을 쳤다.

"네, 이 죽일 놈아! 우리 부중의 늙은 문지기 왕공(王公)은 이미 세상을 떠난 지 여러 해 되었고 지금은 그의 아들 소왕(小王)이 문을 지키고 있다. 무슨 나이가 많으니, 수염이 있느니 하느냐? 하물며, 문지기 소왕은 함부로 부중에 드나들 수 없게 되어 있다. 각처에서 오는 서신이나 함첩(緘帖) 같은 것은 반드시 부당(府堂) 안의 장간판(張幹辦)을 거쳐야만 이도관(李都管)이 보게 되고 그러고 난 다음에 안으로 연락을 취하는 것이다. 예물을 받아들이고 답장을 내보내려면 적어도 사흘 동안은 기다려야 하며, 또 내가 두 초롱이나 물건을 보냈는데 어째서 심복지인이 나와서 자세한 경위를 묻지 않고 함부로 받아들일 수 있단 말이냐? 내 어제는 창졸간에 네 놈에게 속았지만, 오늘은 바른 대로 고백해야 된다. 이놈! 이 편지는 어디서 난 것이냐?"

"소인은 일시 빨리 돌아올 생각만 하고 마음이 초조하여 자세히 보지 못했습니다."

"돼먹지 않은 소리! 이 멀쩡한 도둑놈아! 매를 맞지 않으면 불지 않을 작정이로구나! 애들아! 이놈을 호되게 때려라!"

옥졸뇌자들은 사태가 심상치 않음을 깨닫고 체면을 봐줄 도리도 없었다. 대종을 결박해서 이리 굴리고 저리 굴리며 피부가 벗겨지고 살이 튀어나오도록 매를 때렸다. 시뻘건 피가 줄줄 흘렀다. 대종은 고문에 못 이겨 솔직히 고백하는 수밖에 없었다.

"확실히 그 편지는 가짜 편지입니다."

"그 편지가 어디서 났느냐?"

"소인은 도중에 양산박을 지나쳤습니다. 강도의 패거리들이 달려들어서 소인을 납치해다가 산 위에 꽁꽁 묶어 놓고 배를 가르고 간을 잘라내려고 했습니다. 그러다가 소인의 몸에서 편지를 발견해내고 신룡까지 빼앗고 나서야 저의 목숨을 살려 주었습니다. 소인은 그대로 돌아올 수 없겠기에 그대로 산속에서 죽여 달라고 애걸했습니다. 그랬더니 그놈들이 그런 편지를 써서 저를 돌려보냈습니다. 일시 죄책(罪責)이 두려워서 은상을 속이게 되었습니다."

"그럴 게다. 그런데 네 놈은 그 속에 아직도 거짓말이 있다. 양산박의 강도놈들과 정을 통하고 나의 신룡의 물건을 강탈케 하고도 그 따위 소리를 하느냐? 저놈을 더 호되게 때려라!"

대종은 아무리 고문을 당해도 양산박과 정을 통했다는 사실만은 불지 않았다. 채구지부는 또 한 번 대종을 고문했지만 그의 말은 한결같이 변함이 없었다. 채구지부는,

"그만 때리고 큰칼을 씌워서 감옥에 처박아 둬라!"

하고, 명령을 내린 다음 퇴청(退廳)하여 황문병에게 고맙

다는 인사를 했다.

"통판의 고견(高見)이 아니었더라면 나는 하마터면 대사를 그르칠 뻔했소!"

"그놈이 양산박과 정을 통하고 모반을 꾀한 것이 확실합니다. 빨리 처치해 버리시지 않으면 후환이 두렵습니다."

"두 놈의 소장(招狀)을 작성해서 문안을 꾸며 사형장에 내다가 목을 베도록 하고, 다시 표(表)를 작성하여 신주(申奏)토록 하겠소."

"상공의 현명하신 고견입니다. 그렇게 하시면 첫째로 조정에서도 기뻐하며 상공의 대공(大功)을 인정할 것이고, 둘째로는 양산박의 강도놈들이 감옥을 부수러 올지도 모르는 걱정을 사전에 막아낼 수도 있을 것입니다."

"통판의 고견은 정말 놀랄만 하오. 내 곧 문서를 작성하여 높은 벼슬자리에 천거해 드리리다."

그날 지부는 황문병을 정중히 대접하여 부문(府門) 밖까지 전송해 주었다.

마침내 채구지부는 대종과 송강의 목을 베기로 결정하고 황(黃)이라는 공목(孔目-서기)과 집행날짜를 상의했다. 황공목(黃孔目)은 평소에 대종과 친한 사이였다. 그를 구출할 수 없음을 내심 안타까워하면서 다음과 같이 말했다.

"내일은 국가의 기일(忌日)이요, 모레는 7월 15일 중원절(中元節) 명절날이니 모두 사형을 집행할 수 없는 날이고, 글피는 국가의 경명(景命-천자의 생일)이니 또한 집행할 수 없고, 아무래도 닷새 후에나 집행하게 되겠습니다."

이런 말을 하게 된 것은 첫째로 하늘이 송강을 살려내려고 한 까닭도 있었겠지만, 둘째로는 양산박의 호걸들이 아직도 도착하지 않았기 때문에 하루라도 시간을 지연시키자는 것이었다.

결국 엿새째 되던 날 아침.

사형집행의 시간이 일각 일각 다가오고 있었다. 사형장 한복판에 송강과 대종을 묶어 놓고 수많은 공인들이 창과 몽둥이로 포위해 있었다. 대낮 삼각(三刻-한시경)만 되면 집형자(執刑者)가 나타나서 곧 목을 벨 판이었다.

채구지부는 사형장 일각에서 시간의 통보가 있기만 고대하고 있었는데, 바로 이때 도무지 예기치 못한 괴상한 사태가 돌발했다.

사형장 동편으로부터 뱀을 놀리는 거지들이 강제로 사형장 안으로 뚫고 들어오려고 옥신각신 분란을 일으키고 도무지 물러가려고 하지 않았다.

이런 판에 또 난데없이 사형장의 서편으로부터 창봉을 쓰면서 약을 파는 장사치가 떼를 지어서 몰려들더니 역시 사형장 안으로 들어가겠다고 옥신각신 분란을 일으키고 물러가지 않았다.

"저놈들은 때려 내쫓아라!"

감참관(監斬官)이 아무리 호통을 쳐도 그들은 막무가내. 이번에는 또 사형장 남쪽으로부터 짐을 짊어진 인부들이 떼를 지어서 나타나더니 소리를 지르며 야단법석을 했다.

"우리는 짐을 지고 지부상공께 드리러 가는 사람이다! 왜 우리들의 길을 가로막느냐?"

이러는 판에 사형장 북쪽에서도 장돌뱅이의 한떼가 나타나더니 역시 억지로 사형장 안으로 들어가겠다고 소동을 일으켰다.

사형 집행시간인 삼각(三刻)이 됐다.

"즉각에 목을 베어 놓고 보고해라!"

감참관의 명령이 떨어지자, 사형집행자가 뛰쳐 나와서 두 사람의 큰칼을 벗기고 손에 칼을 잡았다.

바로 이 순간.

장돌뱅이들의 한패는 수레 위에서 '목을 베라!'고 하는 소리를 듣자마자, 그 중의 한 자가 품속으로부터 조그마한 징을 하나 꺼내더니 꽝! 꽝! 서너 번 두드렸다.

징소리를 듣자 사방으로부터 수많은 사람들이 우르르 떼를 지어서 몰려들었다.

괴상한 사태는 한두 가지가 아니었다.

이번에는 십자로 어귀에 있는 다방 이층으로부터, 호랑이처럼 생긴 가무잡잡한 장정 하나가, 벌거벗은 알몸뚱이에 두 손에 한 자루씩 판부(板斧)를 들고 마치 공중에서 벼락이 떨어지는 듯한 소리를 내지르면서 땅 위로 뛰어내렸다.

그 장정은 도끼를 한 번 번쩍하더니 사형장의 집형자를 둘이나 단숨에 찍어 버리고 감참관의 말 앞까지 쳐들어갔다. 토병들이 창으로 막아내려고 했지만 도저히 감당할 수가 없었다. 그냥 채구지부만 호위하여 간신히 뺑소니를 쳐 버렸다.

또 동쪽에서 나타난 뱀을 놀리는 거지떼들은 모조리 날카로운 칼을 뽑아들고 토병들을 찌르며 덤벼들었고, 서쪽에서 나타난 창봉을 쓰는 한떼의 장정들은 고함을 지르며 달려들어서 토병과 옥졸들을 거꾸러뜨렸다.

남쪽에서 나타난 짐을 지고 있던 인부들도 몽둥이를 휘두르며 닥치는대로 토병을 때려눕혔고, 북쪽에서 나타난 장돌뱅이들도 일제히 수레에서 뛰어내려서 뺑소니치는 놈들의 앞을 가로막고, 그 중에서 두 사람이 한복판으로 뚫고 들어가서 한 사람은 송강을, 또 한 사람은 대종을 떠메내고, 그밖의 사람들은 활을 쏘고 돌팔매질을 하고 창을 던지며 일대 수라장을 연출했다.

장돌뱅이로 변장한 사람들은 바로 조개·화영·황신·여방·곽성.

창봉을 쓰는 약장수로 분장한 패거리들은 연순·유당·두천·송만.

또 짐을 짊어진 인부로 변장한 사람들은 주귀·왕왜호·정천수·석용.

거지로 분장한 사람들은 원소이·원소오·원소칠·백승.

양산박의 호걸 17명이 1백여 명의 부하를 거느리고 쇄도하여 사방에서 사형장을 무찔러 버리고 만 것이었다.

특히 맹활약을 한 사람은 판부를 휘두르며 강변까지 토병들을 추격하여 무수한 사람을 죽인 흑선풍 이규였다.

일행은 송강과 대종을 구출해 가지고 강가에 있는 백룡신묘(白龍神廟)로 떠메어 들어갔다. 송강은 그제야 눈을 떠서 조개와 그밖의 여러 친구들의 얼굴을 알아보았다.

"이게 꿈속에서 만나보는 게 아니오?"

하면서 그는 엉엉 울었다. 조개가 말했다.

"산채에 함께 계시자니까 고집을 부리시고 내려오셨기 때문에 이렇게 혼이 나신 거요! 그런데 대체 그 가무잡잡한 장정, 사람을 제일 많이 거꾸러뜨린 친구는 누구요?"

"그게 바로 흑선풍 이규라는 친구요. 그는 몇 번이나 나를 감옥에서 도주시키려고 했지만 나는 도저히 가망이 없다 단념하고 그의 말을 듣지 않았소!"

이때 화영이 조개보고 걱정스런 말을 했다.

"이곳은 도무지 안전치 못한 곳이오. 앞으로는 큰 강이 막혀 있는데 탈 만한 배도 한 척 없으니, 만약에 성 안의 관군이 추격해 온다면 어디로 뚫고 나간단 말이오?"

흑선풍 이규가 말했다.

"걱정할 건 없소! 우리 둘이 성 안으로 쳐들어가서 그 못된 채구지부를 위시해서 깡그리 목을 베어 던지고 맙시다!"

대종이 그제야 맑은 정신을 차리고 말하였다.

"이 사람, 못생긴 소리 말게! 성 안에는 6,7천 명이나 되는 군마(軍馬)가 있는데, 무작정 쳐들어간다면 실패할 것이 뻔하지 않은가?"

원소칠이 말하였다.

"저기, 강 건너편에 배가 대여섯 척 보이지 않소? 우리 삼형제가 헤엄을 쳐서 강을 건너가 배 몇 척을 빼앗아 가지고 오리다. 그래서 여러 사람이 타고 건너가도록 하는 게 어떻겠소?"

조개가 말하였다.

"그게, 제일 좋은 계책인데!"

이리하여 원씨(阮氏) 삼형제는 제각기 옷을 벗어 던지

고 단도를 몸에 지니고 강물 속으로 뛰어들었다.

그들이 반리쯤 헤엄을 쳐 나갔을 때, 문득 앞을 바라보니, 강 상류로부터 노를 젓는 세 척의 배가 휘파람을 불면서 비호같이 이편으로 달려들었다.

어떤 배에도 똑같이 10여 명의 장정들이 타고 있었는데, 저마다 날카로운 칼을 손에 잡고 있었다.

여러 호걸들은 당황했다.

송강이 이 소식을 듣더니 한탄하였다.

"나의 운명은 어찌하여 이다지도 기구한 것일까!"

송강은 묘문 밖으로 뛰어나와서 앞을 바라보았다.

맨 앞장을 선 배 위에는 체구가 거창하게 생긴 장정 하나가 번쩍번쩍 빛나는 오고차(五股叉)를 손에 잡고, 머리에는 상투를 틀어 얹고 아랫도리에는 흰 비단 잠방이를 입었는데, 쉴새없이 휘파람을 불고 있었다.

"앗! 저게 누굴까?"

송강은 깜짝 놀라면서도 기뻐서 어쩔 줄 몰랐다. 그 장정은 바로 강물 위를 물고기처럼 휩쓸고 사는 장순이었기 때문이다.

장순은 배 위에서 바라보면서 고함을 질렀다.

"네 놈들은 뭣하는 놈들이냐? 어째서 이렇게 함부로 백룡묘에 모여 있느냐?"

송강이 묘 앞으로 썩 나가서 소리를 질렀다.

"이 사람아! 날 좀 구해 주게!"

장순은 그것이 송강인 것을 알자 펄펄 뛰면서 또 고함을 질렀다.

"형님! 알았소! 알았소! 걱정 마시오!"

세 척의 배가 비호같이 강변을 향하여 저어 왔다. 원씨 삼형제도 그 광경을 보자 헤엄쳐서 되돌아왔다.

배에서 내린 여러 장정들은 우르르 묘 앞으로 달려들었다.

송강이 자세히 살펴보니, 장순은 자기 배에 10여 명의 장정을 인솔하고, 또 다른 배 한 척에는 장횡이 목홍·목춘·설영과 함께 역시 10여 명의 장정을 태웠고, 셋째 배에는 이준이 이립·동위·동맹과 함께 소금장수 패거리 10여 명을 태워 가지고 저마다 창봉을 휘두르며 강변으로 올라왔다.

장순은 송강을 보자 기뻐서 죽을둥 살둥 하면서 절을 했다.

"형님이 붙잡히신 뒤에 이 아우는 불안해서 견딜 수 없었지만 구해낼 도리가 없었습니다. 그러자 며칠 전에는 대원장마저 잡혔다는 소문을 들었는데, 이형(李兄)도 통 만날 수 없고 해서 할 수 없이 우리 집 형님을 찾아가서 목태공 댁으로 끌고 가 여러 친구들을 불러 가지고, 오늘은 바로 강주로 쳐들어가서 형님을 감옥에서 빼낼 작정이었습니다. 여러 호걸들이 형님을 구출해 가지고 여기까지 와 있으리라고는 생각지 못했습니다. 감히 알고 싶습니다만 호걸 여러분들은 양산박의 의사(義士) 조천왕(晁天王) 일행이 아니십니까?"

송강은 맨 앞에 서 있는 사람을 가리키면서 말했다.

"이분이 바로 조개 형일세. 묘 안으로 들어가서 인사나 여쭙게!"

장순 일행 9명과 조개 이하 17명, 그리고 송강과 대종.

　도합 29명이 모두 백룡묘 안으로 들어가서 서로 대면했다. 이 장면을 '백룡묘소취회(白龍廟小聚會)'라고 일컫는다.

　이렇게 29명의 호걸들이 서로 인사를 나누고 있을 때, 난데없이 부하 하나가 뛰어들어와 아뢰었다.

　"강주성 안으로부터 징을 치고 북을 울리며 정돈된 군마(軍馬)가 추격해 옵니다. 멀리서 바라보니, 깃발이 해를 가릴 듯이 휘날리고 도검(刀劍)이 난마처럼 엉클어졌으며, 앞으로는 모두 대갑군마(帶甲軍馬), 뒤로는 창을 뻗쳐 든 병장(兵將)들과 대도활부(大刀闊斧)가 백룡묘로 통하는 길로 쇄도해 들어오고 있습니다!"

　흑선풍 이규가 그 소리를 듣자,

　"쳐부숴 버립시다!"

하면서 두 자루의 도끼를 휘두르며 묘문 밖으로 뛰어나갔다. 조개가 소리를 질렀다.

　"끝까지 싸워 보는 것뿐이다! 호걸 여러분! 이 조개를 도와서 강주의 군마(軍馬)를 모조리 거꾸러뜨리고 양산박으로 돌아가도록 합시다!"

　"명령대로 하겠소!"

　영웅들은 일제히 고함을 질렀다. 그리하여 1백4,50명의 장정들은 강주 강변을 향하여 노도처럼 몰려갔다.

옮긴이 약력

중국 남양대학에서 수업
경향신문 문화부장 및 편집부국장 역임.

저서
단편집 : ≪결혼패전≫ ≪날아다니는 코끼리≫ ≪인형의 도시≫ 등 다수
단편소설 : ≪태양은 누구를 위하여≫

역서 : ≪삼국지(전6권)≫ 서문문고 55~60

수호지[2]　　　　　　　　　　〈서문문고 076〉

초판 발행 / 1973년 4월 20일
개정판 인쇄 / 2002년 9월 20일
개정판 발행 / 2002년 9월 25일
옮긴이 / 김 광 주
펴낸이 / 최 석 로
펴낸곳 / 서 문 당
주소 / 서울시 마포구 성산동 54-18호
전화 / 322—4916~8 팩스 / 322—9154
창업일자 / 1968. 12. 24
등록일자 / 2001. 1. 10
등록번호 / 제10-2093
SeoMoonDang Publishing Co. 2001

ISBN 89-7243-276-8　　※ 잘못된 책은 바꾸어 드립니다